한 번은 읽어야 할
톨스토이 대표 단편선

윤은영

이화여대 국문과를 졸업했다.
출판사에서 편집자로 오래 일하다 그동안의 경험을 살려 번역과 편역을 주로 하는
프리랜서로 전업해서 작업하고 있다.

한 번은 읽어야 할
톨스토이 대표 단편선

초판 1쇄 발행 | 2023년 11월 20일

지은이 | 레프 톨스토이
옮긴이 | 윤은영
펴낸이 | 김형호
펴낸곳 | 아름다운날

출판 등록 | 1999년 11월 22일
주소 | (05220) 서울시 강동구 아리수로 72길 66-19
전화 | 02) 3142-8420
팩스 | 02) 3143-4154
E-메일 | arumbooks@gmail.com

ISBN 979-11-6709-026-3 (03840)

Lev Nikolayevich Tolstoy

한 번은 읽어야 할
톨스토이 대표 단편선

레프 톨스토이 지음 | 윤은영 옮김

아름다운날

차례

제1부

제2부

제1부

달걀만한 씨앗

어느 날 아이들이 산골짜기에서 옥수수 씨앗처럼 생긴 물건을 주웠는데, 그것의 크기는 달걀만했다. 마침 그곳을 지나가던 사람이 그것을 보고 진기한 물건이라 여겨 아이들에게 5코페이카를 주고 샀다. 그리고 궁전으로 들어가서 왕에게 바쳤다.

왕은 여러 학자를 불러 그것이 무엇인지 알아내라고 명령했다. 학자들은 여러 방면으로 알아보았지만 그것이 무엇인지 알아낼 수가 없었다. 그러던 어느 날 창문턱에 놓아둔 그 물건을 암탉이 주둥이로 쪼아 구멍을 내고 말

았다. 그제야 학자들은 그것이 씨앗이라는 걸 알았다. 학자들은 왕에게 달려가 고했다.

"이것은 옥수수 씨앗입니다."

학자들의 말을 들은 왕은 깜짝 놀랐다. 그래서 왕은 이 씨앗이 언제 어디서 생겼는지 조사하라고 명령했다. 또다시 학자들은 책을 찾아보며 조사해 보았지만 알 수가 없었다. 결국 그들은 왕 앞에 나아가 이렇게 말했다.

"저희로서는 도저히 알아내지 못했습니다. 어떤 책에도 이런 씨앗에 관해서는 나와 있지 않습니다. 저희 생각에는 나이 많은 농부를 불러 물어보시는 게 좋겠습니다. 혹시 그들의 조상에게서 이처럼 커다랗게 자란 씨앗에 관해 전해 들은 적이 있는지도 모를 테니까요."

왕은 당장 나라 안을 뒤져 나이 많은 농부를 데려오라고 명령했다. 이윽고 신하들은 치아가 다 빠져 버려 볼이 홀쭉한 늙은 농부를 데리고 왔다. 늙은 농부는 지팡이를 두 개나 짚으며 왕 앞으로 나아갔다.

왕이 그 씨앗을 늙은 농부에게 보이자, 눈이 어두웠던 노인은 그것을 손으로 만지작거렸다. 왕이 늙은 농부에게 물었다.

"어디서 생겨났는지 알겠소? 그대는 그런 씨앗을 산 적이 있소? 혹시 그런 씨앗을 뿌린 적은 있소?"

그러나 늙은 농부는 귀까지 먹어 왕의 말을 거의 알아 듣지 못했다. 겨우 몇 마디 알아들은 농부가 대답했다.

"소인은 이런 씨앗을 뿌리거나 거두어들인 적이 없습니다. 물론 산 일도 없습지요. 저희가 뿌리는 옥수수 씨앗은 이보다 훨씬 작습니다. 그러나 제 아버님께서는 알고 계실지 모르겠습니다."

그래서 왕은 늙은 농부의 부친을 불렀다.

신하들은 늙은 농부의 부친을 수소문해 왕 앞으로 모셔 왔다. 늙은 농부의 부친은 지팡이 하나만을 짚고 있었다. 왕은 그에게 씨앗을 보여주며 물었다.

"이런 씨앗이 어디서 생겨났는지 아시오? 혹시 이런 씨앗을 사거나 밭에 파종한 적이 있소?"

늙은 농부의 부친은 오히려 아들보다 귀가 밝았다.

"아닙니다. 이런 씨앗을 저의 밭에 뿌리거나 거둬들인 적은 없습니다. 물론 산 적도 없었고요. 소인이 농사를 지을 때에는 물건을 사고 파는 일이 없었습니다. 다만 자기가 지은 곡식으로 먹고살았고, 필요한 것이 있으면 서로 나누어 가졌습니다. 소인이 농사를 지을 때에는 오늘날의 씨앗보다는 컸고 더 많은 수확을 했습니다만, 이렇게 큰 것은 본 적이 없습니다. 하지만 제 아버님께서는 지금보다 씨앗이 훨씬 크고 또한 수확도 많았다는 말씀을 하신 적이 있습니다. 제 아버님을 부르셔서 물어보시지요."

왕은 그 노인의 부친을 데려오라고 말했다.

얼마 후에 왕 앞에 온 노인의 부친은 지팡이를 짚지 않은 채 나타났다. 활기찬 걸음걸이로 들어온 노인은 눈과 귀가 밝았고 말소리도 또렷했다. 왕은 그에게 씨앗을 보여주었다. 노인의 부친의 부친은 씨앗을 이리저리 굴려보더니 이렇게 말했다.

"이렇게 좋은 씨앗은 참으로 오랜만에 보았습니다."

그러더니 그는 씨앗을 조금 깨물어 보더니 덧붙였다.

"옥수수 씨앗이 분명합니다."

"노인장, 이 씨앗이 언제 어디서 생겼는지 아오? 혹시 그대의 밭에 뿌리거나 씨앗을 산 적이 있었소?"

그러자 노인의 부친이 대답했다.

"물론이지요. 소인이 농사를 짓던 시절에는 이런 씨앗을 아주 흔하게 볼 수 있었습니다. 모두 이런 씨앗을 뿌리고 거두어들여 먹고 살았으니까요."

"그럼 노인장은 어디에다 이런 씨앗을 뿌렸소? 어디서 이런 씨앗을 샀소?"

노인이 웃으며 대답했다.

"소인이 농사를 짓던 시절에는 씨앗을 사거나 파는 그런 죄스러운 일을 저지르지 않았습니다. 돈이란 것은 알

지도 못했지요. 모두 충분히 먹고살 수 있는 곡식을 거두
어들였으니까요."

왕이 다시 확인하듯 물었다.

"노인장, 그대의 밭은 어디요? 이 씨앗을 어디에다 파
종했소?"

그러자 노인이 대답했다.

"소인의 밭은 하느님의 땅이었습니다. 괭이나 호미로
파는 곳은 그곳이 어디든 제 밭이었습니다. 누구도 제 땅
이라고 주장하지 않았습니다. 아무도 땅을 가지지 않았지
요. 단지 자기 것이라고 말할 수 있는 것은 노동하는 것뿐
이었습니다."

왕은 다시 물었다.

"좋소. 그럼 두 가지만 더 물어보겠소. 하나는 옛날에
는 이런 씨앗이 잘되었는데, 지금은 잘 안 되는 이유가 무
엇이오? 또 하나는 그대의 손자는 지팡이를 두 개 짚었
고, 그대의 아들은 지팡이를 하나밖에 짚지 않았소. 그리
고 그대는 지팡이를 짚지도 않을 뿐만 아니라, 눈은 밝고
이도 멀쩡하고 목소리도 또렷하오. 도대체 어떻게 이런
일이 가능하단 말이오?"

노인이 대답했다.

"그것은 사람들이 스스로 노동하지 않고 살아가기 때

문입니다. 남이 노동해 얻은 것을 탐내는 까닭이지요. 옛날 사람들은 지금처럼 살지 않았습니다. 모두 하느님을 섬기며 그 섭리에 따라 살았지요. 자기가 가진 것에 만족할 줄 알았으며, 남이 가진 것을 탐내는 일이 없었지요."

두 노인

＊＊ 1 ＊＊

두 노인이 함께 예루살렘으로 성지순례를 떠났다. 한 노인은 에핌 타라시츠 쉐베로프라는 부농이었고, 다른 사람은 형편이 그리 넉넉지 않은 알렉세이 보드로프라는 노인이었다.

에핌은 융통성이 없는 사람으로, 보드카도 마시지 않았고 담배도 피우지 않았다. 그는 한번도 욕설을 입에 담은 적이 없었고, 모든 일에서 엄격하고 깐깐한 성격이었다. 그는 두 번이나 마을 이장을 지냈는데, 단 1코페이카도 허투루 쓰지 않고 완벽하게 일을 처리했다.

그의 슬하에는 두 아들을 비롯해 장가를 든 손자까지 있었는데, 그는 언뜻 보기만 해도 건강한 노인임을 알 수 있었다. 나이가 70세인데도 허리가 꼿꼿했고, 이제야 턱에 흰 수염이 나기 시작했다.

한편, 그와 동행한 알렉세이는 젊어서는 목수로 살았으나 나이를 먹은 뒤로는 집에서 꿀벌을 치면서 생활하고 있었다. 그의 슬하에도 역시 두 아들이 있었는데, 큰아들은 돈을 벌기 위해 멀리 떠나 있었고, 둘째 아들은 집안의 일을 돕고 있었다. 알렉세이는 성품이 착하고 명랑한 사람으로, 살림이 넉넉지는 않았으나 보드카도 마시고 담배도 피웠다. 그는 노래 부르기를 좋아했으며, 집안 식구들이나 이웃들과도 친하게 지냈다. 그는 작달만한 키에 얼굴빛이 거무스름했으며, 곱슬곱슬한 턱수염에 자신과 같은 이름의 옛 예언자 알렉세이처럼 머리가 벗겨졌다.

두 노인은 이미 오래 전부터 함께 성지 순례를 떠날 약속을 해둔 터였다. 하지만 에핌 쪽에서 언제나 바쁜 일이 생겨 약속을 이행하지 못하고 있었다. 한 가지 일이 끝나면 곧 다른 일이 기다리고 있었던 것이다. 손자의 혼인 잔치가 끝나 조금 여유가 생기는가 했더니, 둘째아들이 군대를 마치고 돌아왔다. 그런가 하면 이번에는 새로 집을 지어야 할 형편이었다.

어느 축제일에 만난 두 노인은 통나무 위에 나란히 걸터앉았다. 알렉세이가 먼저 말을 꺼냈다.

"성지 순례를 언제 떠날 텐가?"

에핌은 근심스런 얼굴로 대답했다.

"조금만 더 기다려 주게. 올해는 왜 이렇게 일이 자꾸만 꼬이는지 몰라. 처음에 공사를 시작했을 때는 100루블이면 될 것 같았는데, 벌써 300루블이나 들어갔네. 그런데도 아직 끝이 보이지 않아. 아무래도 공사가 여름까지 갈 모양이야. 주님이 보살펴주신다면, 올 여름에는 떠나게 되겠지."

알렉세이가 말했다.

"그렇게 자꾸 미루기만 하면 어떡하나. 지금은 봄이라 아주 기회가 좋은데……."

"하지만 일을 벌여 놓고 어떻게 가겠나?"

"자네 집에는 자네 말고 일할 사람이 없나? 큰아들에게 맡기면 되지 않는가. 다 알아서 할 텐데……."

"알아서 하기는 뭘 해. 큰아들이라고 어디 믿을 수가 있어야 말이지."

"그렇지 않네. 우리는 이제 갈 날이 멀지 않은 늙은이들이고, 뒤에 남은 자식들은 우리가 없어도 다 잘해 나갈 걸세. 자네 아들도 지금부터 차근차근 일을 배워야 될 거네."

"그렇기는 하지만, 나는 반드시 내 손으로 일을 끝내고 싶다네."

"나는 모르겠네! 이런 일 저런 일 모두 끝장을 보자고 들면 한이 없지 않은가. 바로 얼마 전 일이네. 우리 할멈과 며느리들이 축제일이 다가온다고 빨래를 한다, 집안을 치운다 하면서 난리법석을 피우더군. 그런데 영리한 우리 큰며느리가 이렇게 말하는 거야. '우리가 일을 끝낼 때까지 축제일이 우리를 기다리지 않고 빨리 다가와 주니 정말 좋군요. 아무리 애써도 일을 끝낼 수는 없으니까요' 라고 말일세."

에핌은 잠시 생각에 잠겼다가 말했다.

"나는 집 짓는 데에 여간 많은 돈을 퍼부은 게 아니야. 먼길을 떠나는데 빈손으로 갈 수도 없고, 적어도 100루블은 가지고 가야 되지 않겠나?"

알렉세이는 웃음을 터뜨렸다.

"자네, 그런 소리 하다가는 천벌 받네. 나한테 비하면 자네 재산은 10배는 되네. 그래 얼마 안 되는 돈 때문에 푸념을 하다니! 그러나저러나 언제 떠날 건지 날짜를 정하기나 하게. 내게 지금은 돈이 없지만, 어찌해 보면 여비

정도는 마련할 수 있으니까!"

에핌도 웃음으로 화답했다.

"자네 대단한 부자로군. 어디서 무슨 수로 그 돈을 마련할 텐가?"

"집안을 모두 뒤지면 얼마쯤은 나올 테고, 모자라는 것은 통나무 벌통 몇 개만 팔면 될 거야!"

"팔아버린 벌통에서 나중에 수확이 많이 나왔다는 소리 들으면, 속이 상할 텐데……."

"속이 상해? 그런 일은 없을 거네. 이 세상에서 죄짓는 일 빼고 속상할 일이 또 있겠는가. 영혼보다 더 소중하고 귀한 것은 없으니까 말일세!"

"그보다도 영혼의 질서가 잡히지 않으면 마음이 더 불편할걸. 어쨌든 가기로 약속한 것이니까, 되도록 빨리 떠나도록 하세."

﹡﹡ 2 ﹡﹡

그날 밤 에핌은 밤새도록 고민에 고민을 거듭한 끝에 이튿날 아침 알렉세이에게 찾아와 말했다.

"그래, 떠나도록 하세. 자네 말대로 인간이 살고 죽는 것은 모두가 주님의 뜻이니, 아직 살아서 기운이 남아 있는 동안에 순례를 다녀오도록 하자고!"

그로부터 1주일 후 두 노인은 떠날 준비를 마쳤다. 에 핌은 부자였으므로 100루블을 여비로 챙기고, 200루블 은 늙은 아내에게 맡겼다. 알렉세이도 준비를 갖추었는 데, 통나무 벌통 중에서 10개를 옆집 주인에게 팔아 70루 블을 마련했다. 그리고 나머지 30루블은 집안 구석구석 을 뒤지고 식구들에게 조금씩 거두어 만들었다. 그의 늙 은 아내는 자기의 장례비용으로 모아 두었던 돈을 모두 내놓았고, 며느리도 자기가 가지고 있던 돈을 내놓았다.

에핌은 집안 일을 모두 큰아들에게 맡겼다. 어디서 얼 마만큼의 풀을 베고, 거름은 어디로 운반하며, 공사는 어 떻게 마치고, 지붕은 어떤 모양으로 올려야 한다는 둥 하 나에서 열까지 빠뜨리지 않고 일러주었다.

그러나 알렉세이는 아내에게, 팔아 버린 통나무 벌통 에서 빠진 애벌레는 따로 모았다가 반드시 옆집 주인에게 건네주라고 일렀을 뿐, 집안일에 대해서는 한마디도 하지 않았다. 알렉세이는 일은 각자가 알아서 나름대로 처리하 기 때문에 내버려둬도 좋다는 생각이었다.

두 노인은 모든 준비를 끝냈다. 손수 과자를 굽고 자루 를 만들었으며, 새 각반을 차고 장화를 새로 마련했다. 떠 나는 날 아침, 식구들은 동구 밖까지 나와 순례의 길을 떠나는 노인들을 전송했다.

알렉세이는 들뜬 마음으로 첫발을 내디뎠다. 마을을 벗어난 순간부터 집안일 같은 것은 모두 잊어버렸다. 알렉세이가 마음속으로 생각하는 것은 여행하는 동안에 친구의 마음을 즐겁게 해주고 싫은 소리를 하지 않고 즐거운 마음으로 목적지에 도착했다가 무사히 집으로 돌아오는 것뿐이었다.

알렉세이는 길을 걸으면서도 계속해서 입 속으로 기도문을 외고, 자기가 알고 있는 성자의 이야기를 마음속으로 자꾸자꾸 떠올렸다.

또한, 길에서 누구와 동행하게 되거나 숙소에 묵을 때는 누구에게든 친절하게 대해 하느님께서 가르쳐 주신 말씀을 전하도록 하겠다고 다짐했다. 알렉세이는 길을 걸으면서도 마음은 언제나 즐거웠다.

그러나 그에게도 한 가지 마음이 걸리는 게 있었다. 그것은 바로 코담배를 그만 끊어보려고 일부러 쌈지를 집에 두고 왔는데, 점점 코담배 생각이 간절해 견딜 수가 없었던 것이다. 결국 도중에 다른 사람에게서 코담배를 얻어 친구에게 피해를 주지 않으려고 슬쩍 처져 코담배의 향기를 맡곤 했다.

에핌 역시 기분이 좋은 듯 활기차게 걸어갔다. 행동에

도 조심했고, 쓸데없는 말도 지껄이지 않았지만 마음속은 편하지가 않았다. 집안 걱정이 머리에서 떠나지 않았던 것이다. 혹시 아들에게 일러줄 것을 잊어버리지는 않았는지, 자기가 지시한 대로 아들이 잘하고 있는지 걱정이 되었다. 그는 당장이라도 돌아가 손수 모든 것을 처리해 버리고 싶은 충동까지 일었다.

✳✳ 3 ✳✳

두 노인은 5주 동안 계속 걸었다. 나무껍질로 손수 만든 신발이 다 떨어져서 새로 사야 할 무렵, 마침 우크라이나에 도착했다. 집을 떠난 이후로 모든 것을 돈으로 해결해야 했지만 우크라이나에 도착하자 모두들 앞다투어 두 노인을 자기 집으로 데려가려고 했다.

그들은 잠을 재워 주고 식사를 대접하고도 돈을 받지 않았을 뿐만 아니라 여행 도중에 먹으라고 빵과 과자를 자루 속에 넣어 주었다.

이렇게 두 노인은 가벼운 마음으로 700킬로미터나 되는 거리를 여행했다. 그러다가 두 노인은 흉년이 든 마을을 지나게 되었다. 마을 사람들의 이야기에 따르면, 지난해에 극심한 흉년이었다고 한다. 부자들도 양식을 마련하기 위해 가진 물건들을 팔아 버렸고 중산층은 빈털터리가 되었으며, 가난뱅이는 마을을 떠나거나 거지가 되어 구걸하는 형편으로 겨울에는 겨나 명아주로 끼니를 이었다고 한다.

어느 날, 두 노인은 작은 마을에 이르러 빵을 6킬로그램가량 사고 하룻밤을 잔 다음, 동이 트기 전에 길을 떠났다. 햇볕이 뜨겁게 내리쬐기 전에 조금이라도 더 걷기 위해서였다. 그들은 10킬로미터쯤 걷다가 개울을 발견하게 되었다. 두 사람은 그곳에서 찻잔에 물을 떠서 빵을 축여 가며 배불리 먹은 다음 신을 갈아 신었다. 그리고 앉아서 한참을 쉬는 동안 알렉세이가 코담배갑을 꺼내자 에핌이 고개를 저으며 한마디 했다.

"아직도 그 버릇을 고치지 못했나?"

알렉세이는 어쩔 수 없다는 듯이 손을 내저으며 대답했다.

"나쁜 줄 알면서도 이것만은 어쩔 도리가 없네."

두 노인은 일어나 다시 길을 재촉했다. 한참을 걸어가니 큰 마을에 이르렀고 그 마을을 완전히 벗어났을 때는 벌써 햇볕이 뜨거울 정도로 내리쬐고 있었다. 알렉세이는 너무나 지쳐서 물도 마시며 잠시 쉬고 싶었다. 하지만 에핌이 걸음을 멈추지 않았으므로 알렉세이는 그 뒤를 따라가는 데 숨이 막힐 지경이었다.

"나는 물을 마셨으면 좋겠어."

"나는 괜찮으니 마시지 그러나."

알렉세이는 걸음을 멈추며 말했다.

"그럼 나를 기다리지 말게. 나는 잠깐 저 집에 들어가서 물을 얻어 마신 다음 금방 뒤따라가겠네."

"그렇게 하게."

알렉세이는 에핌과 헤어져 농가를 향해 걸어갔다. 농가는 흙벽을 바른 집으로, 윗부분은 희끄무레하고 아랫부분은 거무스름했다. 오랫동안 벽을 바르지 않았는지 군데군데 진흙이 떨어져 내리고, 지붕마저 한쪽이 내려앉아 있었다. 알렉세이가 뒷문으로 들어가다 보니 담장 밑에 수염을 기르지 않은 사내가 드러누워 있었다. 그 사내는 마른 몸에 웃옷을 우크라이나 식으로 바지 속에 넣어 입은 상태였다. 아마도 시원한 그늘을 찾아서 누워 있었던 모양이지만, 햇볕이 온통 그에게 내리쬐고 있었다. 그런데 사내는 누워서 뒹굴고 있을 뿐 자고 있지는 않았다. 알렉세이가 사내에게 물을 좀 달라고 했지만 사내는 아무 대꾸도 하지 않았다.

'천성이 꽤 무뚝뚝하군.'

알렉세이가 문가로 다가가자 집안에서 어린아이의 울

음소리가 들려왔다. 알렉세이는 문을 두드리며 사람을 불렀다.

"실례합니다."

그러나 아무 대답이 없었다.

"여보세요, 안에 아무도 안 계십니까?"

그래도 안에서는 인기척이 없었다. 할 수 없이 알렉세이가 돌아서려고 하는데 이때 집안의 문쪽에서 누군가가 신음하고 있는 듯한 소리가 들렸다.

'무슨 일이 있나? 어디 한 번 들어가 보자.'

이렇게 생각한 알렉세이는 일단 집안으로 들어가기로 마음먹었다.

** **4** **

알렉세이가 손잡이를 돌려보니 문은 잠겨 있지 않았다. 문을 열고 안으로 들어서자 왼쪽에는 벽난로가 있고, 정면에는 성상이 놓인 테이블이 있었다. 그리고 속옷 바람의 노파가 앉아 테이블 위에 머리를 조아린 채 앉아 있었다. 그 옆에는 몹시 야위고 백짓장 같은 얼굴의 사내아이가 노파의 옷소매를 잡아당기며 칭얼거리고 있었다.

알렉세이는 방으로 들어갔다. 숨이 막힐 듯한 고약한

냄새가 풍겨 자세히 살펴보니 침대 위에 여자가 쓰러져 있었다. 여자는 가래 끓는 소리를 내면서 한쪽 다리를 오므렸다 폈다하면서 이리저리 뒤척였다. 여자의 몸에서는 코를 찌르는 악취가 풍겼다. 아마도 똥을 쌌는데 어느 누구도 치워주지 않은 모양이었다. 노파가 문득 눈을 들어 낯선 침입자를 바라보았다.

"무슨 일이오? 무슨 일로 왔소? 누군지 모르지만 우리 집에 아무 것도 없으니……."

알렉세이는 가까이 다가가서 말했다.

"할머니, 물 좀 마시고 싶어서 왔는데요."

"아무 것도 없다고 그랬잖소. 물을 떠올 사람도 없으니 마시고 싶으면 가서 떠 마셔요."

"어떻게 된 겁니까? 할머니, 집에 성한 사람은 없나요? 이 아주머니를 돌봐 줄 사람은 없나요?"

알렉세이가 물었다.

"아무도, 아무도 없어요. 아들은 밖에서 죽어가고, 우리는 모두 이 모양이고……."

사내아이는 낯선 사람을 보고는 잠시 울음을 그쳤으나, 할머니가 말하는 것을 보자 다시 소매를 잡아당기며 울기 시작했다.

"빵 줘. 할머니 빵!"

알렉세이가 할머니에게 다시 물어 보려고 하는데 사내가 비틀거리며 방으로 들어왔다. 사내는 벽을 더듬어 의자에 앉으려고 했으나, 의자가 놓인 곳까지 가기 전에 문지방 부근에 쓰러지고 말았다. 그리고는 일어나려고도 하지 않은 채 힘들여 말하기 시작했다. 한 마디를 내뱉는데도 숨을 몰아쉬면서 헐떡거렸다.

"염병이 나돌고…… 흉년까지 겹쳐…… 저 아이도 굶어죽어 가고 있소."

사내는 턱으로 사내아이를 가리키며 흐느끼기 시작했다. 알렉세이는 등에 짊어진 자루를 바닥에 내려놓았다. 그리고 자루를 의자 위에 올려놓은 다음 빵을 꺼내 나이프로 한 조각을 떼어내 농부에게 건네주었다. 농부는 그것을 받으려 하지 않고 사내아이 쪽을 가리켰다. 사내아이는 빵을 보자 손을 뻗어 양손으로 움켜쥐더니 게걸스럽게 먹었다. 그러자 한쪽 구석에 있던 여자아이가 기어나와 물끄러미 빵을 바라보았다. 알렉세이는 그 여자아이에게도 한 조각을 잘라 주었다. 그리고 또 한 조각을 잘라서 노파에게도 주었더니 노파는 그것을 받아 우물우물 먹기 시작했다.

"물을 마셨으면 좋겠는데……, 입이 깔깔해서요."

알렉세이는 우물이 어디에 있는지 물어보았다. 우물에

가서 물통을 찾아 물을 떠다가 이들에게 먹였다. 아이들과 노파는 비로소 물을 마셔 가며 빵을 먹었다. 하지만 사내는 위장이 나쁜지 아예 입에 대려고 하지 않았다. 여자는 여전히 정신을 차리지 못한 채 그냥 침대 위에서 몸부림만 치고 있었다. 알렉세이는 곧바로 가게에 가서 옥수수와 소금, 밀가루, 버터 등을 사왔다. 그리고 도끼를 찾아 장작을 패서 벽난로에 불을 지폈다. 여자아이가 거들기 시작했다. 알렉세이는 수프와 죽을 만들어 식구들에게 먹였다.

∗ ∗ 5 ∗ ∗

사내와 노파도 수프와 죽을 먹었고, 아이들은 그릇 바닥까지 싹싹 핥아먹고 나서 서로 껴안은 채 잠이 들었다. 사내와 노파는 자기들이 어떻게 이러한 지경에 이르렀는지 이야기하기 시작했다.

"우리는 그다지 넉넉한 살림살이가 아니었어요. 그런데 지난해에는 흉년까지 들어 지난 가을부터 내내 전에 남겨 두었던 것을 꺼내어 먹었지요. 그러다가 먹을 것이 떨어져 이웃이나 친절한 분들의 신세를 지게 되었습니다. 하지만 그들도 처음에는 몇 차례 도와주더니 나중에는 거절하더군요. 그들 중에는 친척들도 있었지만 그들도 뭐

남아 있는 게 있어야죠. 물론 우리도 한두 번이 아니어서 계속해서 손을 벌리기가 여간 민망한 게 아니었고요. 사람들에게 돈과 밀가루와 빵을 계속 꾸기만 했으니까요."

사내는 계속 말을 이었다.

"저는 물론 일을 찾아 돌아다녔으나 마땅한 일이 없었습니다. 어디 가나 입에 풀칠하기 위해 일을 찾아다니는 형편이었으니까요. 어쩌다 하루 일을 했다 해도 이틀은 또다시 일을 찾아 헤매지 않으면 안 되었습니다. 그래서 어머니와 딸이 이웃 마을로 구걸하러 다녔지요. 하지만 다들 굶는 처지에 그것도 제대로 되지 않았어요. 그래도 그때는 입에 풀칠은 했습니다. 그래서 그럭저럭 보리를 수확할 때까지 연명할 수 있겠다고 생각했지요. 그런데 글쎄 봄부터는 전혀 구걸할 길도 막힌데다 이렇게 염병까지 퍼지지 않았겠습니까? 하루 먹으면 이틀은 굶어야 해요. 마침내 이름 모를 풀까지 뜯어먹어야 했는데, 그 풀 때문인지 아내가 자리에 눕게 되고 말았습니다. 아내가 앓아 누웠는데도 저에게는 힘이 없으니 참으로 암담할 뿐입니다."

이번에는 노파가 말을 이었다.

"나도 하루 종일 구걸하러 돌아다녔지만 아무리 돌아다녀도 소용이 없었어요. 먹은 것이 없으니 주저앉을 수

밖에 없었지요. 손녀도 몸이 몹시 약해진데다가 이제는 겁까지 먹어서 근처에 심부름을 보내도 구석에 처박혀서 꼼짝도 하지 않아요. 어제는 이웃집 아주머니가 왔는데 우리가 굶어서 쓰러져 있는 것을 보고는 깜짝 놀라 홱 돌아서서 나가 버리지 뭐예요? 그 아주머니도 남편은 집을 나가고 어린아이들과 굶주리는 형편이라 그럴 만도 하죠. 그래서 이렇게 드러누워 하느님의 부르심만 기다리는 형편입니다."

두 사람의 이야기를 들은 알렉세이는 그날로 친구를 따라 성지 순례를 한다는 생각을 버리고 그 집에 머무르게 되었다.

이튿날 아침, 알렉세이는 일어나자마자 마치 자기가 이 집의 주인이라도 된 듯이 서둘러 일하기 시작했다. 먼저 노파와 둘이서 밀가루를 반죽하고 벽난로에 불을 지폈다. 그리고 여자아이를 데리고 쓸만한 물건을 찾아 집안을 구석구석 찾아보았다. 그러나 아무 것도 남아 있지 않았다. 농기구도 입을 옷가지도 없었다. 그래서 알렉세이는 꼭 필요한 물건을 마련하기 시작했다. 손수 만들기도 하고 밖에 나가서 사오기도 했다.

이렇게 하여 알렉세이는 그곳에서 사흘을 묵게 되었다. 어느새 사내아이는 기운을 찾아 가게에 심부름도 가고 알렉세이를 잘 따랐으며, 여자아이는 아주 명랑해져서 무슨 일이든 거들고 나섰다. 노파도 기운을 차려 종종 이웃집에도 드나들게 되었다. 사내도 벽을 의지하여 걷게 되어 드러누워 있는 사람은 그의 아내뿐이었다. 그러나 그녀도 사흘째 되는 날에는 정신을 차리고 무엇을 좀 먹었으면 좋겠다고 말했다.

그제야 알렉세이는 이러한 생각을 했다.

'이렇게 오래 묵으려고 생각하지 않았는데, 이제는 그만 떠나야지.'

＊＊ 6 ＊＊

나흘째 되는 날은 바로 여름철 금식을 끝내는 축제일 전일이었다. 알렉세이는 속으로 생각했다.

'이 집 식구들과 축제일을 같이 지내고 무엇을 좀 사다 준 다음 저녁때 떠나야겠어.'

알렉세이는 또다시 마을에 내려가 우유와 밀가루와 식용유를 사다가 노파와 둘이서 음식을 장만했다.

이튿날 축제일 아침, 교회 예배에 참석한 뒤 집으로 돌아와 식구들과 맛있는 요리를 먹었다. 그날은 사내의 아내도 자리를 털고 일어나 집안을 슬슬 거닐었다. 사내는

수염을 깎고 깨끗한 외투를 입은 다음 마을의 부잣집을 찾아갔다. 그 부잣집 주인에게 농사지을 밭과 풀밭을 저당잡혔던 것이다. 그래서 햇보리를 수확하기 전까지 풀밭을 좀 쓰게 해 달라고 부탁하기 위해서였다.

그러나 사내는 저녁이 다 되어 어깨를 늘어뜨리고 돌아와 눈물을 흘렸다. 부잣집 주인이 인정사정도 없이 돈을 갖고 오라고 했다는 것이다.

알렉세이는 다시 생각에 잠겼다.

'이제 이들은 앞으로 어떻게 살아나갈까? 다른 사람들은 모두 풀을 베러 가는데, 이들은 풀밭이 저당잡혀 있어 그대로 손놓고 있어야 한다. 보리가 여물어도 이들에게는 아무런 희망이 없다. 밭은 이미 부잣집에 넘겼다고 했으니까, 내가 가버리면 이들은 예전처럼 또 길에서 헤매야 한다.'

이런저런 생각에 알렉세이는 그날 저녁에도 출발하지 못했다. 그는 마당에 나가 기도를 마친 다음 들어와 잠을 청했으나 좀처럼 잠이 오지 않았다. 돈도 많이 써버렸고 시간도 많이 허비했기 때문에 한시라도 빨리 떠나야 했지만, 불쌍한 이들을 두고 차마 떠날 수 없었다.

처음부터 끝까지 도와준다는 것은 불가능한 일이었다. 처음에는 물이나 길어다 주고 빵이나 한 조각씩 먹일 생각이었는데 이렇게까지 되었다. 만일 밭까지 찾아주고 나면 다음에는 아이들 우유를 먹이도록 젖소도 사주어야 되고 농부에게는 보릿단을 운반할 말도 사주어야 될 것이다.

"야, 알렉세이. 너 제대로 걸려들었구나."

알렉세이는 일어나 베개로 삼았던 긴 외투를 더듬어 코담배갑을 꺼내 담배 냄새를 맡으며 생각을 정리해 보려고 했다. 그러나 어찌된 일인지 이렇다 할 좋은 생각이 떠오르지 않았다. 떠나야 한다고 생각하면 사내 가족들이 불쌍해서 견딜 수가 없었다. 그는 다시 외투를 둘둘 말아 베개로 삼고 벌렁 드러누웠다. 그러는 동안 어느새 닭이 울고 이윽고 깊은 잠에 빠져 버렸다.

그때 잠결에 누가 자기를 부르는 것 같은 기분이 들었다. 살펴보니 자기는 이미 떠날 채비를 마치고 자루를 짊어지고 손에는 지팡이를 든 채 문을 나서려는 참이었다. 대문은 살짝 열려 있어서 소리없이 나가려고 했다. 그가 막 대문을 나서려는 순간 자루가 문에 걸렸다. 그리고 벗기려고 했더니 이번에는 각반이 걸려 풀어졌다. 그때 여자아이가 자기를 붙잡고 애원했다.

"아저씨, 아저씨, 빵 좀 주세요!"

창문으로는 노파와 사내가 자기를 내다보고 있었다. 잠에서 깨어난 알렉세이는 혼자말로 중얼거렸다.

"내일은 밭과 풀밭을 찾아주자. 그리고 햇보리가 나기 전까지 먹을 밀가루와 아이들에게 우유를 먹일 젖소도 사주어야겠다. 그렇지 않으면 고생하며 주님을 찾아간다 해도 내 마음에서는 주님을 잃는 것이다."

알렉세이는 이렇게 마음을 다지고 아침까지 단잠을 잤다. 아침에 일찍 눈을 뜬 그는 곧장 부잣집을 찾아가서 저당잡힌 보리밭과 풀밭 대금을 치렀다. 그런 다음 낮을 사서 사내에게 풀을 베도록 했다. 그리고 나서 자기는 선술집 주인이 수레와 말을 판다는 소문을 듣고 가서 흥정하여 샀다. 또한 밀가루도 한 포대 사서 짐수레에 실은 다음 이번에는 젖소를 사러 갔다. 이때 이야기를 나누며 길을 가는 우크라이나 여인들을 앞지르게 되었는데, 두 여인은 우크라이나어로 말하고 있었다. 자세히 귀를 기울여 보니 여인들은 자기의 이야기를 하고 있었다.

"처음에는 그들도 그 사람을 전혀 몰랐다는 거예요. 그냥 성지 순례자라고만 생각한 거죠. 그런데 물을 얻어 마시러 왔다가 그대로 눌러앉아 버렸다지 뭐예요. 오늘도 선술집에서 짐수레하고 말을 샀다니, 요즘 세상에 그런 사람이 어디 있겠어요? 우리 그 집에 가서 구경하지 않을래요?"

알렉세이는 여자들이 자기를 칭찬하고 있다는 것을 알

고는 젖소를 사는 것을 포기하고 선술집으로 돌아가 말과 수레 값을 치렀다. 그리고는 마차에 밀가루를 싣고 사내의 집으로 돌아왔다. 사내네 식구들은 마차를 보고 모두 깜짝 놀랐다.

사내가 문을 열면서 물었다.

"할아버지, 그 말은 뭐예요?"

"샀지. 마침 값이 쌌거든. 풀을 베어다가 구유에 잘 넣어두게. 그리고 이 자루 좀 내려 주겠나?"

사내는 알렉세이의 말에 밀가루 포대를 내려 광에 갖다 놓은 후 풀을 한 아름 베어다가 말구유에 넣어 주었다.

이윽고 사내네 식구들은 모두 잠들었다. 알렉세이는 일찌감치 자루를 밖에다 내다놓고 잠을 자는 체했다. 그래서 모두 깊이 잠에 빠져들자 알렉세이는 자루를 짊어지고 외투를 걸친 다음 성지 순례의 길을 떠났다.

＊＊ **7** ＊＊

알렉세이가 5킬로미터 이상을 걸어갔을 때쯤 날이 밝아오기 시작했다. 알렉세이는 나무 밑에 앉아 자루를 열고 남은 돈을 세어 보니 17루블 20코페이카였다.

'이 돈으로는 바다를 건너갈 수가 없어. 성지 순례를

핑계 대고 공연히 구걸하다 자칫 잘못이라도 저지르면 큰 일이 아닌가. 에핌이 내 몫까지 하겠지. 아무래도 나는 성 지순례를 포기해야겠어. 하지만 주님께서는 모든 것을 굽 어살피시니까 나를 용서해 주시겠지.'

알렉세이는 일어나서 자루를 메고 되돌아섰다. 그는 사 내가 살고 있는 마을 사람들의 눈을 피하려고 빙 돌아서 집 으로 돌아왔다. 이렇게 해서 하루에 70킬로미터나 걸었다.

알렉세이가 집에 도착했을 때에는 이미 보리 수확이 끝나 있었다. 식구들은 노인이 돌아온 것을 기뻐하면서 여행을 어땠는지 어쩌다가 에핌과 떨어졌는지 등 여러 가 지를 물었다. 알렉세이는 그에 대해서는 자세히 말하지 않았다. 그는 다만 지갑을 잃어버려서 다시 왔다고 했다.

에핌의 가족들도 찾아와서 가장의 소식을 이것저것 물었다.

그들에게도 비슷한 말을 해주었다.

"아버지는 잘 순례하고 계실 거야. 우리는 베드로 축 제일 사흘 전에 헤어졌지. 그런데 갖가지 일이 생긴데다 돈까지 잃어버려서 더 이상 갈 수가 없어서 되돌아올 수 밖에 없었지."

그들은 모두 현명한 노인이 돈을 잃고 돌아온 것에 대 해 이상하게 생각했지만 곧 잊어버리고 말았다.

알렉세이 역시 그 일을 잊어버리고 열심히 일을 했다. 아들의 도움을 받으며 겨울을 지낼 땔감을 만들기도 하며 아내와 힘을 합해 보리를 탈곡하기도 했다. 그리고 지붕의 초가를 다시 씌웠으며, 꿀벌을 정리하고 분봉한 벌통을 정확히 구분해 일곱 상자를 이웃에게 건네주었다.

일이 끝나면 알렉세이는 아들을 품팔이하러 내보냈고, 자신은 선반을 만들거나 벌통을 만들면서 보냈다.

* * 8 * *

알렉세이가 병자가 있는 농가에서 묵고 있는 동안 에핌은 하루종일 길동무가 나타나기를 기다렸다. 그는 얼마 떨어지지 않은 곳에 앉아 기다리다가 깜박 잠이 들었으나 곧 깨어나 잠시 그대로 앉아 있었다. 그러나 어디에도 친구의 모습은 보이지 않았다. 해는 이미 나무 뒤쪽으로 저물고 있었다. 그러나 알렉세이의 모습은 보이지 않았다.

에핌은 생각해 보았다.

'혹시 내가 잠든 동안 가버린 건 아닐까? 누군가 말을 태워줘서 내가 잠든 것을 모르고 지나갔을지도 모른다. 그렇다고 해도 나를 보지 못하다니. 그럴 리가 없어. 허허 벌판에 앉아 있었으니까. 돌아가 볼까? 하지만 그가 먼저

갔다면 더욱 낭패이리라. 계속 가는 것이 나을 거야. 숙박하는 곳에서 만날지도 모르니까.'

에핌은 다음 마을에 들어서면서, 만일 이러저러한 노인이 나타나면 그가 묵고 있는 집으로 보내 달라고 경비병에게 부탁했다. 그러나 그날 밤에도 알렉세이는 나타나지 않았다. 에핌은 계속 길을 가면서도 만나는 사람마다 혹시 머리가 벗어진 노인을 보지 못했냐고 물었다. 그러나 알렉세이를 본 사람은 아무도 없었다. 에핌은 이상하게 생각하면서도 걸음을 멈추지 않았다.

'오뎃사 아니면 배에서 만나겠지.'

이런 생각을 하자 한결 마음이 가벼워졌다. 에핌은 도중에 성직자처럼 옷을 입은 순례자를 만났다. 그는 머리를 길게 길렀고, 둥근 모자를 쓰고 있었다. 그는 아토스(그리스 정교의 수도원이 20개쯤 있는 지역임)에도 간 적이 있었고, 예루살렘에는 두 번째로 간다고 했다.

그들은 무사히 오뎃사에 도착해 사흘 동안 배를 기다렸다. 방방곡곡에서 모여든 순례자들도 마찬가지로 기다리고 있었다. 에핌은 또다시 알렉세이에 대해 물었지만, 아무도 그를 본 자가 없었다.

에핌은 5루블을 내고 외국 여권을 얻었다. 그리고 예루살렘까지 왕복 운임으로 40루블을 지불하고 도중에 먹을 빵과 훈제 청어를 샀다.

이윽고 짐을 배에 싣게 되자 순례자들과 에핌도 배에 올라탔다. 드디어 닻을 올리고 항해가 시작되었다.

낮에는 날씨가 화창했으나 밤이 되자 비바람이 불면서 배가 이리저리 흔들리기 시작했다. 사람들은 두려움에 질려 여기저기서 아우성쳤고, 여자들은 비명을 지르며 울부짖었다. 에핌도 두려웠지만 내색을 하지 않은 채 꼼짝하지 않고 자리에 앉아 있었다. 탄보프에서 온 노인들도 나란히 앉아 그날 밤과 이튿날을 조용히 보냈다.

사흘째 되던 날 비로소 파도가 잔잔해졌고, 닷새째 되던 날에는 콘스탄티노플에 도착했다. 그 후 스미나와 알렉산드리아를 거쳐 무사히 야파에 도착했다.

순례자들은 모두 야파에서 내려 예루살렘까지 70킬로미터 길을 걸어야 했다. 육지에 올라서 걷기 시작한 순례자들은 사흘째 되던 날 비로소 예루살렘에 다다랐다. 에핌은 예루살렘 성 밖에 마련된 러시아인 여관에 묵기로 했다.

그곳에서 여권 검사를 받고 저녁식사를 마친 그는 새 친구와 함께 성지를 둘러보았다. 그 시간에는 그리스도의 성묘에는 입장이 허락되지 않아서 대제사장들의 무덤을 찾아갔다. 그곳에는 이미 많은 사람들이 모여 있었다.

그때 성직자 하나가 수건을 가지고 나와 사람들의 발을 하나씩 닦아주고 입맞춤을 해주었다. 에핌의 발도 닦아주고 입맞춤해 주었다. 사람들은 촛불을 밝히고 기도를 드리며 돌아가신 부모의 명복을 빌기 위해 헌금을 했다.

다음 날 아침에는 마리아가 고난을 피했다는 이집트의 독방에 가보았다. 이곳에서도 촛불을 밝히고 기도를 드렸다. 다음에는 아브라함 수도원을 찾아갔고, 아브라함이 하느님께 바치기 위해 아들 이삭을 죽이려고 했던 사베크의 동산에도 가보았다. 그리고 그리스도가 막달라 마리아 앞에 나타났다는 야고보의 성당에도 가보았다. 새로 사귄 순례자 친구가 일일이 안내해 주면서 어느 정도의 헌금을 해야 하는지도 가르쳐 주었다. 점심때쯤 되었을 때 그들은 여관으로 돌아와 식사를 한 뒤 잠시 쉬려고 자리에 누웠다. 그때 순례자 친구가 갑자기 자기 옷을 뒤집으면서 소리쳤다.

"23루블이 들어 있는 지갑을 도둑맞았어. 10루블 지폐 두 장과 3루블을 넣어 뒀는데."

그는 한숨을 내쉬면서 사뭇 우는 소리를 했다. 그러나 어쩔 도리가 없었으므로 두 사람은 누워 잠을 청했다.

9

에핌은 자리에 누웠지만 문득 이상한 생각이 들었다.

'이 친구 돈을 훔친 사람은 없어. 원래 돈이 한푼도 없었던 거야. 어딜 가나 돈을 내는 걸 보지 못했으니까. 나한테서 1루블을 꾸기까지 했잖아.'

에핌은 이러한 생각이 들었으나 남을 탓해서는 안 된다고 자신을 책망했다.

그러나 한번 그러한 생각이 들자 좀처럼 그 생각에서 자유로워지지가 않았다. 이 순례자 친구는 돈에 지나치게 관심을 가졌고, 지갑을 도둑맞았다고 했을 때에도 행동거지가 수상했다.

저녁이 되었을 때 그들은 자리에서 일어나, 그리스도의 성묘가 보관되어 있는 부활의 성당에서 열리는 자정 예배에 참석하러 갔다. 그 순례자 친구는 어딜 가나 에핌 곁에 꼭 붙어 있었다.

부활의 성당에 도착하자 이미 많은 사람들이 모여 있었다. 러시아인뿐만 아니라 영국인, 아르메니아인, 터키인, 시리아인 등 여러 나라 사람들이 있었다.

에핌은 사람들과 함께 성스런 문으로 들어갔다. 그리고 성직자의 안내를 받아 그리스도가 십자가에서 내려져

기름부음을 받았다는 장소로 향했다. 그곳에는 커다란 촛대가 아홉 개나 있었다. 성직자는 모든 것을 보여주며 설명해 주었다. 그리고 성직자의 안내를 받아 오른쪽 계단을 밟으며 십자가를 세워 놓았던 골고다로 올라갔다. 에핌은 그곳에서 기도를 드렸다. 그리고 대지가 지옥까지 무너져 내렸다는 바위 사이를 지나 그리스도의 손과 발이 십자가에 못 박혔다는 곳도 보았다. 또한 그리스도의 피로 아담의 뼈까지 적셨다는 아담의 무덤도 보았다.

그런 다음 그리스도께서 가시 면류관을 쓸 때 앉으셨다는 바위와 채찍질당할 때 묶여 있었다는 기둥도 보았다. 그리고 그리스도의 발자국이라고 하는 두 개의 구멍이 난 바위를 보았다.

안내인은 이밖에도 더 많은 것을 보여주려고 했으나 사람들이 발길을 재촉했다. 그리스도의 성묘가 있는 동굴을 빨리 보고 싶었던 것이다. 그곳에서는 다른 종파의 예배가 끝나고 정교회의 예배가 시작되고 있었다. 에핌은 사람들과 함께 동굴을 향해 걸어갔다. 그는 순례자 친구와 헤어지고 싶었다.

그러나 그 친구는 에핌의 곁을 떠나려고 하지 않아 그

리스도의 묘혈에서 열린 예배까지 따라왔다. 너무도 많은 사람들이 몰려와 꼼짝도 할 수 없었는데, 에핌은 때때로 지갑을 더듬어 확인해 보았다.

그의 마음속에서는 두 가지 생각이 다투고 있었다. 하나는 순례자 친구가 거짓말을 하고 있다는 것이었고, 다른 하나는 만일 이 친구의 말이 사실이라면 자기는 그런 일을 당하지 말아야겠다는 생각이었다.

✳ ✳ 10 ✳ ✳

에핌은 선 채 기도를 드리면서 예배당 안을 둘러보았다. 그리스도의 관 위에는 36개의 등불이 밝혀져 있었다. 사람들의 머리 위로 그것을 바라보던 그는 깜짝 놀랐다. 알렉세이 보드로프처럼 생긴 대머리 노인이 남루한 옷을 입고 서 있는 게 아닌가?

'알렉세이를 닮았구나. 그러나 알렉세이일 리가 없어. 내가 탄 배보다 앞의 배는 1주일 먼저 떠났으니까 그 친구가 탔을 가능성은 전혀 없어. 내가 탄 배에도 타지 않았고.'

에핌이 이런 생각을 하는데, 그 노인은 기도를 시작하며 정면의 하느님과 양쪽 정교도들에게 각각 한 번씩 세 번 절을 했다. 그가 에핌 쪽을 돌아보았을 때 에핌은 분명히 그를 알아보았다. 틀림없는 알렉세이 보드로프였다. 곱슬곱슬한 수염, 희끗희끗한 구레나룻, 눈썹, 눈, 코, 입, 등 틀림없이 그의 얼굴이었다.

에핌은 친구를 발견하고 기뻐하는 한편 어떻게 알렉세이가 먼저 왔는지 궁금하기 짝이 없었다. 그러면서도 그는 속으로 순례자 친구를 떼어놓을 수 있다는 생각과 친구를 만났다는 기쁨에 기분이 좋았다.

'정말 재주가 좋아. 아마 누군가가 지름길을 알려주었을 거야. 이제 밖으로 나가면 알렉세이를 만날 수 있겠군.'

에핌은 알렉세이를 놓치지 않으려고 계속 지켜보았다. 그러나 예배가 끝나자 관에 입을 맞추려는 사람들이 몰려들어 옆으로 밀려날 수밖에 없었다. 에핌은 지갑을 잃어버리지 않으려고 손으로 꼭 잡고 사람들을 헤치며 밖으로 나갔다.

겨우 밖으로 나온 에핌은 알렉세이를 찾아 성당 안과 밖을 둘러보았다. 성당은 방마다 사람들로 꽉 차 있었다. 사람들은 식사를 하거나 포도주를 마셨고, 잠을 자거나 책을 읽고 있었다. 그러나 알렉세이는 아무 데도 없었다.

그날 밤에 순례자 친구도 돌아오지 않았다. 1루블을 갚지 않은 채 끝내 자취를 감춘 것이다. 에핌은 외톨이가 되었다.

이튿날, 에핌은 배에서 알게 된 탄보프 노인과 다시 그리스도의 성묘를 찾아갔다. 에핌은 전과 같이 사람들에게 떠밀려 기둥에 기대어 기도를 드렸다. 문득 고개를 들고 앞을 보니 또다시 그리스도의 관 앞에 알렉세이가 있었다. 그는 성직자처럼 두 팔을 높이 들고 기도하고 있었다. 대머리가 벗겨진 그의 얼굴은 유난히 반짝였다.

'오늘은 절대로 놓치지 않겠어.'

에핌은 다짐을 하면서 사람들을 밀치고 앞으로 나왔다. 그러나 알렉세이는 어느새 보이지 않았다.

사흘째 되던 날도 에핌은 성묘 앞에서 알렉세이가 양손을 벌리고 위를 쳐다보며 기도하고 있는 것을 보았다. 여전히 대머리가 빛나고 있었다.

'이번에는 먼저 문 앞에서 기다려야겠어. 그럼 우리 둘 중 하나는 보겠지.'

에핌은 이렇게 생각하며 밖으로 나가 문 앞에서 알렉세이를 기다렸다. 그러나 정오가 되도록 알렉세이는 나타나지 않았다.

에핌은 예루살렘에 6주 동안 머물며 베들레헴·베다니·요단강 등을 둘러보았다. 그리스도의 성묘 앞에서는 새 웃옷에 도장을 찍어 입었다. 자기가 죽으면 그 웃옷을 입고 매장되리라 생각했던 것이다. 그리고 요단강 물을 유리병에 담았고, 성화를 켠 초를 모아 여덟 군데에 부친의 추도 예배를 신청했다. 결국 돈을 다 써버린 그는 서둘러 집으로 돌아가야겠다고 마음먹었다.

✳✳ 11 ✳✳

에픰은 혼자 올 때와 똑같은 길로 돌아왔다. 집이 가까워질수록 집안일이 걱정되기 시작했다. 집안을 일으키는 데는 평생이 걸리지만 무너뜨리는 데는 한 순간이라는 말도 떠올랐다.

'내가 없는 동안 아들이 잘해 냈을까? 가축들의 월동 준비는 되어 있을까? 집은 제대로 지었을까?'

이윽고 에픰은 작년에 알렉세이와 헤어졌던 마을을 지나게 되었다. 그 마을 사람들은 몰라볼 정도로 달라져 있었다. 작년에는 굶주림으로 허덕이던 사람들이 올해에는 풍년이 들어 모두 풍족하게 살고 있었다.

저녁 무렵, 에픰이 알렉세이와 헤어졌던 바로 그곳에 다다랐다. 그때 하얀 옷을 입은 계집아이가 뛰어나와 소리쳤다.

"할아버지, 우리집에서 쉬었다 가세요."

에픰은 알렉세이에 대해 물어보기 위해 그 집에 들르기

로 했다. 에픰이 그 집에 들어갔더니 여자가 나와 에픰의 자루를 내려주고 얼굴과 손을 씻을 물을 떠다 주었다. 그리고 우유와 삶은 달걀, 수프 등을 식탁에 차려놓았다. 에픰은 고맙다는 인사를 하며 순례자를 친절하게 대접하는 여자를 칭찬했다. 그러자 여자는 고개를 저으며 말했다.

"순례하시는 분들에게 친절을 베풀지 않을 수가 없지요. 그분들에게서 살아가는 방법을 배웠으니까요. 우리는 오랫동안 하느님을 잊고 살았어요. 그런데 작년 여름 염병에 걸려 모두 죽게 되었는데, 당신과 같은 노인 한 분을 하느님께서 보내 주신 거예요. 그분은 점심 때쯤 물을 마시러 들렀다가 우리의 몰골을 보고 가엾게 여겨 우리집에 머물면서 우리가 살아날 수 있도록 도와주었지요. 음식뿐만 아니라 땅을 되찾아 주시고 말과 마차까지 사주셨죠."

그때 노파가 들어와 며느리의 말을 이었다.

"우리는 그 노인이 사람이었는지 아니면 하느님의 천사였는지 지금도 알 수가 없어요. 우리에게 사랑을 베푼 다음 이름도 밝히지 않은 채 가버렸거든요. 지금도 눈에 선해요. 우리 모두 누워 죽기를 기다리고 있는데, 머리가 벗겨진 마음씨 좋은 노인이 물을 달라며 들어왔어요. 나는 저 영감이 뭘 훔치러 왔나 천벌 받을 생각을 했지요. 그런데 그분은 우리를 보더니 자루를 내려놓고 끈을 풀었어요. 바로 여기에서 말이에요."

그때 계집아이가 입을 열었다.

"할머니, 그게 아니에요. 처음에는 방 한가운데 자루를 내려놓았다가 다음에 의자에 올려놓았어요."

그들은 서로 다투어가며 노인의 선행에 대해 이야기했다. 그때 말을 타고 돌아온 그 집의 주인도 알렉세이에 대해 이것저것 이야기했다.

"만일 그분이 오시지 않았다면 우리는 많은 죄를 지은 채 죽었을 거예요. 우리는 자포자기하고 하느님과 사람들을 원망하며 죽어가고 있었거든요. 그런데 그분 덕택에 우리는 살아났고, 짐승과 같은 삶에서 사람다운 삶을 살게 되었지요."

그 집 사람들은 에핌에게 먹을 것을 충분히 대접한 뒤 잠자리를 마련해 주었다. 그러나 에핌은 잠을 이룰 수가 없었다. 알렉세이가 머리에서 떠나지 않았다. 예루살렘에서 그를 세 번이나 보았던 기억이 자꾸만 되살아났다.

'그렇다. 알렉세이는 이곳에서 나를 앞지른 거야. 그리스도께서 내 순례는 받아들이셨는지 모르지만, 알렉세이의 순례는 분명 받아들이셨어.'

다음날 아침, 그들은 에핌에게 파이를 주며 작별인사를 고했다. 에핌은 집을 향해 서둘러 길을 재촉했다.

에핌은 1년 동안의 여행을 마치고 집으로 돌아왔다. 그가 집에 돌아온 것은 봄날 저녁 때가 되어서였다.

에핌은 술에 취해 돌아온 아들에게 이것저것 물어보았다. 자기가 집을 비운 동안에 아들의 낭비를 간파했던 것이다. 나쁜 일에 돈을 흥청망청 쓰고 일은 팽개쳐 놓고 있었다. 아버지가 책망하자 아들은 퉁명스럽게 대꾸했다.

"그럼 아버지가 집안 일을 보시지 그러셨어요. 오랫동안 집을 비우시고는 그 책임을 저한테만 물으시는군요."

에핌은 화가 나서 아들을 마구 때렸다.

다음날 아침, 에핌은 이장에게 자신의 답답한 심정을 토로하러 가던 중에 알렉세이의 집 앞을 지나게 되었다. 마침 현관에 나와 있던 알렉세이의 아내가 반갑게 인사를 했다.

"안녕하세요? 예루살렘에는 무사히 다녀오셨군요."

"예, 덕분에요. 도중에 당신 영감과 헤어졌는데, 듣자하니 벌써 돌아왔다지요."

수다스러운 알렉세이의 아내가 이야기를 시작했다.

"그럼요, 진작 돌아왔지요. 아마 성모님 승천일이 지나고 바로 돌아왔을 거예요. 그이가 불쑥 돌아오자 식구들은 정말 기뻤지요. 그이가 집에 없으면 왠지 집이 텅 빈

것 같거든요. 아들도 그이가 집에 없으면 햇빛이 꺼진 것 같았다고 하면서 무척 반기더군요. 우리는 모두 그이를 끔찍이 좋아하고 소중히 생각한답니다."

"지금 집에 있습니까?"

"물론이지요. 지금 꿀을 따고 있어요. 올해에는 꿀이 아주 좋대요. 모두 주님의 덕분이죠. 자, 들어가 보세요. 우리 그이가 정말 반가워하실 거예요."

에핌은 뜰을 지나 양봉장에 있는 알렉세이 쪽으로 걸어갔다. 양봉장에 들어서자 잿빛 웃옷을 걸친 알렉세이가 얼굴을 가리지 않은 채 자작나무 아래에서 양팔을 벌리고 하늘을 올려다보고 있었다. 머리가 벗겨진 그의 얼굴은 무척 빛이 났다. 에핌이 그리스도의 성묘에서 보았던 바로 그 모습이었다. 머리 위로는 예루살렘에서처럼 자작나무 사이로 햇살이 그를 환하게 비추고 있었다. 주위에서는 마치 후광처럼 벌들이 윙윙거리며 날아다니고 있었다. 에핌은 저도 모르게 그 자리에 우뚝 멈춰 섰다.

"영감, 친구분이 오셨어요."

뒤돌아본 알렉세이는 꿀벌을 조심스럽게 몰아내며 반가운 얼굴로 에핌을 향해 다가왔다.

"어서 오게. 무사히 돌아왔군."

"다녀오기야 잘했지. 자네한테 주려고 요단강 물을 떠

오기도 하고. 언제 가지러 오게나. 하지만 주님께서 내 기도를 받아주셨는지는 모르겠네."

"그야 물론 받아주셨겠지. 어쨌든 고맙네."

에핌은 잠시 잠자코 있다가 입을 열었다.

"내 몸뚱이는 그곳을 다녀왔지만, 영혼은…… 글쎄 그곳을 다녀왔는지……."

"여보게, 그런 판단은 하느님만 할 수 있네. 그건 하느님의 몫이지."

"돌아오던 길에 자네가 도움을 주었던 집에 들렀었지……."

알렉세이가 깜짝 놀라 서둘러 말을 가로챘다.

"모든 게 하느님의 뜻이라고. 자, 잠깐 들어와서 꿀이나 가져가게."

알렉세이는 화제를 바꾸어 집안일에 대해 이야기했다.

에핌은 한숨을 내쉬며 농가의 이야기며, 예루살렘에서 알렉세이를 본 이야기를 하지 않기로 했다. 그러나 하느님께서는 우리가 죽을 때까지 사랑과 의로운 행동을 하기를 원한다는 것을 깨닫게 되었다.

바보 이반

아주 먼 옛날, 어느 나라에 부유한 농부가 살고 있었다. 이 농부에게는 아들 셋과 딸 하나가 있었다. 큰아들은 군인인 세몬, 둘째아들은 배불뚝이 타라스, 셋째아들은 바보 이반이었고, 막내인 딸은 귀머거리이자 벙어리인 말라냐였다. 군인인 세몬은 전쟁터에 나갔고, 배불뚝이 타라스는 상인이 되기 위해 밖으로 돌았다. 그래서 집에는 바보 이반과 누이만 남아 농사일을 돕고 있었다.

전쟁터로 나간 세몬은 많은 공을 세워 높은 벼슬과 땅을 얻게 되었고, 어느 귀족의 딸과 결혼까지 하게 되었다. 그러나 재산이 많았는데도 날마다 돈이 부족해 쩔쩔매고 다녔다. 왜냐하면 남편이 돈을 벌어들이기가 무섭게 귀족 행세를 하는 아내가 돈을 물 쓰듯 펑펑 써버렸기 때문이다. 그래서 군인인 세몬은 소작료를 받으려고 농장으로 향했다.

그러나 관리인들은 이렇게 말했다.

"소작료가 들어올 리가 없지요. 저희들에겐 가축이나 농기구, 말이나 소도 없는 처지입니다. 먼저 이것들을 갖추어 주고 소작료를 받아야 합니다. 그래야 이윤이 생기지요."

그래서 세몬은 아버지를 찾아갔다.

"아버지, 아버지는 많은 재산이 있으면서도 저에게는 아무 것도 주시지 않았습니다. 그러니 저에게 땅을 삼분의 일만 주시지요. 그러면 저의 소유로 옮겨 놓겠습니다."

"네가 집에 보태 준 적이 하나라도 있느냐? 우리가 이렇게 재산을 불린 건 이반과 말라냐가 열심히 일했기 때문이야. 그런데 너에게 땅을 삼분의 일을 주면 그 애들이 못마땅해할 것이다."

그러자 세몬이 말했다.

"그렇지만 그 애는 바보가 아닙니까? 그리고 누이도 귀머거리에다 벙어리이고요. 그런 것들한테 뭐가 필요하겠어요."

그러자 아버지가 말했다.

"그럼 이반의 말을 들어보자."

아버지가 땅에 관해 이반에게 묻자 이반은 아주 쉽게 대답했다.

"뭘요, 세몬 형님한테 드리죠."

세몬은 집에서 삼분의 일의 땅을 얻어 자기 앞으로 이전한 뒤 다시 전쟁터로 떠났다.

이 말을 들은 배불뚝이 타라스도 아버지를 찾아와 땅의 삼분의 일을 달라고 했다. 그 동안 그는 돈을 많이 모아 상인의 딸한테 장가들어 부자로 살고 있었다.

"아버지, 제게도 제 몫을 주십시오"

그러나 아버지는 세몬에게 했던 것처럼 거절했다.

"너는…… 가족을 위해 아무 것도 한 일이 없다. 그리고 지금 집에 있는 것은 모두 이반이 벌어들인 거야. 나는 그 애하고 네 누이동생을 섭섭하게 할 수는 없다."

"저런 바보 녀석에게 뭐가 필요합니까? 저 녀석은 장가도 갈 수 없을 것입니다. 누가 바보에게 오겠습니까? 벙어리인 누이도 마찬가지로 시집을 갈 수가 없겠죠. 그

러니 누이에게도 필요한 것이라곤 아무 것도 없습니다. 그렇잖아, 이반? 나한테 재산을 절반만 다오. 그리고 난 농기구 따윈 필요 없으니까 저 회색 수말이나 한 필이면 그만이야. 저건 네가 농사를 짓는 데 필요한 것도 아닐 테니까."

이반은 멍청하게 웃으며 쾌히 승낙했다.

"그렇게 해요, 형님. 나야 또 잡아오면 됩니다요."

이렇게 해서 타라스도 재산을 나누어 가져갔다. 타라스에게 수말까지 빼앗긴 이반은 예나 다름없이 늙어빠진 암말 한 마리로 농사를 지어 아버지와 어머니를 봉양하게 되었다.

✳✳ 2 ✳✳

이들 형제가 사이좋게 재산을 나누어 갖는 것을 매우 기분 나쁘게 생각한 두목 마귀는 부하 마귀 셋을 큰소리로 불렀다.

"자, 이봐라. 너희들 저 인간 세상의 세몬과 타라스, 이반 삼형제를 알고 있지? 세몬이란 군인과 타라스란 배불뚝이, 그리고 이반이란 바보 녀석 말야. 나는 저 녀석들이 사이좋게 지내는 게 마음에 들지 않아. 서로 도우며 의좋게 살고 있거든. 그 중에서도 특히 이반이란 바보 녀석은 어찌나 마음이 착한지 내 일을 엉망진창으로 만들지 뭐냐! 이제부터 너희들 셋은 저 녀석들에게 달라붙어 서로 싸움을 하도록 이간질을 하거라. 어떠냐? 자신들 있겠지?"

"물론입죠. 할 수 있다마다요."

"그럼 어떻게 할 셈이냐?"

"우선 먹을 것이 아무 것도 없는 가난뱅이로 만들 것입니다. 그리고 세 녀석을 한 군데 모여 살게 하지요. 그럼 녀석들은 서로 조금이라고 먹기 위해 싸울 것입니다."

"그것 좋은 생각 같구나. 그럼 어서 가서 저 녀석들의 사이를 떼어놓거라. 그러기 전에는 절대로 돌아와선 안돼. 그렇지 않으면 너희 세 놈의 가죽을 몽땅 벗기고 말테니까, 명심하거라."

부하 마귀들은 두목 마귀에게 인사를 한 뒤, 숲 속으로 들어가 어떻게 일에 착수할 것인지 의논하기 시작했다. 그들은 서로 조금이라도 더 쉬운 일을 맡으려고 말다툼을 하다가 겨우 제비를 뽑아서 누가 누구를 맡을 것인지를 정하기로 결정했다. 그리고 조금이라도 먼저 일찍 일을 마친 자는 다른 자를 도우러 와야 한다고 결정했다. 마귀 셋은 제비를 뽑고 나서 언제 다시 이곳에서 모일 것인지를 정했다. 그리고 그날 누구의 일이 끝나고 누구를 도우러 가야 할 것인지를 결정하기로 했다. 마귀들은 각자 맡은 대로 행동하기로 다짐하고 헤어졌다.

드디어 그날이 닥치자 마귀들은 약속대로 숲에 모였다. 그리고 각자 서로 맡은 일을 어떻게 처리했는지에 관해 말하기 시작했다. 세몬이란 군인한테서 돌아온 첫 번째 마귀가 입을 열었다.

"내가 맡은 일은 아주 잘되었어. 내일이면 세몬이란 녀석이 자기 아버지를 찾아갈 거야."

그때 동료 마귀가 물었다.

"어떻게 했는데?"

"나는 말야. 우선 세몬에게 쓸데없는 용기를 잔뜩 불어넣어 주었어. 그랬더니 그 녀석은 자기 왕에게 온 세계를 정복하겠다고 호언장담하더군. 그러자 왕은 세몬을 대장으로 임명하고 인도를 정복하라고 보낸 거야. 모두들 인도를 정복하러 가겠다고 모였어. 그런데 나는 바로 그날 밤 세몬 군사들의 화약을 모조리 적셔 놓았지. 그리고 인도로 달려가 짚으로 허수아비 군사들을 무수히 만들어 놓았어. 인도로 간 세몬의 군사는 수많은 군인들이 있는 것을 보고 겁을 잔뜩 먹게 되었지. 게다가 세몬이 부하들에게 발포 명령을 내렸지만 대포든 총이든 어디 나가야 말이지. 전부 물에 젖어 전혀 나가지 않는 거야. 그러니 세몬의 군사들은 사색이 되어 줄행랑을 쳤고 양 떼처럼 뿔뿔이 흩어졌지. 그러자 인도 왕은 기회를 놓치지 않고 그들을 모조리 쳐부수었어. 결국 세몬은 톡톡히 망신을 당한 채 패장이 되어 돌아오게 되었고, 땅을 몽땅 몰수당했을 뿐만 아니라 내일은 사형당할 거야. 하지만 아직 끝난 건 아니지. 그 녀석을 감옥에서 꺼내 집으로 내빼도록 해야 하는 일이 남아 있어. 하지만 내일이면 완전히 끝장이 나니까 혹시 내 도움이 필요하면 말해."

타라스를 공략하러 갔다가 돌아온 다른 마귀도 자기가 한 일에 대해 말했다.

"나는 말야, 도움 같은 건 필요 없어. 내 일도 아주 잘되고 있으니까. 타라스란 녀석도 이제 일주일 이상을 버티지 못할 거야. 나는 먼저 그 녀석을 욕심쟁이로 만들어 버렸거든. 그랬더니 그 녀석은 남의 재산까지 탐내서 닥치는 대로 사들이게 되었어. 주머니에 있는 돈을 있는 대로 탈탈 털어 모조리 사들이고 있는 중이야. 그래도 여전히 모자라서 빚을 져 가면서까지도 사들이고 있지. 이제는 너무 긁어모으다 보니까 어떻게 처치해야 할지 몰라 안절부절못하고 있어. 일주일 뒤에는 그동안 사들인 물건의 외상값을 갚아야 할 텐데, 나는 그 안에 그 녀석의 물건들을 깡그리 거름으로 만들어 놓을 작정이야. 그럼 그 녀석은 필시 갈지 못하고 이내 자기 아버지에게로 달려갈 거야."

그러고는 마지막으로 이반에게 갔다온 셋째 마귀에게 물었다.

"네가 맡은 일은 어떻게 됐지?"

"그게 사실은 말야, 내 일은 마음먹은 대로 잘 풀리지 않았어. 우선 나는 그 녀석에게 먼저 배탈이 나게 할 계획을 세웠어. 그래서 그 녀석의 찻주전자 속에다 잔뜩 몹쓸 것을 넣어 놓았어. 그리고 녀석의 밭으로 가서 땅바닥을 돌처럼 굳혀 놓았지. 그 녀석이 꼼짝도 못하게 말야. 이쯤 되면 녀석도 절대로 밭을 갈지 못하겠지 생각했는데 그렇지 않은 거야. 그 바보 같은 녀석은 말없이 쟁기를 가지고 와서는 묵묵히 갈아엎지 않겠나. 배가 아파 끙끙 앓으면서도 계속해서 밭을 갈아대는 거야. 그래서 이번에는 그 녀석의 보습을 부숴 놓았지. 그랬더니 그 녀석은 집으로 들어가 다른 보습을 가지고 나오더니 또다시 갈기 시작하지 뭐야. 그래서 나는 땅 속으로 기어들어가 보습을 붙들어 보려고 했는데, 도무지 붙잡히지 않는 거야. 그 녀석이 쟁기를 누르는데다 보습이 날카로워서 내 손만 베이고 말았어. 그래 그 녀석은 이제 거의 다 갈아버리고 겨우 한

두둑밖에 남지 않았어. 그러니 자네들이 와서 좀 도와주어야겠어. 우리가 그 녀석 하나를 때려잡지 못하는 날엔 우리들의 일은 모두 허사가 되고 말 테니 말야. 만약 그 바보 녀석이 남아 계속 농사를 짓게 된다면, 그들은 별로 어려움을 당하지 않게 될 거야. 그 바보 녀석이 두 형을 부양하게 될 테니 말야."

군인인 세몬을 맡고 있는 마귀가 내일 도우러 가겠다고 약속했다. 마귀들은 그렇게 결정한 다음 헤어졌다.

※ ※ 3 ※ ※

이반은 묵혀 두었던 밭을 다 갈고, 이제는 한 두둑만 남겨놓은 상태였다. 그는 마저 다 갈아 버리려고 마음먹었다. 그래서 견딜 수 없을 정도로 배가 아팠지만 꾹 참고 밭을 갈았다. 그는 고삐의 줄을 톡톡 치며 쟁기를 돌려 갈기 시작했다. 한 번 갔다가 되돌아와서 다시 되짚어 오는데, 마치 커다란 나무뿌리에 걸리기라도 한 것처럼 어쩐 일인지 쟁기가 나가지 않았다. 그것은 마귀가 두 발로 보습 끝을 잡아당기고 있었기 때문이다. 이반은 별 이상한 일도 다 있다고 고개를 갸우뚱하며 생각했다.

'이상한 일이야. 아까만 해도 나무뿌리 같은 건 전혀

없었는데……. 하지만 나무뿌리인 게 분명해.'

이반은 땅 속에 손을 집어넣었다. 그러자 무엇인가 부드러운 것이 뭉클 손에 닿았다. 그는 그것을 꽉 움켜잡아 밖으로 끌어냈다.

나무뿌리처럼 새까맣게 생겼는데 그 위에서 무엇인가 꿈틀거렸다. 그는 그것을 자세히 들여다보았다. 그러자 살아 있는 마귀라는 걸 알아차렸다.

"아니, 이 빌어먹을 놈!"

이반은 마귀를 땅바닥에다 패대기치려고 번쩍 치켜들었다. 그러자 마귀가 소리를 지르며 울면서 애원했다.

"제발 살려 주세요. 그 대신 무엇이건 시키는 대로 해 드리겠습니다."

"그래, 무엇을 해주겠다는 거냐?"

"그저 무얼 원하시는지 말씀만 하십시오."

이반은 머리를 긁으며 말했다.

"나는 배가 아픈데 말야, 낫게 할 수 있겠나?"

"물론입죠. 할 수 있고말고요."

"그럼 어디 낫게 해 보아라."

마귀는 땅 위에 몸을 구부리고 여기저기 손톱으로 뒤져가며 무엇인가를 찾았다. 이윽고 가지가 셋인 조그만 풀뿌리를 쑥 뽑아 그것을 이반에게 건네며 말했다.

"여기 있습니다. 이 뿌리를 한 가닥만 삼키시면 어떠한 병이든 금방 나을 것입니다."

이반은 뿌리를 받아 하나를 쭉 찢어 먹었다. 그러자 신통하게도 금방 배 아픈 것이 가셨다.

마귀가 다시 사정하기 시작했다.

"제발 저를 이제 놓아주세요. 나는 땅 속으로 기어들어가 다시는 나오지 않겠습니다."

그러자 이반이 말했다.

"자, 그럼 잘 가거라!"

그런데 이반의 말이 떨어지기 무섭게 마귀는 물 속에 던진 돌처럼 땅 속으로 금방 모습을 감추어 버리고 말았다. 그 자리엔 구멍 하나만 남아 있을 뿐이었다.

이반은 나머지 두 가닥의 뿌리를 모자 속에다 쑤셔 넣고 다시 땅을 갈기 시작했다. 그리고 마지막 이랑을 다 갈아엎은 그는 쟁기를 뽑아들고 집으로 돌아왔다. 말을 풀어 놓고 오두막 안으로 들어가자 맏형인 군인 세몬이 아내와 함께 앉아 저녁을 먹고 있었다.

그는 논과 밭을 모두 몰수당한 것이었다. 그리고 가까스로 감옥에서 도망쳐 나와 아버지한테 빌붙어 살려고 이곳으로 달려온 것이었다.

세몬은 이반이 들어오는 걸 보고 이렇게 말했다.

"이반아, 너에게 신세를 좀 져야겠다. 나와 우리 집사 람을 먹여다오. 물론 새 일자리가 나설 때까지만 말이다."

"네, 그렇게 하시죠. 염려 말고 여기서 사세요."

이반은 형과 형수 내외를 반갑게 맞이했다.

그런 다음 이반은 의자에 걸터앉았다. 그때 이반에게 서 나는 거름 냄새가 마땅치 않던 귀부인이 남편에게 말 했다.

"정말 끔찍한 냄새군요. 이토록 고약한 냄새가 나는 농 부하고는 밥을 못 먹겠어요."

그러자 군인인 세몬이 말했다.

"집사람이 너에게서 나는 냄새가 싫다고 하니, 너는 문 간에서 먹었으면 좋겠구나."

"뭐, 그렇게 하시죠. 그렇잖아도 난 바로 밤 순찰을 나 가야 하거든요. 그리고 말에게도 먹이를 줘야 하고요."

이반은 이번에도 선선하게 말했다. 그런 다음 빵과 웃 옷을 집어들고 밤 순찰을 하러 나갔다.

* * 4 * *

한편, 군인인 세몬을 맡은 마귀는 그날 밤 안에 일을 마치고 약속대로 바보를 골탕먹이려고 이반을 맡은 마귀를 찾아왔다. 마귀는 밭으로 와서 여기저기 한참동안 동료를 찾아 헤맸으나 어디에도 없었고, 그저 구멍이 하나 뚫려 있는 것을 발견했을 뿐이다.

'이거 아무래도 동료에게 무슨 나쁜 일이 일어난 모양이다. 그렇다면 내가 그 녀석을 대신할 수밖에 없지. 밭은 이제 다 갈아엎었으니까 이번에는 풀밭에 가서 그 바보 녀석을 골탕먹여야겠군.'

마귀는 목장으로 달려가 이반네 풀밭을 물로 질펀하게 만들었다. 풀밭은 단숨에 진흙바닥이 되었다. 이반은 동이 틀 무렵 가축을 지키는 일을 하고 돌아와 큰 낫을 들고 풀밭으로 풀을 베러 나갔다.

이반은 풀밭에 도착하자마자 이내 풀을 베기 시작했다. 그러나 한 번이나 두 번 내두르기만 했는데도 낫의 날이 무뎌져 계속 낫을 갈아야 했다. 이반은 여러 가지로 시도해 보았지만 소용이 없었다. 그는 혼잣말을 했다.

"안 되겠어. 집에 가서 숫돌을 가져와야겠어. 그 김에 빵도 가져와야지. 설령 1주일이 걸리는 한이 있더라도 다 베기 전에는 여기에서 떠나지 말아야지."

마귀는 이 소리를 듣고 생각을 해보았다.

"제기랄, 저 녀석은 참으로 멍청한 바보로군. 저 녀석에겐 이런 방법이 먹히질 않겠어. 다른 수를 써야겠어."

이반은 다시 돌아와서 낫을 갈더니 풀을 베기 시작했다. 작은 마귀는 풀 속에 몰래 기어들어가 낫 등에 달라붙어 날을 땅 속에 처박기 시작했다. 이반은 힘이 들었으나 가까스로 일을 끝냈다. 이제 거의 다 베고 물이 고인 늪지만 남았을 뿐이다. 마귀는 늪 속으로 기어들어가 이렇게 생각했다.

'이번에는 손가락이 잘리는 한이 있더라도 절대로 베지 못하게 해야지.'

이반이 늪지대로 다가왔다. 보기에는 풀이 그렇게 칙칙하지도 않은데, 어쩐지 낫이 말을 잘 듣지 않았다.

이반은 잔뜩 약이 올라 힘껏 낫을 휘두르기 시작했다.

마귀는 도저히 배겨낼 수가 없었다. 이쯤 되니 낫을 피해 뒤로 뛰어서 물러설 겨를도 없었다. 마귀는 꼬리가 반쯤 잘려나간 채 가까스로 덤불 속으로 몸을 숨겼다.

이반은 풀을 다 베고 나서 누이에게 그것을 긁어모으라고 일러 놓은 다음 이번에는 호밀을 베기 위해 집으로 갈고리낫을 가지러 갔다.

이때 꼬리가 잘린 마귀는 호밀밭에 와서 호밀을 마구 흩어 놓았다. 따라서 그가 갈고리낫을 가지고 호밀을 베러 왔을 때는 호밀밭은 엉망이 되어 있었다. 이반은 갈고리낫으로는 호밀이 베어질 것 같지가 않아서 집으로 돌아가 보통 낫을 가지고 왔다. 그리고 호밀을 베기 시작해 곧 전부 다 베어 버렸다.

"자, 이번에는 귀리를 베어야겠어."

꼬리를 잘린 마귀는 이 말을 듣고 이렇게 생각했다.

'이번에야말로 저 녀석을 골탕 먹이겠어. 어디 내일 아침에 두고 보자.'

이튿날 아침, 마귀가 귀리 밭에 달려가 보았더니 귀리는 벌써 다 베어져 있었다. 귀리 알이 떨어지는 걸 염려한 이반이 밤새 그것을 말끔히 베어 놓았던 것이다. 그 광경을 본 마귀는 약이 바짝 올라 중얼거렸다.

"저 바보 녀석이 내 꼬리를 자른 걸로도 모자라 열까지 받게 하고 있네. 전쟁에서도 이처럼 백전백패하는 경우는 없어. 저 빌어먹을 놈은 밤에도 잠을 자지 않으니 도무지 당해낼 도리가 없구나. 하지만 이번에는 호밀 단 속으로 들어가 호밀을 모조 썩히고 말겠다."

마귀는 호밀을 쌓아 놓은 데로 들어가 호밀을 썩게 만들었다. 그런데 호밀을 썩게 하려고 온도를 높이는 사이에 저도 모르게 그만 스르르 잠에 빠져들었다.

한편, 이반은 암말에게 수레를 끌게 하고 누이와 함께 호밀을 나르러 왔다. 호밀을 쌓아 놓은 곳으로 와서 호밀을 짐수레에 싣기 시작했다. 두어 단 가량 던져 올려놓고 꾹꾹 밟는데 왠지 감촉이 이상했다. 마귀의 등짝을 꾹꾹 밟게 된 것이다. 이반은 호밀을 헤치고 들여다보자 꼬리가 잘린 마귀가 버둥거리면서 빠져나가려고 안간힘을 쓰고 있었다.

그것을 본 이반이 재빨리 갈퀴에 마귀를 꿰고 말했다.

"아니, 요놈 보게. 이런 못된 놈 봤나! 다시는 오지 않겠다고 철석같이 약속하더니 또 왔구나!"

그러자 마귀가 대답했다.

"아니에요, 내가 아닙니다요. 저번에 약속한 마귀는 내 형이었어요. 나는 당신의 형님이신 세몬한테 가 있었던 마귀입니다."

"네가 어떤 놈이든지 내가 상관할 바는 아니다. 너도 똑같이 혼 좀 나봐라."

그렇게 말한 다음 이반이 마귀를 밭두둑에다 내리쳐 박살을 내려고 하는데, 마귀가 사정하기 시작했다.

"제발 한번만 용서해 주세요. 다시는 나오지 않겠습니다. 만일 놓아주시기만 한다면, 당신이 원하시는 것은 뭐든지 해드리겠습니다."

"그래, 그럼 뭘 할 수 있지?"

이반의 물음에 마귀가 대답했다.

"원하신다면 어떤 것으로든 군사를 만들어낼 수 있는

능력이 제게 있습니다."

"그렇지만 그까짓 군사가 내게 무슨 소용이 있지?"

"아니죠, 어디에나 쓸 수 있죠. 그들은 내 생각대로 무슨 짓이건 할 수 있으니까요."

"그럼 노래를 부를 수도 있단 말이냐?"

"그렇고말고요."

"어디 한번 해보아라."

이반이 말하자 마귀가 이렇게 대답했다.

"이 호밀단을 한 단 들어 땅바닥에다 반듯이 세우고 흔들면서 그저 이렇게 말하기만 하면 됩니다. '내 종에게 이르는 명령이다. 호밀단이 아니라 이제 이 수만큼의 군사가 되어라!' 이렇게 말입니다."

이반은 호밀단을 들고 그것을 땅바닥에다 세우고 흔들면서 작은 마귀가 일러준 대로 했다.

그러자 호밀단이 산산이 흩어져 많은 군사가 되고, 앞에는 나팔을 불고 북을 치는 군사가 되었다.

이반은 너무나 신기해서 큰소리로 웃었다.

"그것 참, 네놈은 여간한 솜씨가 아니구나! 이걸 계집애들이 보면 정말 기뻐하겠는걸."

"그럼 이제 저를 놓아주세요."

"아냐. 아직 낟알도 떨지 않았는데 호밀단을 군사로 만

들면 추수를 망치게 되잖아. 그러니
어떻게 해야 다시 호밀단으로 되돌
려 놓는지를 가르쳐 주어야지. 그
낟알을 떨어야 할 게 아냐."

그러자 마귀는 이렇게 말했다.

"그거야 쉽지요. 이렇게 말하
세요. '내 종에게 이르는 명령이
다. 군사가 아니라 이제 이 수만큼의
호밀단이 되어라!'"

이반이 그대로 말하자 다시 호밀이 되었다. 그러자 마
귀가 또다시 사정하기 시작했다.

"이제 놓아주세요."

"그래, 그러지."

이반은 마귀를 밭둑에다 걸쳐놓은 다음 한쪽 손으로
누르면서 그를 갈퀴에서 빼주었다.

"잘 가거라."

그가 말을 꺼내기가 무섭게 마귀는 물 속에 던진 돌처
럼 금방 땅 속으로 뛰어들어가 버렸다. 그 자리에는 먼젓
번처럼 커다란 구멍이 하나 남아 있었다.

이반은 집으로 돌아왔다. 집에는 둘째형인 타라스가
아내와 함께 와서 저녁을 먹고 있는 중이었다. 배불뚝이 타라스는 빚을 갚지 못하고 몰래 아버지에게 도망쳐 온 것이었다.

그는 이반을 보자마자 사정했다.

"얘, 이반. 내가 다시 장사를 할 때까지 집사람과 나를 좀 먹여다오."

"아, 그렇게 하세요."

이반은 웃옷을 벗고 식탁 앞에 앉았다.

그러자 상인의 아내가 입을 열었다.

"나는 바보 따위와 같이 한상에서 밥 먹을 수 없어요! 저 사람에게서는 고약한 냄새가 나서 말이에요."

그러자 타라스는 이렇게 말했다.

"이반, 너는 냄새가 많이 나는구나. 저기 저 문간에 가서 먹어라."

"그럼 그렇게 하죠."

이반은 선선히 대답한 뒤 제 몫의 빵을 들고 바깥으로 나갔다.

"그렇지 않아도 밤일을 나갈 시간이에요. 말에게도 먹이를 주어야 하고요."

5

타라스를 골탕먹였던 마귀가 약속대로 그날 밤일이 끝나자마자 형제를 도우려고 바보 이반을 찾아 그곳으로 왔다. 이반의 밭으로 와서 여기저기 동료들을 찾아 헤맸으나 아무도 없고, 그저 커다란 구멍만 발견했을 뿐이었다. 그래서 풀밭으로 가보았더니 형제의 잘린 꼬리가 눈에 띄는 게 아닌가. 그리고 호밀을 베어낸 밭에서도 또 하나의 구멍을 발견했다.

'아무래도 이거 형제들의 신상에 무엇인가 화가 미친 모양이군. 내가 그들을 대신해서 그 바보 녀석을 단단히 혼내줘야겠구나.'

마귀는 곰곰이 생각하며 바보 이반을 찾으러 타작 마당으로 향했다.

그러나 이반은 벌써 들일을 마치고 숲 속에서 나무를 베고 있었다.

집에 들어와 살기로 한 두 형들은 모두 같이 사는 것이 매우 옹색하게 느껴지기 시작했다. 그래서 자기네가 살 집을 지을 나무를 베어 새 집을 지어 달라고 바보 이반에게 말한 것이다.

마귀는 숲으로 달려가 나뭇가지로 기어올라갔다. 그리

고 이반이 나무를 베어 눕히는 것을 훼방놓기 시작했다.

이반은 가능하면 나뭇가지가 걸리지 않도록 나무를 쓰러뜨리려고 했다. 그래서 나무 밑동을 먼저 친 다음 나무를 쓰러뜨렸지만 나무는 이상하게 굽으면서 쓰러져서는 안 될 곳으로 쓰러져 버렸다. 그래서 이반은 지렛대를 하나 만들어 여기저기로 방향을 틀어가면서 겨우 나무를 쓰러뜨렸다. 이반은 다시 다른 나무를 베기 시작했다.

그런데 역시 아까와 똑같았다. 이반은 갖은 애를 썼다. 하지만 세 번째 나무 또한 마찬가지였다. 이반은 나무를 쉰 그루쯤 벨 수 있을 것으로 생각했는데, 열 그루도 채 베기 전에 벌써 해가 뉘엿뉘엿 지기 시작했다. 게다가 이반은 이미 지칠 대로 지친 상태였다. 그의 몸뚱이에서는 김이 무럭무럭 솟아나 마치 숲 속의 안개처럼 피어올랐는데도 그는 멈출 줄을 몰랐다. 그는 또 한 그루를 베어 뉘었다.

그러고 나니 등짝이 지끈지끈 아프고 맥이 탁 풀렸다. 그래서 도끼를 나무에다 처박아 놓고 잠깐 쉬려고 앉았다. 마귀는 이반이 잠잠해진 것을 알고 기뻐했다. 그리고 이렇게 생각했다.

'그럼 그렇지. 녹초가 되어 내동댕이친 거로군. 어디 그럼 나도 좀 쉬어볼까?'

마귀는 나뭇가지 위에 올라타고 앉아 속으로 고소해하고 있었다. 그때 이반이 다시 벌떡 일어나더니 도끼를 쳐들고 그것을 반대쪽에서 냅다 내리쳤으므로 나무는 별안간 뿌지직 부러지면서 쓰러졌다. 마귀는 워낙 갑작스럽게 일을 당해 미처 피할 겨를도 없었다. 그래서 우지끈하고 가지가 꺾이는 그 사이에 손이 끼이고 말았다.

이반은 깜짝 놀라 소리쳤다.

"아니, 요 망할 놈! 또 나오다니!"

그러자 마귀가 다급하게 대답했다.

"제가 아닙니다. 저는 당신의 형님이신 타라스한테 가 있었어요."

"아니, 네가 어떤 놈이건 내가 알 바 아니지."

이반은 도끼를 번쩍 치켜들어 마귀를 내리쳐 죽이려고 했다. 이에 깜짝 놀란 마귀는 싹싹 빌어대기 시작했다.

"제발 치지만 마십쇼. 원하시는 것이 있으면 무엇이든 해드릴 테니까요."

"그래, 도대체 네가 무엇을 할 수 있느냐?"

"저는 당신에게 당신이 원하시는 만큼 돈을 만들어 드릴 수 있습니다."

"그렇다면 어디 한번 만들어 보아라."

마귀는 이반에게 돈을 만드는 법을 가르쳐 주었다.

"이 떡갈나무 잎을 들고 두 손으로 비비세요. 그러면 금화가 땅바닥에 떨어질 거예요."

이반은 떡갈나무 잎을 들고 비벼 보았다. 그랬더니 마귀 말대로 누런 금화가 우수수 쏟아졌다.

"이거 재밌는걸, 어린애들하고 놀기엔 안성맞춤이야."

"자, 그럼 저를 놔주세요!"

마귀가 다시 하소연했다.

"좋아, 그렇게 하지!"

이반은 지렛대를 들고 마귀를 빼내 주었다.

그리고 잘 가라고 인사했다.

그런데 그가 말을 마치기가 무섭게 작은 마귀는 물 속에 돌을 던지기라도 한 것처럼 금방 땅 속으로 기어들어가 버리고, 그저 구멍만이 하나 남아 있을 뿐이었다.

※※ **6** ※※

형제들은 집을 지어 따로따로 살기 시작했다.

이반은 들일을 마치고는 맥주를 담가 두 형과 동네 사람들을 초대해 잔치를 했다. 그러나 형들은 이반의 초대에 비아냥거렸을 뿐 응하지 않았다.

"우리들은 농부들이 잔치하는 데는 간 적이 없어."

이반은 농부며 아낙네들에게 잔치를 베풀면서 기분이
좋아 술을 잔뜩 마셨다. 그리고 취기가 올라오자 춤놀이
가 벌어진 한길로 걸어나갔다. 이반은 춤판으로 다가가
아낙네들에게 자기를 칭찬해 주면 여태껏 보지 못한 신기
한 것을 주겠다고 말했다.

"나를 칭찬해 주면 여러분이 한 번도 구경하지 못한 것
을 주겠소."

이 말을 들은 아낙네들은 장난스러운 웃음을 터뜨리고
그를 칭찬해 주었다. 그리고 나서 이렇게 말했다.

"자, 이제 주신다는 걸 주세요."

"그럼 금방 가져오겠소."

칭찬을 받은 이반은 기분이 좋아서 씨앗 상자를 안고
숲 속으로 뛰어갔다. 그 모습을 본 아낙네들은 이반을 손
가락질하며 비웃었다.

"어머, 저 바보 좀 보게!"

그리고 그냥 그에 대해서는 잊어버렸다.

그런데 이반이 되돌아 달려오는데 보니까 씨앗 상자
안에 무엇인가가 가득 채워져 있었다.

"어때, 나누어줄까?"

"그게 뭔데요? 어디 나누어줘 보세요."

이반은 금화를 한 주먹 쥐어 아낙네들에게 뿌리기 시

작했다. 그러자 갑자기 일대 소동이 일어났다. 아낙네들은 그것을 서로 주우려고 벌떼처럼 몰려들었다. 농부들도 뒤질세라 달려와 금화를 잡아챘다. 주위는 삽시간에 난장판이 되었다. 어떤 노파는 하마터면 사람들에게 깔려 죽을 뻔했다.

그 모습을 본 이반은 껄껄대며 말했다.

"서로 싸우지는 말아요. 더 갖다 줄 테니까."

이렇게 말하고 그는 다시 금화를 뿌리기 시작했다. 많은 사람들이 떼를 지어 몰려왔다. 이반은 상자에 있는 것을 모두 뿌려 버렸다. 그런데도 그곳에 모인 사람들은 더 달라고 졸라댔다.

그러자 이반은 이렇게 말했다.

"이젠 다 없어졌어. 다음에 또 줄 테니까 이젠 춤을 추어 봐. 좋은 노래도 부르고."

아낙네들은 노래를 부르기 시작했다.

"그 노래는 재미가 없는데?"

"그럼 어떤 노래가 좋은데요?"

아낙네들이 물었다.

"내가 여러분에게 보여주지."

그리고는 헛간으로 가 호밀단을 한 움큼 뽑아내어 알곡을 털어냈다. 그리고 그것을 반듯이 세운 다음 툭 치며 말했다.

"자, 내 종에게 이르는 명령이다. 호밀단이 아니라 이제 이 수만큼의 군사가 되어라!"

그러자 호밀단이 산산이 흩어져 군사가 되더니 북과 나팔을 불며 뚱땅거리기 시작했다. 이반은 군사들에게 노래를 부르라고 명령한 다음 그들과 함께 한길을 행진했다.

사람들은 깜짝 놀랐다. 군사들은 노래를 부르고 있었다. 이윽고 이반은 아무도 자기를 따라와서는 안 된다고 말했다. 그런 다음 그들을 도로 헛간으로 데리고 가 다시 본래 모습대로 다발을 지어 그것을 건초더미 위에 내던졌다. 그리고 집으로 돌아와 잠자리에 들었다.

** **7** **

이튿날 아침, 맏형인 군인 세몬이 이 일을 알고 이반한테 찾아와 이렇게 말했다.

"너 나한테 전부 말해라. 도대체 너는 그 군사를 어디서 데려왔다 어디로 데려갔지?"

"그걸 알아 뭘 하시려고요?"

"뭘 하려느냐고? 군사만 있으면 뭐든 다 할 수 있단 말이다. 나라를 얻을 수도 있어."

이반은 깜짝 놀랐다.

"그럼 왜 진작 말씀하지 않으셨죠? 얼마든지 형님이 원하는 대로 만들어드렸을 텐데요. 마침 누이와 내가 호밀단을 잔뜩 장만해 놨으니까 당장이라도 많이 만들어드릴 수가 있어요."

이반은 형을 헛간으로 데리고 가서 이렇게 말했다.

"형님, 제가 군사를 만들어 드릴 테니 하나만 약속을 해주세요. 군사들을 여기에 놓으시면 안 돼요. 만일 그러는 날엔 군사들을 먹이기 위해 온 동네를 몽땅 털어도 부족할지 모르니까요."

군인인 세몬이 군사를 데리고 가겠노라고 철석같이 약속을 했다. 그래서 이반은 군사를 만들어내기 시작했다. 이반이 호밀단으로 타작마당을 내리치는 것과 동시에 1개 중대의 군사가 나타났다. 또 한 번 내리치면 또 1개 중대의 군사가 만들어졌다. 이리하여 그는 온 들판을 가득 메울 만큼 무수한 군사를 만들어냈다.

"어떻습니까, 이제는 됐습니까?"

"이제 됐으니까 그만해. 고맙다, 이반."

세몬은 기뻐 어쩔 줄 몰라 하며 이렇게 말했다.

"뭘요. 만일 더 필요하시거든 언제든지 오세요. 얼마든지 만들어드릴 테니. 헛간에 호밀단이 잔뜩 쌓여 있으니까요."

군인인 세몬은 곧 군대를 통솔해 행렬을 갖춘 뒤 싸움터로 나갔다.

군인인 세몬이 떠나자, 이번에는 배불뚝이 타라스가 뒤뚱거리며 찾아왔다. 그 또한 어제의 일을 알고 있었던 것이다. 그는 아우에게 이렇게 부탁했다.

"나한테 빠짐없이 말해 보렴. 그래, 너는 어디서 금화를 얻었지? 만일 나한테 그러한 돈이 있다면, 이 세상 땅을 모두 살 수 있을 텐데."

이반은 깜짝 놀라 말했다.

"그렇습니까! 그렇다면 진작 말씀하실 일이지. 형님께서 원하시는 대로 만들어드리죠."

타라스는 크게 기뻐하며 말했다.

"나는 씨앗 상자로 세 상자면 된다."

"그럼 그렇게 하세요. 숲 속으로 갑시다. 말을 타고 가야겠어요. 운반을 해야 할 테니까요."

둘이서 숲 속으로 말을 타고 향했다. 그리하여 이반은 떡갈나무에서 잎을 훑어 비비기 시작했다. 그러자 금화가 쏟아져 산더미처럼 쌓였다.

"어때요, 이만하면?"

타라스는 기뻐서 어쩔 줄을 몰랐다.

"이것으로도 충분하다. 정말 고맙다, 이반."

"뭘요, 더 필요하시거든 언제든지 오세요. 얼마든지 만들어 드릴 테니까. 사방에 널린 게 잎사귀잖아요."

배불뚝이 타라스는 달구지에다 금화를 가득 싣고 장사를 하러 떠났다.

이리하여 두 형들은 제각기 떠났다. 세몬은 전쟁을 시작하고 타라스는 장사를 시작했다. 군인인 세몬은 두 나라를 정복하고, 배불뚝이 타라스는 큰 재산을 모았다.

어느 날 세몬과 타라스는 한자리에 모여 서로 자신의 속마음을 털어놓게 되었다. 세몬은 두 나라를 어떻게 정복했는지에 대해서, 그리고 타라스는 큰 재산을 모으게 된 것에 대해서 말했다.

먼저 군인인 세몬이 말했다.

"나는 말야, 나라를 정복해 잘 지내고 있기는 하지만 돈이 턱없이 부족해. 군대를 먹여 살려야 할 돈 말야."

그러자 타라스도 덩달아 고민을 털어놓았다.

"나는 말이에요, 돈을 모으긴 모았지만 그걸 지킬 사람이 한 명도 없다는 게 골칫거리예요."

그때 군인인 세몬이 제안했다.

"이반에게 찾아가 부탁해 보자. 나는 그 녀석에게 군대를 더 만들게 하여 네 돈을 지켜주고, 너는 그 군대를 먹여 살릴 만큼의 돈을 만들어 주도록 그 녀석에게 말하면 되지 않겠니?"

이리하여 의기투합한 두 형제는 이반한테 찾아왔다. 먼저 세몬이 이렇게 말문을 열었다.

"이반아, 군사 좀 만들어다오. 지난번으로는 좀 모자라는구나. 단 한두 짚만이라도 좋으니 말야."

이반은 고개를 내저었다.

"안 돼요. 형님에게는 더 이상 군사를 만들어 드리지 않을 것입니다."

"아니, 이반! 지난번에 약속했잖아, 언제든지 모자라면 더 만들어주겠다고."

"그야 약속하기는 했었죠. 하지만 이제 더 이상 만들지 않을 작정입니다."

"도대체 왜 그러는 거야, 이 바보 녀석아?"

"왜냐하면 형님의 군사가 사람을 죽였기 때문이에요. 요즘 일이에요. 내가 길가의 밭을 갈고 있는데, 한 아낙네가 관을 메고 통곡하면서 가잖겠어요. 그래서 나는 누가 죽었냐고 물어봤어요. 그러자 그 아낙네가 이렇게 말하는 게 아니겠어요. '세몬의 군사가 전쟁에서 내 남편을 죽였다오.' 난 군대란 건 노래를 부르는 것으로만 알고 있었는데, 사람도 죽이다니, 기가 막혔지요. 그래서 이제 나는 더 이상 군사를 만들지 않기로 마음먹었어요."

이렇게 못을 박은 뒤 이반은 더 이상 군사를 만들어내지 않았다.

한편, 배불뚝이 타라스도 이반에게 금화를 더 만들어 달라고 사정하기 시작했다.

이반은 고개를 살래살래 내저었다.

"안 돼요. 이제 더 이상 금화를 만들지 않을 거예요."

"왜 그러는데? 너는 내가 필요하면 더 만들어주겠다고 약속했었잖아."

"그야 약속은 했었죠. 하지만 이제는 절대 만들지 않겠어요."

"왜 그래, 이 바보 녀석아?"

"왜냐하면 형님의 금화가 미하일로브나에게서 암소를 빼앗아 갔기 때문이에요."

"뭐라고? 어떻게 빼앗겼다는데?"

"미하일로브나는 암소 한 마리를 키우며 애들이 우유를 마실 수 있도록 했어요. 그런데 요즘 그 애들이 나한테 찾아와서 우유를 달라고 졸라대는 거예요. 그래서 나는 그 애들한테 물어봤죠. '너희 집 암소를 놔두고, 왜 여기 와서 우유를 달라고 하니?' 그랬더니 애들이 말하기를 끌려가 버렸다는 거예요. 어떤 놈이 끌고 갔냐고 나는 다시 물었지요. 그랬더니 이렇게 대답했어요. '배불뚝이 타라스네 관리인이 찾아와 엄마에게 금화를 세 닢 주니까 엄마는 그 사람에게 암소를 주어 버렸어요. 우리들은 이제 마실 것이라곤 하나도 없어요.' 나는 형님이 금화를 한낱 장난감으로 삼고 있는 줄로만 알았는데, 어린애들한테서 암소를 빼앗아 가버렸어요. 나는 이제 형님에게는 금화 따윈 만들어 드리지 않겠다고 마음먹었어요."

바보 이반은 절대로 고집을 꺾지 않고 금화를 더 이상 만들지 않았다. 그래서 두 형제는 허탕을 친 채 집으로 향했다. 두 형제는 돌아가는 길에 어떻게 지금 처한 곤경을 헤쳐 나갈지에 관해 서로 의논했다.

세몬이 말했다.

"그럼 이렇게 하자꾸나. 그러니까 네가 나에게 군대를 먹여 살릴 돈을 주고, 난 너에게 재산을 지킬 수 있도록 군대를 절반 주면 될 것 같은데."

타라스는 동의했다. 두 형제는 자신들이 가지고 있는 것을 서로 나누어 가졌다. 그들은 둘 다 임금이 되었으며, 둘 다 부자가 되었다.

8

이반은 전과 다름없이 부모를 봉양하면서 벙어리인 누이와 함께 들에서 일을 하며 예전 집에서 살고 있었다.

그러던 어느 날 이런 일이 있었다. 이반네 집의 늙은 개가 병이 들어 죽게 되었다. 그것을 가엾게 여긴 이반은 벙어리인 누이한테 빵을 달라고 해 모자 속에 넣어 개에게로 가지고 가서 던져 주었다. 그런데 모자에 구멍이 뚫려 있어 빵과 함께 마귀가 준 조그만 뿌리 한 가닥이 굴러 떨어졌다. 늙은 개는 빵과 함께 그것을 주워 먹었다. 그러자 개는 갑자기 살아난 듯 뛰어오르기도 하고 장난을 치기도 하면서 힘차게 짖기 시작했다. 병이 씻은 듯이 나은 것이다.

그 모습을 본 이반의 부모들은 깜짝 놀랐다.

"너는 뭣으로 개를 고쳤느냐?"

그러자 이반은 이렇게 말했다.

"나는 어떤 병이든 낫는 풀뿌리를 두 가닥 가지고 있었는데, 그 중 하나를 이 개가 먹은 거예요."

바로 그 무렵 임금님의 딸이 병을 앓고 있었다.

임금님은 방방곡곡에 방을 붙였다. 누구라도 좋으니 공주의 병을 낫게 해준 자에게는 크게 포상을 할 것이며,

만일 그가 독신이라면 공주와 결혼시
키겠다는 것이었다.

물론 이반네 마을에도 이 방이 나
붙었다.

아버지와 어머니는 이반을 불러
놓고 이렇게 말했다.

"너도 방을 보았지? 그런데 너는
만병통치의 풀뿌리를 가지고 있잖니.
그러니 한번 가서 공주님에게 드려 병을 낫
게 해보려무나. 그러면 넌 한평생 행복을 누리게 될 게 아
니냐!"

"그럼 부모님께서 말씀하시는 대로 하죠."

이반은 선선히 받아들인 뒤 곧 떠날 채비를 했다. 부모
님이 외출복으로 차려 입혀 주었다. 이반은 문간으로 나
가다가 손이 굽은 여자 거지가 그곳에 서 있는 것을 발견
했다.

"소문에 당신은 무슨 병이든 다 낫게 한다면서요? 어
디 내 손도 좀 고쳐주세요. 이대로는 내 손으로 신발도 신
지 못한다오."

그 여자 거지가 간곡하게 말했다.

"뭐 그럼 그렇게 해주지."

이반은 공주에게 주려던 풀뿌리를 꺼내어 여자 거지에게 준 다음 그것을 삼키라고 말했다. 여자 거지는 그것을 삼켰다. 그러자 갑자기 여자 거지의 병이 나아 그 자리에서 손을 내두르게 되었다.

한편, 아버지와 어머니는 이반을 임금에게 데리고 가려고 나왔다가 이반이 나머지 풀뿌리를 여자 거지에게 줘버린 것을 보고 노발대발했다.

"그래, 이놈아! 거지 따윈 가엾게 여기면서도 공주는 가엾지 않다는 말이냐?"

그 말을 들은 이반은 공주가 가엾게 여겨졌다. 바로 그때 옆에 있던 여자 거지가 이반의 귀에 대고 속삭였다.

"염려 말아요. 말에 수레를 채운 뒤 짚을 싣고 궁궐로 가요. 그럼 공주의 병이 절로 낫게 될 터이니! 이건 당신의 친절에 보답하는 내 선물이라오. 이래봬도 내가 재주깨나 부리는 마법사라오."

이반은 거지가 말한 대로 말에 수레를 채운 다음 수레에 짚을 가득 싣고 그 위에 앉았다.

"이 바보 녀석아, 어딜 가려는 거냐?"

"공주님을 낫게 해드리려고 가는 겁니다."

"하지만 네겐 낫게 해드릴 게 아무 것도 없잖니."

"뭐, 걱정할 것 없어요."

이반은 이렇게 말한 다음 급히 말을 몰았다.

이반이 궁궐에 닿아 막 궐문 앞에 내려서자마자 어느 틈에 공주의 병은 씻은 듯 나아버렸다.

임금은 크게 기뻐하면서 신하에게 이반을 불러들이라고 명령했다. 그런 다음 이반에게 훌륭한 옷을 차려 입힌 뒤 말했다.

"이제부터 그대는 짐의 사위로다."

"황공하옵니다."

그리하여 이반은 공주와 결혼했다. 임금은 오래지 않아 죽게 되었고, 따라서 이반은 임금이 되었다. 이리하여 세 형제가 모두 임금이 되었다.

** 9 **

세 형제는 저마다 나라를 열심히 다스리고 있었다.

맏형인 군인 세몬은 그야말로 풍요롭게 잘 살고 있었다. 그는 이반이 짚으로 만들어준 군사를 밑천으로 삼아 진짜 군사를 모집했다.

그는 법을 만들어 열 집마다 한 명씩 군사를 차출했다. 그리고 군사는 키가 크고 살갗이 희며 얼굴이 잘생겨야 한다는 명령을 내렸다. 그는 이런 군사를 잔뜩 모집하여 모두 훈련시켜 놓았다. 그리고 그에게 복종하지 않는 자가 있으면, 이내 군사를 풀어 다스렸다. 그래서 사람들이 그를 두려워하게 만들었다.

그의 생활은 정말로 호화로웠다. 그는 머리에 떠오르거나 눈에 띄는 것은 단번에 자기 것으로 만들고 말았다. 군대만 풀어놓으면 언제든지 그가 필요로 하는 것을 날라오기도 하고 데려오기도 했다.

한편, 배불뚝이 타라스의 생활도 호화롭기 그지없었다. 그는 이반에게서 얻은 돈을 낭비하지 않고 그것을 밑천 삼아 거액의 재산을 모으게 되었다. 그 역시 그럴싸한 법을 만들었다. 그래서 자기 돈은 하나도 쓰지 않고 돈궤 속에 딱 집어넣은 채 필요한 돈은 백성들에게서 우려냈다. 그는 인두세·주세·결혼세·장례세·통행세·거마세·짚신세·각반세·치장세 등을 만들어 돈을 우려냈다. 그리하여 없는 것이 없을 정도로 잘 차려놓고 살았다. 모두 다 돈이 궁했기 때문에 무엇이든 그에게 갖다 바쳤으며, 일을 하려고 몰려들었다.

바보 이반의 생활도 그리 나쁘지는 않았다.

장인의 장례를 치르기가 무섭게 그는 임금의 의대를 다 벗어 던지고 그것을 왕비의 옷장에 간직하게 했다.

그런 다음 다시 삼베 속옷에 짚신을 신고 일을 했다.

"나는 도무지 따분해서 못 살겠어. 배만 자꾸 커지고 마음대로 먹을 수도 잘 수도 없으니 말야."

그리하여 그는 부모와 벙어리인 누이를 불러와 또다시 일을 하기 시작했다. 사람들은 그에게 이렇게 말했다.

"하지만 당신은 왕이 아니십니까?"

"아니, 왕도 먹어야 살 수 있어."

그는 이렇게 대답했다.

어느 날 한 대신이 들어와 국고금이 바닥났다고 진언했다.

"녹봉을 치를 국고금이 없사옵니다."

"그래? 걱정할 것 없어. 없으면 주지 않으면 되지."

"그럼 그들은 근무를 하지 않게 될 것이옵니다."

"그럼 그렇게 하라고 해. 근무하지 않아도 좋아. 오히려 자유롭게 일들을 하게 될 테니까. 모두들 거름이나 밭에 내도록 해. 그들은 거름을 많이 만들어 놓았을 테니까 말야."

사람들이 이반에게로 재판을 받으려고 왔다.

어느 날 한 사람이 이렇게 말했다.

"저 자가 소인의 돈을 훔쳤사옵니다."

그러자 이반이 이렇게 대답했다.

"좋아, 좋아! 그러니까 저 자는 돈이 필요했던 거야!"

이에 모든 사람은 이반이 바보라는 것을 알게 되었다. 왕비가 그에게 말했다.

"모두들 당신을 바보라고 쑥덕거린다 하옵니다."

"아, 걱정할 것 없어요."

이반의 아내는 생각에 생각을 거듭했다. 그러나 그녀 역시 이반에 못지 않은 바보였다.

"제가 어찌 감히 남편을 거스를 수 있겠습니까? 실은 바늘 가는 대로 따라가야 하는 것이거늘."

이렇게 말한 그녀는 왕비의 옷을 벗어 옷장 속에 집어 넣은 뒤 농사일을 배우려고 벙어리 처녀에게로 갔다.

그리하여 일을 익히고 나서 남편을 거들기 시작했다.

똑똑한 사람은 모두 이반의 나라를 떠나 버리고 남은 것은 그저 바보뿐이었다. 돈이라는 것은 어느 누구든 가지고 있지 않았다.

모두 일을 하여 자기 스스로 살아감과 동시에 착한 사람들을 도와주면서 살아나갔다.

∗∗ **10** ∗∗

두목 마귀는 부하 마귀들이 세 형제를 어떻게 파멸시켰는가에 대한 소식이 오기를 학수고대하고 있었다. 그러나 마귀들한테서는 아무런 소식도 없었다.

그래서 어떻게 된 까닭인지 사정을 살펴보기로 했다. 그래서 여기저기 찾아 돌아다녔지만 찾아낸 것이라곤 그저 커다랗게 난 세 구멍뿐이었다.

'아무래도 실패한 모양이군. 그렇다면 내가 직접 손을 쓸 수밖에 도리가 없지.'

두목 마귀는 이반 형제들을 찾으러 갔으나, 그들은 이미 그곳에 살고 있지 않았다. 마귀는 이반 형제들이 각각 다른 나라를 다스리며 살고 있는 걸 발견했다. 셋이 다 건재한데다, 왕까지 하고 있다니!

이 광경을 본 그는 혼잣말을 했다.

"결과가 이렇다면 내가 직접 나설 수밖에 없지."

그는 먼저 군인인 세몬의 나라로 갔다. 그리고 장수로 둔갑한 뒤 왕 앞에 나아가 아뢰었다.

"전하, 전하께서는 훌륭한 군인이라는 말을 들었사옵니다. 신 역시 그쪽 방면에 미흡하나마 재주가 있사와 전하를 섬기고자 하옵니다."

세몬 왕은 그에게 여러 가지로 물어본 뒤 그가 현명한 사람임을 알고 기용하기로 했다.

새로 기용된 장수는 강력한 군대를 만드는 방법에 대해 세몬 왕에게 말했다.

"우선 아주 많은 군사를 모아야 할 줄로 아옵니다. 그렇지만 이 나라에는 집안일이나 하며 편안하게 살려고 하는 백성이 너무나 많사옵니다. 젊은 사람들은 누구를 막론하고 모조리 징집하셔야 할 것이옵니다. 둘째로 최신식 소총과 대포를 만들어야 하옵니다. 신이 흡사 콩이라도 흩뿌리듯이 단번에 백발의 총알이 나가는 소총을 만들어 올리겠사옵니다. 그리고 대포도 어떠한 것이든 불로 태워 버리게 할 무서운 성능의 것을 만들어 올리겠사옵니다. 그 대포는 사람이나 말, 성벽 등을 모조리 태우고도 남을 것이옵니다."

세몬 왕은 새로 기용한 장수의 진언을 받아들였다.

그리하여 젊은이는 모조리 군대에 징집할 것을 명령하고, 또 새로운 공장을 지어 신식 소총과 대포를 만들어 냈다. 그런 다음 이웃 나라의 임금에게 선전포고를 하였다. 싸움이 시작되자마자 세몬 왕은 군사들에게 적군을 향해 총포를 마구 퍼부으라고 명령해 단숨에 쳐부쉈다.

이웃 나라의 임금은 곧 항복하고 자기 나라를 바쳤다. 이에 세몬 왕은 크게 기뻐하며 혼잣말로 되뇌었다.

"이번에는 인도도 정복해야겠어."

그런데 인도 왕은 세몬 왕의 소문으로 그의 전략을 완전히 파악한 데다 자기의 전략을 따로 세웠다.

인도 왕은 그저 젊은이뿐만 아니라 독신의 여자들까지도 모조리 군사로 뽑았다.

그래서 그의 군대는 세몬의 군대보다 그 수가 훨씬 더 많았다. 또한 그는 소총이며 대포를 만드는 법을 세몬 왕에게서 몰래 빼낸데다, 공중을 날아 머리 위에서 떨어지는 폭탄까지 개발해냈다.

세몬 왕은 인도 왕에게 싸움을 걸었다. 그는 지난번의 전쟁과 마찬가지로 일거에 칠 듯이 보였다. 하지만 날카로운 낫도 언제나 잘 드는 법은 아니다. 인도 왕은 세몬의 군대를 사정권까지 끌어들인 다음, 여자 군사들을 공중으로 보내어 적군의 머리 위에다 포탄을 던지기로 했다. 여자 군사들은 공중에서 마치 진딧물 위에다 붕사를 뿌리듯 세몬의 군대에 포탄을 퍼붓기 시작했다. 세몬의 군대는 모두 혼비백산해 뿔뿔이 흩어지고 세몬 왕만 남았을 뿐이다.

인도 왕은 세몬의 나라를 몰수하고 세몬은 발이 닿는 대로 정처 없이 도망쳐 다녔다.

세몬을 결딴내놓은 두목 마귀가 이번에는 타라스에게로 갔다. 그는 상인으로 둔갑해 타라스가 다스리는 나라에 가서 자리를 잡았다. 그리고 마구 선심을 베풀면서 돈을 물 쓰듯 뿌리기 시작했다. 이 상인은 물건을 살 때마다 시세보다 많은 돈을 치렀으므로 사람들은 모두 돈을 벌기 위해 마귀에게로 몰려들었다. 이리하여 백성의 호주머니 사정이 아주 좋아져 모두 제때 세금을 내게 되었다.

이 말을 들은 타라스 왕은 매우 기뻐했다. 그리고 속으로 그 상인에게 참으로 고마움을 느꼈다. 타라스는 더욱더 많은 돈이 생겨 사는 데 한결 여유가 있어졌다.

그리하여 타라스 왕은 자기의 새 궁전을 짓기로 계획을 세우고 착공에 들어갔다. 그래서 재목이나 돌 등 재료 값을 후하게 쳐주고 품삯도 시세보다 비싸게 쳐준다고 방을 붙였다. 타라스 왕은 예전처럼 많은 백성들이 돈을 벌기 위해 자기에게 일을 하려고 몰려오려니 생각했다. 그런데 재목이며 돌은 모두 그 상인에게로 실려가고 있는데다 일꾼들도 모두 그리로 몰려가고 있는 것이 아닌가!

타라스 왕은 처음보다 품삯을 올렸다. 그러나 상인은 더 많은 돈을 제시했다. 타라스 왕은 많은 돈을 가지고 있었다. 그러나 그 상인은 더 많이 가지고 있었다. 그래서 왕보다 더 많은 품삯을 주겠다고 제시했다. 궁전은 착공만 했을 뿐 좀처럼 준공을 못하고 있었다. 타라스 왕은 정원을 만들려고 백성들에게 일하러 오라고 알렸다.

그러나 아무도 나오는 사람은 없었다. 모두 상인네 못을 파러 가버렸기 때문이다. 타라스는 겨울이 닥쳐 새 털 외투를 짓기 위해 검은 담비의 가죽을 사야겠다고 생각했다. 그래서 신하를 보내 알아보았는데, 그 자가 돌아와 이렇게 말했다.

"그 상인이 검은 담비를 모조리 사들여 시중에는 남은 것이 없사옵니다. 그 자는 시세보다 비싼 값을 주었고, 그 가죽으로는 방석까지 만들었다 하옵니다."

타라스 왕은 종마를 사들여야겠다고 생각했다. 그래서 종마를 사러 내보냈더니 모두 돌아와서 한결같이 이렇게 말했다. 좋은 종마는 모두 그 상인의 손에 들어가 상인의 못을 채울 물을 나르고 있다는 것이었다.

모두 왕의 일이라면 아무 것도 해주지 않으면서도 상인을 위해서는 어떤 일이든 했다. 다만 상인에게서 번 돈을 왕에게로 가지고 와서 조세로 내밀 뿐이었다.

이리하여 왕은 돈이 너무 많아 그것을 어디다 두어야 할지 모를 정도였다. 하지만 생활은 차츰 나빠지기 시작했다. 그래서 타라스 왕은 온갖 계획을 세우는 걸 그만두고 어떻게든지 살아나갈 방도만 생각하게 되었다. 그러나 그것마저도 어렵게 되었다. 모든 것이 궁색하기 그지없었다.

요리사들이나 하인들, 마부들이나 여자들도 모두 그에게서 상인 쪽으로 빠져나가기 시작했다. 벌써 식료품까지 모자라기 시작했다. 시장으로 물건을 사러 가보아도 아무 것도 없었다. 상인이 몽땅 사들여 버렸기 때문이다. 다만 타라스 왕은 조세로 돈을 쌓아놓을 만큼 받아들일 따름이었다.

타라스 왕은 화가 머리 끝까지 나 상인을 국외로 내쫓았다. 그러나 상인은 국경에 도사리고 앉아 역시 똑같은 짓을 반복했다. 사람들은 여전히 상인의 돈을 보고 모두 상인에게로 몰려갔다.

타라스 왕의 사정은 완전히 악화되고 말았다. 며칠씩 꼬박 굶게 되는 일도 생겼다. 게다가 풍문에 따르면, 상인은 왕에게서 왕비까지도 사려 한다는 것이었다. 지칠 대로 지친 왕은 이제 주눅이 들어 무엇을 어떻게 해야 할지 몰랐다.

그러던 어느 날 군인인 세몬이 타라스에게로 찾아와 이렇게 말했다.

"아우, 날 좀 도와다오. 난 인도 왕에게 패망해 도망다니고 있단다."

그러나 배불뚝이 타라스 자신도 지금은 뱃가죽이 등뼈까지 붙어 있는 지경이었다.

"휴, 나도 벌써 이틀이나 아무 것도 먹지 못하고 있단 말이에요."

* * 11 * *

두목 마귀는 두 형제를 궁지에 몰아넣은 뒤 이번에는
이반을 찾아갔다.

장군으로 둔갑한 마귀는 이반을 찾아가 군대를 만들
것을 권했다.

"전하께서 군대가 없이 지내신다는 것은 체통이 서지
않는 일인 것 같사옵니다. 어명을 내리시기만 한다면, 신
은 왕의 백성 가운데서 군사를 모아 훌륭한 군대를 만들
어 올리겠사옵니다."

그의 말을 들은 이반이 대꾸했다.

"그것도 좋은 말이오. 그럼 어디 만들어 보시오. 그리
고 그들이 노래를 잘 부르도록 훈련하시오. 나는 그것을
좋아하니까!"

두목 마귀는 이반의 나라를 돌아다니면서 지원병을 모
집하기 시작했다. 군사가 되기를 지원하는 자는 누구나
보드카 한 병과 빨간 모자를 얻게 될 거라고 설명했다. 그
러나 백성들은 코웃음을 쳤다.

"술 따윈 우리들한테도 얼마든지 있어. 우리들이 직접

손으로 빚고 있으니까 말야. 그리고 모자도 갖고 싶은 게 있으면 언제든지 아낙네들이 만들어주지. 얼룩덜룩 무늬가 있는 것부터 술이 너울너울 달린 것까지도."

이래서 어느 누구 한 사람 군대를 지원하는 자라곤 없었다. 두목 마귀는 이반에게 찾아왔다.

"왕이시여, 나라의 백성들은 자진해서 군사가 되려고는 하지 않사옵니다. 그러하오니 권력을 써서라도 그들을 끌어와야 하옵니다."

"응, 그것도 좋겠는걸. 그럼 권력을 써서 모아보시오."

두목 마귀는 온 나라에 다음과 같은 포고령을 내렸다.

"백성들은 모두 군사가 되어야 하며, 만일 거역하는 자가 있으면 이반 왕께서 사형을 내릴 것이니라."

바보들은 장군에게로 찾아와 이렇게 말했다.

"장군께서는 우리들이 만일 군사가 되지 않으면 왕께서 사형을 내리신다고 말씀하시는데, 군사가 되면 어떻게 된다는 건 말씀하시지 않았습니다. 군대에 나가면 목숨을 잃는다는 말이 있던데요."

"그렇지, 그런 일이 있을 수도 있지."

이 말을 듣고 바보들은 옹고집이 되었다.

"그럼 우리들은 나가지 않겠습니다. 차라리 집에서 죽는 것이 더 낫지 않겠습니까? 어차피 죽는 거라면 말입니다."

"네 놈들은 바보로구나. 이 바보들아, 군사가 됐다고 해서 반드시 죽는 것은 아니다! 하지만 군사가 되지 않으면, 이반 왕에게 반드시 죽음을 당하고 말 것이다."

바보들은 곰곰이 생각하다가 왕인 바보 이반에게 물어보러 궁으로 향했다.

"왕이시여, 장군께서는 소신들에게 모두 군사가 되라고 명령하고 계시옵니다. 군대에 나가면 죽지 않을지도 모르지만, 나가지 않으면 왕께서 사형을 내리실 것이라고 말씀하고 계시는데 정말이옵니까?"

이반은 껄껄 웃었다.

"그래, 어떻게 짐이 혼자서 그대들을 사형할 수 있겠는가? 짐이 바보가 아니었던들 그대들에게 잘 알아듣도록 설명했으련만, 짐 자신도 뭐가 뭔지 도통 모르겠도다."

"그러시다면 소신들은 군대에 나가지 않겠사옵니다."

"거 그렇게들 하거라. 나가지 않아도 좋아."

이 말을 들은 바보들은 장군에게로 가서 군사가 되기를 거절했다.

두목 마귀는 이 일이 뜻했던 대로 되어 나가지 않자 이웃나라의 타라칸 왕에게 가서 알랑방귀를 뀌면서 살살 부추겼다.

"전하, 이번 기회에 이반 왕의 나라를 치십시오. 그 나라에는 비록 돈은 없을지라도 곡식이며 가축이며 그 밖의 것들이 매우 풍성하니까요."

타라칸 왕은 싸움을 벌이기로 마음먹었다. 먼저 대군을 모으고 총이며 대포를 갖춘 다음 국경으로 나가 이반의 나라를 침범하기 시작했다.

사람들은 이반에게로 달려와 이렇게 아뢰었다.

"타라칸 왕이 우리들에게 싸움을 걸어왔사옵니다."

"뭐, 별거 아닐 거야. 싸울 테면 싸우라지."

국경을 넘은 타라칸 왕은 선발대를 보내어 이반 군대의 동정을 살피게 했다. 그들은 여기저기 찾아보았지만 군대 같은 것은 눈 씻고 보아도 없었다. 그러나 어디서 갑자기 나타날지 몰라 기다려 보았으나, 군대에 대해서는 뜬소문조차 들을 수가 없었다. 누구든 싸우고 싶었지만 싸울 상대가 없었다. 타라칸 왕은 군사들을 보내 한 마을을 점령하게 했다.

군사들이 마을에 들이닥치자 남녀 노소 할 것 없이 뛰어나와 군사들을 놀란 얼굴로 바라보았다. 군사들은 바보들에게서 곡식이며 가축을 사정없이 약탈했다. 바보들은 무엇이건 빼앗기 전에 선선히 내주었고, 어느 누구도 자기를 방어하기는커녕 오히려 그곳에 와서 살라고 권유했다. 군사들은 딴 마을로 가보았지만 거기도 역시 마찬가지였다. 그 이튿날도 여기저기 진종일 돌아다녀 보았지만, 가는 곳마다 어디나 마찬가지였다. 바보들은 자기가 가지고 있는 것을 몽땅 털어 내주었고, 어느 한 사람 자기를 지키려고 하지 않았다.

그러면서 그들은 이렇게 말했다.

"이것 보세요. 당신네 나라에서 살기가 어려우시면 우리나라에 와서 사세요. 모두 다 와서 살아도 돼요."

군사들은 온 나라를 헤매고 돌아다니면서 알아보았으나 어느 곳에도 군대 같은 건 없었다. 그리고 백성들 역시 모두 일을 하면서 자급자족을 하고 있었다. 그들은 자기 몸을 지키려고 버둥대는 대신에 오히려 여기 와서 살라고 권유해댔다.

군사들은 차츰 싸우는 것이 지루해졌다. 그리하여 타라칸 왕에게 돌아가 아뢰었다.

"소신들은 전쟁을 할 수가 없사옵니다. 소신들을 다른 나라로 보내 주시옵소서. 전쟁이 있으면 좋겠는데, 이건 어떻게 된 일인지 모르겠사옵니다. 흡사 약하고 힘없는 사람을 죽이는 것 같아, 그 나라에서는 더 이상 싸울 수가 없사옵니다."

타라칸 왕은 화가 머리끝까지 치밀어올랐다. 그래서 온 나라를 돌아다니며 어지럽게 한 뒤 집과 곡식을 불사

르고 가축을 죽이라고 군사들에게 명령했다.

"만일 짐의 명령에 따르지 않는 자가 있으면, 그게 누가 되었든 가차없이 처벌하리라."

군사들은 깜짝 놀라 왕의 명령대로 실행하기 시작했다. 그들은 집이며 곡식을 닥치는 대로 불태우고, 가축을 죽이기 시작했다. 그런데도 바보들은 모두 자기를 지키려고 하지 않고, 그저 목놓아 울 뿐이었다.

"너희들은 도대체 무슨 이유로 우리들을 못살게 구는 거냐? 너희들은 무엇 때문에 우리 재산을 이렇게 무참히 박살내 놓느냐? 필요하거든 차라리 가져가는 게 더 나을 것 아니냐."

그들의 울부짖음에 군사들은 울적해졌다. 그래서 더 이상 난동을 부리지 않고 살육하지도 않았다. 이윽고 군대는 뿔뿔이 흩어지고 말았다.

✳ ✳ **12** ✳ ✳

이리하여 두목 마귀는 이웃나라를 떠나버렸다. 군대의 힘으론 이반을 골탕먹이지 못했던 것이다.

두목 마귀는 다시 말쑥한 신사로 변장해 이반의 나라로 살러 왔다. 배불뚝이 타라스에게 써먹었던 방법을 이반에서 써먹고 싶었던 것이다.

"나는 훌륭한 지식을 가르쳐서 당신네들을 돕고 싶습니다. 우선 당신네 나라에서 집을 짓고 그리고 장사부터 시작해야겠습니다."

"참으로 좋은 말씀이오. 그러시다면 여기서 사시지요."

한 벼슬아치가 신사에게 머물 곳을 빌려주었다. 이윽고 신사는 잠자리에 들었다.

이튿날 아침, 그는 금화가 들어 있는 커다란 자루와 종이를 가지고 광장에 나가서 이렇게 말했다.

"여러분 모두는 마치 돼지처럼 생활하고 있습니다. 그래서 나는 여러분에게 어떻게 살아야 하는지를 가르쳐 주고자 합니다. 먼저 이 도면처럼 집을 지어 주십시오. 내가 지시하는 대로 여러분은 일을 해주십시오. 그러면 답례로 이 금화를 드리겠습니다."

그는 그들에게 금화를 보였다. 바보들은 깜짝 놀랐다. 왜냐하면 여태껏 돈이라는 것을 본 적이 없었고, 그 대신 서로 물건과 물건을 바꾸거나 품앗이를 해서 필요한 것을 조달했기 때문이다. 그들은 금화를 보고 매우 놀랐다.

"그것 장난감으로 쓰면 좋겠는데!"

그들은 서로 말했다.

두목 마귀는 타라스의 나라에서 했듯이 싯누런 금화를

마구 뿌려대기 시작했다. 그러자 사람들은 금화와 물건을 바꾸기도 하고 온갖 일을 해 금화를 품삯으로 얻으려고 그에게 드나들기 시작했다. 두목 마귀는 속으로 고소해하면서 이렇게 생각했다.

'이쯤 되면 일이 순조롭게 되는 거야. 이번에야말로 그 바보 녀석을 다시는 일어나지 못하게 해주어야지.'

그런데 바보들은 금화를 손에 넣자마자 목걸이를 만들라고 아낙네들에게 나눠주기도 하고 처녀들의 댕기에 달아주기도 했다. 이제는 어린애들까지도 한길에서 금화를 장난감으로 가지고 놀게 되었다. 사람들은 많은 금화가 생기게 되자, 이제는 더 이상 얻으려고 하지 않았다.

그런데 신사는 대궐 같은 집이 아직 절반도 되어 있지 않은데다, 곡식이며 가축도 아직 한 해를 보낼 수 있을 만큼 저장해 놓지도 않았다.

그래서 신사는 이렇게 말했다.

"나한테로 일을 하러 오면 금화를 주겠다. 그리고 곡식이며 가축을 가지고 오는 사람에게는 그 값으로 많은 금화를 주겠다."

그러나 누구 한 사람 일하러 오려 하지 않았다. 또한 무엇 하나 들고 오는 사람도 없었다. 이따금 아이들이 달걀과 금화를 바꾸거나 혹은 금화를 받고 물건을 날라다

주는 정도일 뿐이었다. 그 외에는 찾아오는 사람이라곤 아무도 없었다.

상황이 이렇게 되자 신사는 차츰 먹을 것이 궁하게 되었다. 그는 시장기가 들어 무엇이든 먹을 것을 사려고 마을 안을 서성거렸다. 그러다 어느 집에 들어가 암탉을 사려고 금화를 내밀었다. 그랬더니 안주인이 그걸 받지 않으며 이렇게 말했다.

"우리 집에도 그런 건 숱하게 있어요."

이번에는 어느 어부 집에 가서 생선을 사기 위해 금화를 내밀었다.

"우린 그런 건 필요 없어요. 어린애들이 없어서 아무도 가지고 놀 사람이 없습죠. 그리고 사람들이 귀한 물건이라고 해서 나도 세 닢 가져다 놨답니다."

신사는 다음엔 빵을 사려고 어느 농사꾼 집에 들어갔다. 그러나 이 농사꾼도 돈을 받지 않았다.

"우리 집에는 필요 없어요. 예수님을 위해 선한 일을 하는 거라면 모르겠군요. 잠깐만 기다리시구려. 금방 마누라한테 빵을 썰어 올리라고 할 테니까요."

신사는 기분이 상해 침을 탁 뱉은 뒤 농사꾼 집에서 줄행랑을 쳤다. 선한 일을 위해 하는 행동을 받아들일 수 없었기 때문이다. 그에게는 예수라는 말이 칼보다도 더 무서웠다.

그래서 두목 마귀는 빵을 얻지 못하고 말았다. 사람들은 모두 금화를 충분히 손에 넣었던 것이다. 두목 마귀가 어디를 가든 금화를 얻기 위해서 어떠한 것도 주려고 하는 이가 없었다.

그들은 한결같이 이렇게 말했다.

"무엇인가 딴 것을 가지고 오거나 아니면 일을 하러 오세요. 아니면 적선을 바라고 동냥을 하러 오거나."

그러나 마귀는 금화밖에는 아무 것도 가진 게 없었다. 그렇다고 일을 하기는 싫었고, 더더구나 적선을 바라고 동냥을 할 수도 없었다. 두목 마귀는 잔뜩 화가 났다.

"어떻게 된 거야? 금화는 언제든 필요한 건데 말야. 금화만 가지면 무엇이든지 사고 어떤 일꾼이든지 들여놓을 수 있을 텐데 말야."

그러나 바보들은 그 말을 들은 척도 하지 않았다.

"정말 그런 건 필요 없습죠. 여기선 계산이나 세금 따위는 하나도 없으니까요. 그러니까 그까짓 금화 따위가 무슨 필요가 있겠어요?"

두목 마귀는 저녁도 먹지 못한 채 잠자리에 들었다.

이 일이 이반의 귀에 들어갔다. 백성들이 그에게로 찾아와 이렇게 물었기 때문이다.

"도대체 소신들은 어찌해야 하옵니까? 소신들한테 홀

륭한 신사 한 분이 나타났사옵니다. 그는 맛있는 음식이나 좋은 술만을 좋아하고 깨끗한 옷을 입는 걸 좋아하면서 일은 아예 하려고 들지도 않사옵니다. 그렇다고 동냥을 하지도 않고 그저 금화라는 것만 내밀 뿐이니 말이옵니다. 전에는 금화를 장난감으로 쓰기 위해 모두들 그 신사에게 무엇이나 다 주었었는데, 이제는 그 어떤 것도 가져다주는 사람이 없사옵니다. 이 신사를 어떻게 해야 하오리까? 굶어죽으면 어떻게 하옵니까?"

이반은 다 듣고 나서 이렇게 말했다.

"아무렴, 먹여 살려야 하느니라. 양치는 목자처럼 집집마다 돌아다니게 하라."

할 수 없이 두목 마귀는 이 집 저 집 돌아다니며 얻어 먹게 되었다. 그렇게 하는 동안 이반이 사는 궁궐에까지 차례가 돌아왔다. 두목 마귀가 점심을 먹으러 갔을 때 궁궐에서는 벙어리 여동생이 점심을 차리고 있었다.

그녀는 게으름뱅이를 잘 찾아냈다.

게으름뱅이는 일을 하지도 않는 주제에 꼭 맨 먼저 밥을 먹으러 와서는 맛있는 음식만 골라 싹싹 먹어치웠다. 그래서 그녀는 사람의 손만 보고도 게으름뱅이인지 아닌지를 곧잘 분간해냈다. 손에 못이 박인 사람은 식탁에 앉히지만 못이 박이지 않은 사람에게는 먹다 남은 찌꺼기를

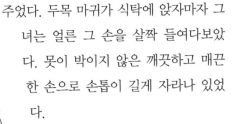

주었다. 두목 마귀가 식탁에 앉자마자 그녀는 얼른 그 손을 살짝 들여다보았다. 못이 박이지 않은 깨끗하고 매끈한 손으로 손톱이 길게 자라나 있었다.

벙어리 처녀는 뭐라고 외쳐 대더니 마귀를 식탁에서 다짜고짜 끌어냈다.

그러자 이반의 아내가 그에게 말했다.

"나무라지 마세요. 우리 시누이는 손에 못이 박이지 않은 사람을 식탁에 앉히지 않는답니다. 자, 조금만 기다리세요. 곧 모두 드실 테니까 그 다음에 드시면 돼요."

왕이 사는 궁궐에서는 나에게 돼지에게 먹이는 것을 주려고 하는구나! 그러한 생각을 하자 두목 마귀는 은근히 화가 났다. 이리하여 이반에게 말했다.

"전하의 나라에는 모든 사람들이 손으로 일을 해야만 하는 어리석은 법률이 있는가 보옵니다. 그러나 그것은 모두 어리석기 때문에 그런 것이옵니다. 영리한 사람은 무엇으로 일을 하는지 아시옵니까?"

"바보인 우리가 어찌 그런 걸 알겠는가. 우리들은 무엇이나 대체로 손과 몸으로 하고 있지."

"그것은 말하자면, 이곳 사람들이 바보이기 때문이옵니다. 그럼, 소신이 머리로 일을 하려면 어떻게 해야 하는지 그 방법을 가르쳐 드릴까 하옵니다. 그러면 손보다 머리로 일하는 것이 쉽다는 걸 알 것이옵니다."

이반은 놀랐다.

"과연 듣고 보니, 그렇군. 우리가 바보로 불리는 것도 무리는 아니야!"

그러자 두목 마귀가 말하기 시작했다.

"그러나 그것이 쉽지는 않사옵니다. 소신의 손에 못이 박이지 않았다 하여 사람들이 소신에게 먹을 것을 주시지 않사오나, 머리로 일을 한다는 것은 손으로 하는 것보다 백 배는 어렵사옵니다. 오히려 때로는 머리가 빠개지는 수도 있으니까 말이옵니다."

이반은 생각에 잠겼다.

"그런데 어찌 그대는 그렇게 제 자신을 괴롭히는 건가? 머리가 빠개지는 수도 있다니, 과연 쉬운 일은 아니로다! 만일 그렇다면 차라리 지금처럼 손과 등을 써서 쉽게 일을 하면 될 게 아닌가?"

그러자 마귀가 말했다.

"소신이 이처럼 스스로를 괴롭히는 것은 바보인 사람들을 불쌍히 여기기 때문이옵니다. 만일 소신이 스스로를 괴롭히지 않는다면, 이 나라 사람들은 영구히 바보가 되고 말 것이옵니다. 그러나 소신은 여태껏 머리로 일을 해 왔사오니 이제부터 그 방법을 가르쳐 드릴까 하옵니다."

"어디 가르쳐 주게나. 손이 지쳤을 때 머리로 대신할 수 있다는 그 방법을 말야."

마귀는 그것을 가르쳐 주겠다고 약속했다. 그래서 이반은 온 나라에 방을 붙였다.

'훌륭한 신사가 나타나 사람들에게 머리로 일하는 법을 가르쳐 준다고 한다. 머리로는 손보다도 훨씬 더 많은 벌이를 할 수 있다. 그러니 모두들 배우러 나오라.'

나라에서는 높은 망대가 세워지고 거기에 반듯한 사닥다리를 걸쳐놓은 다음 그 위에 단을 마련했다. 그리고 신사의 모습이 잘 보이도록 이반은 그곳으로 안내했다.

신사는 망대 위에 서서 마구 뭐라고 말했다. 바보 백성들은 구경을 하러 구름 떼처럼 모여들었다. 바보들은 손을 쓰지 않고 머리로 일을 하려면 어떻게 해야 하는지를 알기 위해 모여든 것이다. 그러나 두목 마귀는 그저 말로만 어떻게 하면 일을 하지 않고도 살아갈 수 있는지를 바보들에게 가르칠 뿐이었다.

바보들은 뭐가 뭔지 신사의 말이 이해되지 않았다.

그래서 계속 바라보고 있다가 지친 나머지 저마다 제

일들을 하러 뿔뿔이 흩어져 버렸다.

두목 마귀는 하루 종일 망대 위해 서 있었다. 다음 날도 내내 서서 뭔가를 줄곧 떠들어댔다.

그러자 두목 마귀는 배가 고파 무엇이든 좀 먹고 싶었다. 그러나 바보들은 저 사람이 손보다 머리가 훨씬 더 일을 잘할 수 있다는데, 머리로 제 빵쯤은 만들 수 있으려니 생각했다. 그래서 망대 위의 그에게 빵을 가져다 줄 생각을 아예 하지도 않았다.

두목 마귀는 그 이튿날도 단 위에 올라서서 줄곧 떠들어댔지만 사람들은 가까이 다가와 잠시 바라보고는 이내 제 갈 길로 가버리고 말았다.

이반은 이따금 신하들에게 물었다.

"그래 어떻던가? 그 신사는 머리로 일을 하던가?"

"아니옵니다. 아직도 여전히 뭐라 떠들어대기만 할 뿐이옵니다."

두목 마귀는 다음 날도 또다시 하루 종일 단 위에 서서 떠들어댔다. 이제 신사는 쇠약해질 대로 쇠약해져서 제대로 서는 것조차 힘겨워 보였다. 그는 비틀거리다가 그만 기둥에 머리를 부딪혔다. 이것을 보고 한 바보가 이반의 아내에게 알리게 되었고 이반의 아내는 들에 나가 있는 남편에게로 달려갔다.

"자, 구경을 하시러 가십시다. 신사가 드디어 머리로 일을 하기 시작한 모양이옵니다."

"그게 정말이오?"

이반은 말을 몰아 망대로 달려갔다.

이반이 망대에 다다랐을 때에는, 굶주리다 못한 마귀가 이제 비틀거리면서 머리를 기둥에 마구 박고 있었다. 그러다가 이반이 도착한 그 순간 마귀는 앞으로 고꾸라지더니 우당탕 요란스런 소리를 내면서 사다리의 계단을 따라 아래로 굴러떨어졌다.

이반은 머리를 끄덕이며 말했다.

"아하, 머리가 빠개지는 수도 있다고 하더니, 아닌 게 아니라 정말인걸! 이건 정말 손에 못 박이는 게 문제가 아니구나. 저렇게 일을 하다가는 머리가 남아나지 않겠군."

사다리 밑으로 굴러떨어진 두목 마귀는 땅 속에 머리를 처박고 말았다.

이반은 신사가 얼마나 많은 일을 했는지 보기 위해 가까이 다가갔다. 바로 그때 갑자기 땅바닥이 쫙 갈라지더니 신사가 그 사이로 굴러떨어져 들어가고 구멍만 덩그러니 하나 남겨놓았다.

이반은 머리를 긁적긁적 긁었다.

"아, 요놈 봐라. 이런 망할 놈이 있나! 또 그놈이었단 말인가! 그놈들의 애비였나 보구나. 별 희귀한 놈도 다 있구나!"

이렇게 해서 이반은 오늘날까지 살아 있으며, 수많은 사람들이 그의 나라로 살기 위해 몰려들고 있다. 두 형들도 그에게 찾아와 그가 먹여 살리고 있다.

만일 누구든 찾아와서 먹여 살려 달라고 부탁하면 이반은 이렇게 말한다.

"그렇게 하지. 와서 살게나. 여기엔 모든 게 풍족하게 있으니까!"

그러나 이 나라에는 단 하나의 관습이 있다. 손에 못이 박인 자는 식탁에 앉게 되지만, 못이 박이지 않은 자는 먹다 남은 찌꺼기를 먹어야 하는 것 말이다.

사람에게는 얼마나
많은 땅이 필요한가

** 1 **

도시에서 살고 있던 언니가 시골에 사는 여동생을 찾아왔다. 언니는 도시의 상인에게 시집갔고 동생은 시골 농부와 결혼했던 것이다. 언니와 동생은 차를 마시면서 이런저런 이야기를 나누었다.

그러다가 언니는 자기들이 사는 도시 생활에 대해 자랑하기 시작했다. 자기는 넓고 화려한 집에서 살고 있고, 아이들에게는 예쁜 옷을 입힐 뿐만 아니라 날마다 맛있는 음식을 먹으며, 마차를 타고 산책이나 구경을 하며 멋있게 산다는 투로 은근히 뽐내었다.

이 말을 들은 동생은 속이 상해 도시의 염치없고 몰인정한 생활을 헐뜯으며 자기네들의 농촌 생활을 자랑했다.

"아무리 도시 생활이 좋다고 해도 이곳 농촌 생활과 언니의 생활을 바꿀 생각은 눈곱만치도 없어. 우리들이 사는 게 그렇게 호화롭지는 않아도 번거롭거나 파산을 당할 염려는 없으니까. 언니 말처럼 도시 생활은 깔끔해서 좋을지는 모르지만, 자칫 운수가 나빠 망하면 그야말로 하루아침에 거지가 되는 것 아니겠어. 거기에 비하면 우리 농촌 생활은 아주 안전하지. 비록 큰 부자는 될 수 없지만 생활하는 데는 전혀 지장이 없다고."

언니가 이를 반박했다.

"배고프지는 않다고 해도 어디까지나 소나 돼지하고 어울려 살고 있잖니. 그리고 아무리 열심히 일한다고 해도 좋은 옷을 입을 수 없고, 화려한 파티도 열 수 없지 않니. 네 남편이 땀흘려 일해 봐야 항상 이 꼴로 살 거고, 집이라고 해봐야 돼지우리 같은 곳인데다, 너희 아이들도 결국 너희와 마찬가지로 살아가게 되겠지."

동생이 다시 말했다.

"그게 우리의 방식이야, 언니! 우리 생활은 자유스럽고 건전해서 누구한테 굽실거리거나 아부하지 않아. 그러나 언니 같은 도시 사람들은 항상 유혹과 불안 속에서 살고 있는 거 아냐? 오늘은 아무리 좋아도 내일은 벌써 어떤 악마에게 사로잡힐지 모르지. 이런 말을 해서 안됐지만, 형부도 언제 어떤 악마의 꾐에 빠져 재산을 몽땅 날리고 처량한 신세가 될지 모르잖아?"

동생의 남편인 파홈이 난로 옆에서 자매의 이야기를 듣고 있었다.

"그건 그래요. 우리 농부들은 어릴 때부터 땅을 벗삼아 왔기 때문에 절대 어리석은 생각은 안 하지요. 그저 다만 아쉬운 게 있다면 땅이 넉넉하지 못한 것이죠. 땅만 충분히 가지게 된다면 우리들은 아무 두려울 것이 없어요. 악마나 다른 그 누구도 결코 무서워할 것이 없다고요."

두 여인은 차를 다 마시고 아름다운 옷과 맛있는 음식에 대해 다시 이야기를 하다가 차 그릇을 치운 다음 잠자리에 들었다.

그런데 악마가 난로 뒤에서 그들이 하는 이야기를 모두 듣고 있었다. 악마는 몹시 화가 나 있었다. 농부가 땅만 넉넉하게 있으면 악마 따위는 전혀 두려워할 것 없다고 큰소리치는 것을 들은 때문이었다.

"좋아. 그렇다면 한번 내기를 해보자. 네게 땅을 듬뿍

주겠다. 그리고 그 땅으로 너를 홀린 뒤에 과연 네가 그때
도 자신만만할 수 있는지 보겠다."

✳✳ 2 ✳✳

이 마을 근처에 적당히 큰 땅을 가지고 있는 여자 지주
가 있었다. 이 지주는 37만 평의 땅을 가지고 있었는데,
여태까지 자신의 소작인들을 핍박하거나 해코지하는 일
없이 사이좋게 지냈다.

그런데 어느 날 이 지주 밑에 군인 출신의 사내가 관리
인으로 들어왔다. 사내는 관리인이 되자 심심찮게 벌금을
물려서 소작인들을 괴롭혔다.

파홈도 조심을 하긴 했지만 관리인의 계략은 벗어날
수가 없었다. 소나 말이 농작물을 망쳤다는 이유로 벌금
을 물 때마다 파홈은 화가 나서 소나 말을 때리기도 했다.
여름 한철을 나는 동안 그는 이 관리인 때문에 많은 죄를
지어야 했다.

그런데 겨울이 되자 여지주가 땅을 팔기 시작했고, 그
땅을 관리인이 사들이려 한다는 소문이 돌았다. 소작인들
은 그 소식을 듣고 한숨을 내쉬었다.

"이거 큰일났군. 관리인이 땅을 산다면 그 자는 지금보

다도 더 고약하게 굴면서 심한 벌금을 물려 우리를 괴롭힐 텐데. 그렇다고 이 땅을 떠나서 살 수도 없고……."

그래서 소작인들은 한데 모여 의논을 한 후 여지주를 찾아가 땅을 관리인에게 팔지 말고 자기들에게 양도해 달라고 간청했다. 그리고 값은 섭섭지 않게 쳐주겠다고 했다.

소작인들의 간청을 받은 여지주는 그렇게 하겠다고 승낙했다. 농부들은 조합을 통해서 그 땅 전부를 사기로 하고 수 차례 회의를 가졌다. 하지만 좀처럼 결론이 나오지 않았다. 악마가 몰래 그들 사이로 스며들어 훼방을 놓았기 때문에 의견일치가 되지 않았던 것이다. 그래서 농부들은 자기 능력대로 각자가 알아서 적당한 크기의 땅을 사기로 결정을 했다. 여지주는 이에 동의했다.

그 즈음 파홈은 고민이 많았다.

"다른 사람들이 땅을 다 사버린다면, 내 손에는 아무것도 들어오지 않게 돼."

그래서 그는 아내와 상의했다.

"다른 사람들이 땅을 다 사버리기 전에 우리도 한 3만 평쯤 사들여야겠어. 이대로 있다가는 여기서 더는 살 수 없게 될지도 몰라. 그 관리인이라는 작자가 너무 많은 벌금을 물려서 견딜 수가 없는 지경이라고!"

두 사람은 땅을 살 궁리를 계속했다. 그들의 수중에는

100루블의 돈이 있었다. 그 돈에다가 망아지 한 마리와 꿀벌 절반을 판 돈을 보태고, 아들을 머슴살이 보내고 의형에게 모자란 돈을 빌려 그들은 가까스로 사고자 하는 땅의 절반 값을 마련했다. 파홈은 무성한 숲이 있는 4만 5,000평 가량의 땅을 정한 뒤, 여지주에게 찾아가 땅값을 흥정했다. 그는 매매계약을 마친 후 현찰로 절반을 지불하고, 나머지는 2년 후에 주기로 했다.

그리하여 파홈은 드디어 땅 소유주가 되었다. 파홈은 씨앗을 구입해 그 땅에 뿌렸다. 그해 농사는 대풍이었다. 땅 값과 의형에게 빚진 것을 모두 갚을 수 있을 정도였다.

파홈은 땅을 얻은 지 불과 1년 만에 명실공히 지주가 되었다. 자기 땅을 갈아서 씨를 뿌리고, 자기 목장에서 풀을 베고, 자기 숲에서 장작을 얻고, 자기 땅에서 가축을 기르게 된 것이다. 그는 자기 땅에서 돋아나는 작물과 풀을 볼 때마다 무척 기뻤다. 땅은 아무런 변화도 없었지만, 파홈에게는 아주 특별한 땅으로 변신한 것이다.

＊＊ **3** ＊＊

파홈은 매일매일 기쁜 마음으로 지냈다. 남의 가축들이 자신의 땅으로 넘어와 작물을 짓밟거나 풀을 뜯지만 않는다면, 그는 모든 것이 만족스러웠다. 그는 이웃들에게 가축들이 작물이나 목장을 짓밟지 않게 해달라고 부탁했다.

그러나 별다른 효과가 없었다. 잊을 만하면 남의 집 소가 목초지로 들어왔다. 파홈은 그때마다 소를 달래 쫓아냈으나 법의 힘을 빌리지는 않았다. 하지만 그런 일이 계속 일어나자 그는 하는 수 없이 재판소에 이웃들을 고발하기에 이르렀다.

가축들이 남의 땅으로 넘어 들어가는 것은 워낙 마을의 땅이 좁기 때문이었다. 때문에 농부들 입장에서는 남의 땅을 침범하지 않고는 가축을 키울 수가 없었다.

그렇지만 파홈은 한 번쯤은 혼을 내야 불미스러운 일이 생기지 않을 거라고 생각했다. 그래서 소송을 걸어 이웃 농부들을 응징했다. 그 때문에 많은 농부들이 벌금을 물어야 했다. 그 일로 해서 이웃 농부들은 파홈에게 원한을 품었다. 그래서 고의적으로 그의 땅을 망치는 일이 생겨났다. 어떤 농부는 밤에 그의 숲에 들어와 보리수 껍질을 벗겨 버리기도 했다. 그런 참혹한 소행을 다음날 아침 숲을 지나다가 발견한 파홈은 벌컥 화를 냈다.

"도대체 어느 놈이 이런 짓을 한 거야? 내 누군지 알기만 하면 그냥 두지 않겠다."

'도대체 누구 짓이지?'

파홈은 골똘히 생각했다.

"이것은 아무래도 쇼무카의 짓일 거야!"

그는 쇼무카란 농부를 의심했다. 그래서 몰래 쇼무카의 집으로 가서 살펴보았으나, 아무런 단서도 찾지 못하고 돌아왔다. 그래도 쇼무카에 대한 그의 의심은 사라지지 않았다. 의심은 금세 확신으로 굳어졌다. 그래서 그는 쇼무카를 상대로 고소를 제기했다. 두 사람은 법정에 출두했다. 몇 번이나 재판이 되풀이된 끝에 증거 불충분으로 피고는 무죄 판결을 받았다. 파홈은 재판에 지고 나자 마을 어른에게까지 행패를 부렸다.

"당신들은 모두 도둑놈의 편이오. 당신들이 정말 정직한 사람들이라면, 결코 도둑놈을 무죄로 만드는 어처구니없는 연극 따위를 하지는 못할 거요."

파홈은 툭하면 마을 사람들과 싸웠다. 갈등이 점점 심해지자, 농부들은 그의 집에 불을 지르겠다며 협박까지 했다. 결국 파홈은 땅을 얻은 대신에 인심을 잃어 외롭게 살아가지 않으면 안 되었다.

어느 날 근처 농부들이 새로운 곳으로 이주하려고 한다는 소문이 들려왔다. 이 소식을 들은 파홈은 생각했다.

"내 땅을 두고 다른 곳으로 가다니? 그건 말도 안 되는 일이지. 난 여기 있을 거야. 사람들이 여기를 떠나가 버리면 이곳은 좀더 넓어지잖아. 그럼 빈 땅들이 생길 테고, 그 걸 내가 사들인다면 살림도 불어나고 지금보다는 지내기가 한결 좋아질 거야. 휴, 정말 숨이 막혔는데, 잘된 일이군!"

그러던 어느 날 마을을 지나던 한 여행자가 파홈을 찾 아왔다. 그는 여행자를 맞이해 식사를 대접한 뒤, 세상 돌 아가는 이야기를 나누었다.

파홈이 그 여행자에게 어디서 왔느냐고 묻자, 여행자는 볼가강 건너편에서 왔으며, 지금까지 이곳저곳을 돌아다 니며 노동을 하고 있다고 했다. 여행자는 자기가 일하던 곳으로 이주해 온 농부들의 얘기를 들려주었다. 그곳에 온 농부들은 곧 조합에 가입해 한 사람당 3만 평의 땅을 분배 받았다고 했다. 또 분배받은 땅이 어찌나 기름진지 보리 같은 곡식을 파종하면 소나 말의 잔등이 보이지 않을 정도 라고 했다. 그래서 어떤 농부는 빈손으로 왔다가 지금은 말 여섯 필에다가 소 두 필을 가지게 되었다고 했다.

파홈은 곰곰 생각했다.

"그렇게 살기 좋은 땅이 있다면, 이런 좁은 땅에서 남 들과 아귀다툼하면서 어렵게 살 필요가 없다. 땅과 집을 팔아 돈을 마련한 뒤 그곳에 가서 새로 농사를 짓자. 이처 럼 비좁은 땅에서 살다보면 인심만 사나워지고 죄만 짓게 된단 말야. 그렇지만…… 먼저 그곳 사정을 알아본 뒤에 이사해도 늦지는 않을 거다."

여름이 되자 그는 여행자가 말한 곳으로 출발했다. 볼가강에서 배를 타고 사마라까지 내려간 뒤, 그곳에서 천릿길을 걸어갔다. 그리하여 그는 겨우 목적지에 도착할 수 있었다.

모든 것이 소문대로였다. 농부들은 제각기 3만 평씩 땅을 분배받아 풍족하고 안정된 생활을 하고 있었고, 이주해 온 사람들은 누구나 조합에 가입했다. 그리고 돈만 있으면 분배받은 땅 외에도 얼마든지 좋은 땅을 3,000평당 3루블 정도에 영구히 자기 것으로 만들 수가 있었다.

모든 것을 살펴본 뒤 고향으로 돌아온 파홈은 그해 가을이 되자 모든 재산을 정리하기 시작했다. 토지를 팔고 보니 돈이 많이 남았다. 집과 가축도 다 팔았다. 그는 그곳 조합에서 탈퇴하고 봄이 오기를 기다린 다음 가족과 함께 새로운 땅으로 떠났다.

* * **4** * *

가족과 함께 새로운 땅에 도착한 파홈은 마을의 큰 조

합에 가입하기로 했다. 그는 마을 어른들을 초대해 잔치를 베풀면서 사람들과 안면을 트는 한편, 필요한 서류를 차근차근 갖추어나갔다.

파홈은 얼마 후 조합원이 되었고, 곧 다섯 명 가족 몫으로 토지 15만 평을 분배받고, 목장도 분양 받았다. 그는 그곳에다 집을 짓고 가축도 길렀다. 그가 소유한 땅은 이전의 세 배가 되었고, 살림은 이전보다 열 배가 늘었다. 땅도 넉넉했지만 목장도 아주 만족할 만했다. 얼마든지 가축을 기를 수가 있었다.

이주 초기에는 모든 것이 만족스러웠다. 그러나 차츰 생활이 안정되고 살림이 불어나자 이곳도 역시 좁게 느껴지기 시작했다. 이주 첫해에 파종한 밀농사는 대풍이었다. 그러자 욕심이 생겼다. 더 많은 밀을 경작하고 싶어졌던 것이다.

하지만 그가 가진 땅으로는 수확량을 늘리기가 힘들었다. 그의 땅 안에는 밀을 심기에 적당치 않은 곳도 있었다. 밀을 심기 위해서는 퇴비나 비료를 주어 지력을 높인 땅이라야 했다. 휴경지는 사려는 사람이 많아 구입이 쉽지 않았다. 돈이 있는 사람은 땅을 사들여 경작을 했으나, 가난한 사람들은 상인으로부터 땅을 빌려 농사를 짓는 형편이었다.

이듬해 파홈은 더 많은 땅에 밀을 파종했다. 또다시 풍년이 들었다. 그러나 새로 씨를 뿌린 땅은 마을에서 15킬로미터나 떨어져 있어서 농작물을 운반하기가 여간 불편한 게 아니었다. 그런데 근처에는 농사도 짓고 장사도 하면서 농원을 경영하는 부유한 사람들도 있었다.

"나도 저 사람들처럼 땅을 사들일 수만 있다면, 또 농원이라도 경영한다면, 지금보다는 형편이 나아질 텐데……."

그래서 파홈은 무슨 수를 써서라도 땅을 자기 재산으로 만들어야겠다고 결심했다. 어느덧 3년의 세월이 지나갔다. 해마다 그는 많은 땅을 빌려 씨를 뿌렸다. 그리고 계속 풍작을 거두었다. 그 덕분에 웬만큼 돈도 모으게 되었다. 그는 이제 별로 부족함 없이 살 수 있는 형편이 되었다.

그러나 그는 해마다 땅을 빌려 농사를 짓는 것이 마음에 걸렸다. 좋은 땅만 있으면 그곳의 농부들이 전부 앞질러서 빌려가곤 했다. 땅을 빌리지 못하면 한 해 농사를 놓칠 수도 있는 그런 상황이었다.

"이게 만일 내 땅이라면 남한테 굳이 머리를 숙일 필요도 없고, 또 불쾌한 일도 겪지 않을 텐데……."

파홈은 영구히 자기 것으로 사들일 땅을 찾고 있었다.

그러던 중에 한 농부를 찾아냈다. 그 농부는 150만 평의 땅을 가지고 있었는데, 파산을 하는 바람에 땅을 아주 싸게 내놓은 상태였다. 파홈은 그 농부와 흥정을 했다. 여러 차례 교섭한 끝에 1,500루블에 땅을 매매할 것을 결정하고, 1,000루블은 현금이고 나머지는 후불이라는 조건으로 계약을 맺었다.

구입한 땅의 값을 지불하려고 돈을 챙기고 있던 어느 날 장사꾼 하나가 파홈을 찾아왔다. 파홈은 상인과 차를 마시면서 이런저런 세상 돌아가는 이야기를 나누었다. 상인은 멀리 떨어진 바쉬끼르 지방에서 왔다고 했다. 그는 바쉬끼르를 출발하기 직전에 그곳의 주민에게 1,500만 평의 땅을 샀는데, 땅값이 겨우 1,000루블밖에 되지 않았다고 했다.

파홈은 귀가 번쩍 뜨이는 것 같았다. 세상에나! 1,500만 평의 땅값이 겨우 1,000루블이라니! 그는 상인에게 어떻게 그처럼 땅을 싸게 살 수 있었는지 자세하게 물었다.

"그곳 어른들의 비위만 잘 맞춰주면 그만이지요. 나는 그 땅을 사려고 가운과 침구 등 100루블 정도의 물건과 차 한 상자를 선물했고, 귀찮은 놈들에게는 술을 대접해서 결국 3,000평당 20코페이카라는 헐값에 땅을 사들일 수 있었지요."

상인은 땅의 소유권을 표시한 등기 증서를 보여 주었다.

"그 땅은 하천을 끼고 있어서 넓은 지역에 걸쳐 풀도 무성하게 잘 자라 있다오."

파홈은 좀더 자세한 설명을 부탁했다.

"그곳의 땅은 얼마나 넓은지 1년이 걸려도 다 돌아볼 수 없을 정도예요. 그 모든 땅이 바쉬끼르 원주민의 소유인데, 그들은 무척 게으르고 미개한 인간들이라서 그처럼 헐값에 땅을 살 수 있었지요."

파홈은 당장 속으로 셈을 해보았다.

'150만 평의 땅을 구입하느라 1,000루블을 내고도 빚을 지게 된 내 처지가 정말 우스워지는군. 바쉬끼르로 가면 같은 돈을 주고 엄청나게 넓은 땅을 살 수 있는데 말야!'

* * 5 * *

파홈은 바쉬끼르로 가는 길을 자세히 물었다. 그리고 상인이 떠나자마자 자기도 곧 떠날 차비를 했다. 뒷일은 아내에게 맡기고, 그는 일꾼 한 사람을 데리고 길을 나섰다. 그들은 여행 도중에 작은 도시에 들러 상인이 말한 대로 차 한 상자와 포도주, 그리고 여러 가지 선물들을 모두 준비했다.

그들은 1주일 동안 밤낮을 걸어서 바쉬끼르의 유목지에 도착했다. 모든 것이 상인이 말한 그대로였다. 그곳 원주민들은 강가의 초원에서 텐트 생활을 하고 있었다. 그들은 땅을 경작하거나 빵을 만들어 먹는 일도 없었다. 넓은 초원에는 소와 말들이 떼지어 풀을 뜯고 있었고, 그곳의 여인들은 말에서 젖을 짜 우유술과 치즈를 만들었다.

그러나 바쉬끼르 남자들은 술과 차를 마시고 양고기를 먹은 뒤에 피리를 부는 일로 하루를 보냈다. 그들은 모두 건장하고 쾌활했으며, 한여름 내내 아무 일도 않고 빈둥빈둥 놀면서 지냈다. 그들 모두는 문맹자로 러시아말을 전혀 할 줄 몰랐다. 하지만 그들은 아주 친절했다.

바쉬끼르 주민들은 텐트에서 나와 파홈 일행을 둘러쌌다. 파홈은 그들 중에서 러시아말을 할 줄 아는 사람을 찾아 그에게 토지에 관한 일로 방문한 사실을 전했다.

바쉬끼르 주민들은 매우 기뻐했다. 그들은 파홈을 끌어안듯이 하면서 제일 훌륭한 천막으로 안내해서 방석 위에 앉게 한 다음에 그들도 빙 둘러앉아서 차와 술을 권했다. 그들은 양을 잡아 고기도 대접했다. 파홈은 준비한 선물을 나누어주었다. 그들은 처음으로 장난감을 받아든 아이들처럼 좋아했다. 자기들끼리 열심히 떠들더니 러시아말을 할 줄 아는 사람을 통해서 이런 뜻을 전달했다.

"우리들은 당신에게 호감을 갖고 있습니다. 그래서 이곳의 오랜 풍습에 따라, 선물에 대한 보답으로 우리들이 갖고 있는 것 중에서 후하게 답례하고 싶은데, 당신의 의사는 어떻습니까?"

"아, 그렇습니까? 정말 고맙습니다. 제가 가장 좋아하는 것은 바로 땅입니다. 우리가 사는 땅은 아주 좁은데다가 완전히 황폐화되었는데, 여기 땅은 넓을 뿐 아니라 아주 기름집니다. 전 이처럼 아름답고 좋은 땅은 지금껏 본 적이 없습니다."

통역을 맡은 사람은 파홈의 말을 그들에게 전달했다. 바쉬끼르인들은 잠시 뭔가를 의논했다. 그리고 통역이 이런 뜻을 전했다.

"당신의 친절에 보답하기 위해 얼마든지 갖고 싶은 만큼 땅을 기꺼이 드리겠다고 합니다."

＊＊ **6** ＊＊

바쉬끼르인들과 파홈이 통역자를 사이에 두고 이런 이야기를 나누고 있을 때, 갑자기 여우털 모자를 쓴 건장한 사내가 들어왔다. 그러자 모두들 자리에서 일어섰다. 통역하는 사람이 말했다.

"촌장이십니다!"

파홈은 값비싼 가운과 준비해 온 차를 선물했다. 촌장은 선물을 받고 자리에 앉았다. 그러자 바쉬끼르인들이 촌장을 향해서 무엇이라고 말했다. 촌장은 그들의 말을 잠자코 듣고 있더니 고개를 끄덕이면서 파홈을 향해 말했다.

"좋습니다. 아무 곳이나 원하는 대로 가지십시오. 당신에게 줄 땅은 얼마든지 있습니다."

'아니, 이럴 수가! 원하는 대로 땅을 가질 수 있다니! 당장에 저 촌장이 말한 것을 구체적인 계약으로 확정지어야 해. 그렇지 않으면 얼마 되지 않아서 자기들 땅이라고 도로 빼앗아 갈 수도 있으니까!'

파홈은 들뜬 마음을 억누르며 말했다.

"그렇게 말씀해 주시니 정말 감사합니다. 확실히 이곳은 좋은 땅이 사방으로 펼쳐져 있군요. 그러나 저는 그리 많은 땅을 원하지는 않습니다. 저는 제게 필요한 만큼만 가졌으면 합니다. 그 대신 제가 갖게 될 땅이 확실히 내 것이라는 분명한 증명이 있었으면 합니다. 나중에 세월이 지난 뒤에 당신들의 후손들이 다시 땅에 대한 소유권을 주장하면 참으로 어려운 문제가 생길 테니까요."

"옳은 말이오. 그러면 확실하게 증명할 만한 것을 만들어 드리겠습니다."

파홈은 다시 말했다.

"제가 듣기로는 이곳에 상인 한 분이 있는 모양인데, 당신들이 그 상인에게 땅을 팔고 등기 증서를 해주었다고 알고 있습니다. 저에게도 그것을 해주시기 바랍니다."

촌장은 모든 것을 들어주었다.

"그렇게 하지요. 그것은 그리 어려운 문제가 아닙니다. 우리에게는 그런 일을 처리할 사람이 있으니, 나가서 서류를 만들어 드리겠습니다."

"그러면 이제 땅값을 결정해야겠군요. 어떻게 할까요?"

파홈이 먼저 돈 얘기를 꺼냈다.

"여기서는 가격이 같습니다. 누구를 막론하고 하루 당 1,000루블을 받고 있습니다."

파홈은 무슨 말인지 알 수가 없었다.

"하루 당이라면…… 몇 평이나 됩니까?"

"아, 우리들은 그런 계산은 잘 모릅니다. 그래서 하루 당 얼마라고 해서 땅을 팔고 있습니다. 즉, 땅을 사고 싶은 사람이 하루 동안 걸어서 돌아온 만큼의 땅을 모두 하루 당으로 해서 양도하는 것이지요. 이 하루 당의 값을 1,000루블로 하고 있습니다."

파홈은 깜짝 놀라며 말했다.

"하루 종일 걸어다닌 땅은 아주 넓을 텐데요."

촌장은 웃으며 대꾸했다.

"어쨌든 그 전부가 당신의 소유가 되는 것이지요. 그런데 조건이 하나 따릅니다. 출발한 당일에 출발점으로 다시 돌아와야 합니다. 만일 그렇지 못하면 땅값으로 지불한 돈은 돌려 받지 못하게 됩니다. 이 사실만은 꼭 기억해 두십시오."

"그 점은 명심하겠습니다. 그런데 그곳이 자기가 답사한 땅이라는 걸 어떻게 증명하지요?"

"아무 곳이나 당신이 지정한 장소에 가서 거기에서 당신을 기다리겠습니다. 당신은 거기서 출발해 한 바퀴 빙둘러 돌아오시면 됩니다. 땅을 돌 때는 괭이 하나를 가지고 가서 드문드문 구덩이를 파서 표시를 해주세요. 그럼 나중에 나와 함께 돌아다니면서 확인한 뒤 구덩이와 구덩이를 연결하면 될 겁니다. 당신은 어떤 식으로 돌아다녀도 상관없습니다. 다시 말씀드리지만, 해가 지기 전에는 반드시 돌아와야 합니다. 그렇게 해서 돌아온 땅은 모두 당신 것이 되는 거지요."

출발일은 다음날 아침이었다. 파홈은 매우 기뻤다. 그는 촌장과 여러 가지 이야기를 나누면서 양고기와 술을 마셨다. 그런 동안에 날이 저물었다. 그곳에 모인 사람들은 파홈을 푹신한 털이불에서 자게 하고, 모두 자신들의 텐트로 돌아갔다.

∗∗ 7 ∗∗

파홈은 따뜻하고 푹신한 이불을 덮었지만 좀처럼 잠이 오지 않았다. 내일 일에 대한 생각 때문이었다.

"가능한 멀리 돌아와야지. 온종일 걷는다면 50킬로미터 정도는 돌 수 있겠지. 그 정도를 돈다면 꽤나 넓은 땅이겠지. 그 중에 변변치 않은 곳은 팔든지 소작인에게 빌려주고, 좋은 곳만 골라내서 농사를 짓자. 두 마리 소가 끌 쟁기에다 일할 머슴을 두서넛 구하면, 15만 평쯤 경작을 하고 나머지는 목장을 만들 수 있을 거야."

파홈은 뜬눈으로 밤을 새우다가 새벽녘에야 겨우 잠이 들었다. 그는 잠결에 천막 밖에서 나는 웃음소리를 들었다. 자리에서 일어나 밖을 내다보니 촌장이었다. 그는 배를 움켜잡고 큰 소리로 웃고 있었다.

파홈은 촌장이 웃는 이유를 알 수 없었다. 기분이 이상해서 자세히 살펴보니 그는 바쉬끼르 촌장이 아니고 자기를 이곳에 소개해 준 상인이었다. 그에게 알은 채를 하려고 하다가, 파홈은 그 상인이 사나운 뿔과 발톱을 가진 무서운 악마로 돌변하는 것을 보았다. 배를 끌어안고 웃고 있는 악마 앞에는 맨발의 사내가 쓰러져 있었다. 파홈은 그 사내가 누구인지 알아보려고 했다. 정신을 가다듬고 자세히 살펴보니, 그 사내는 이미 죽어 있었다. 그리고 더욱이 놀라운 것은…… 죽은 사내가 바로 파홈 자신이라는 사실이었다. 그는 덜컥 겁을 집어먹었다. 그 순간 제 정신을 차렸다. 꿈이었다.

"휴, 꿈이었군! 왠지 불길한데……."

열린 틈으로 밖을 내다보니 어둠이 많이 엷어져 있었다.

"어서 원주민들을 깨워야겠다. 출발할 시간이 되었다."

파홈은 자리를 털고 일어나 마차에서 자고 있는 머슴을 깨워 출발 준비를 시킨 다음 바쉬끼르인들을 깨우러 갔다.

"모두 일어나시오. 들에 나가 땅을 정할 시간입니다."

바쉬끼르인들이 일어나 파홈의 주위로 하나둘 모여들었다. 잠시 후에 촌장도 왔다. 바쉬끼르인들은 우유술을 마셨고, 파홈에게는 차를 대접했다. 그러나 파홈은 그렇게 한가하게 있을 수가 없었다.

"자, 어서 떠납시다. 시간이 다 됐으니까요!"

바쉬끼르인들은 말이나 마차를 타고 움직였다. 파홈은 머슴과 함께 자신의 마차를 타고 출발했다. 그는 괭이를 갖고 있었다. 그들이 초원에 도착하자 날이 밝아오고 있었다. 언덕에 이르러 모두 한 곳에 모였다.

촌장이 파홈에게 다가와 손을 뻗어 들판을 가리켰다.

"이곳이 모두 우리들의 땅입니다. 그러니 당신 마음대로 좋은 곳을 택하십시오."

파홈의 눈은 반짝거렸다. 땅은 비옥하고 넓은 초원으로, 평평하고 거무스레하게 보였다. 저지대에는 잡초가 우거져 자라나 있었다.

촌장은 여우털 모자를 벗어 땅에 내려놓고 말했다.

"이것을 출발 표지로 삼읍시다. 당신은 여기서 출발하면 됩니다. 원하는 대로 한 바퀴 돌아 이곳으로 오십시오. 돌아온 원 안에 있는 땅은 모두 당신의 것입니다."

파홈은 떠날 준비를 마치고 하늘을 쳐다보며 몸을 흔들었다. 곧이어 해가 떠오르기 시작했다.

"절대로 시간을 낭비해서는 안 돼. 이렇게 서늘한 아침에 많이 걷는 게 좋을 것이다."

해가 뜨자마자 파홈은 괭이를 메고 언덕을 내려갔다.

사람에게는 얼마나 많은 땅이 필요한가

그는 너무 조급하지도, 그렇다고 너무 느리지도 않은 속도로 걸어나갔다. 3만 평쯤 가서 그는 첫 번째 구덩이를 팠다.

그의 걸음은 차츰 빨라졌다. 파홈은 뒤를 돌아보았다. 출발 지점은 해가 내리쬐여 뚜렷하게 잘 보였다. 한참을 걸어왔는데, 대충 15리는 되는 것 같았다. 날이 차츰 더워져 그는 옷을 벗어 들고 앞으로 나갔다. 시간은 아마도 아침 식사 때쯤 된 것 같았다.

"벌써 하루의 4분의 1이 지났군. 하지만 여기서 방향을 틀기에는 너무 이른 시간이지."

그는 신을 벗고 걷기 시작했다.

"훨씬 편한데. 앞으로 10리나 15리쯤 더 나갔다가 왼쪽으로 구부려져 돌아가자. 그런데 땅이 너무 좋아 그대로 돌아가기가 정말 아쉬운데. 이런, 앞으로 나갈수록 땅이 더욱 좋아지는 것 같은데?"

그는 자꾸만 앞으로 걸음을 내디뎠다. 그러다가 뒤를 돌아보자 출발점이 희미하게 보였고, 그곳의 원주민들은 개미처럼 작게 보였다.

"이제 여기서 방향을 돌려야겠다. 아, 목도 타는군!"

파홈은 그곳에 아까 것보다 더 큰 구덩이를 만들고는 물통을 열어 물을 마셨다. 그런 다음 왼쪽으로 방향을 돌렸다. 풀이 무성해지고, 날씨는 점점 더워졌다. 파홈은 기운이 빠지고 몹시 피로했다. 태양은 머리 꼭대기에 높이 떠올라와 있었다.

"여기서 잠깐 쉬어가야겠다."

파홈은 풀밭 위에 털썩 주저앉아 잠시 쉬면서 물과 빵으로 배를 채웠다. 그리고는 다시 자리를 털고 일어나 걷기 시작했다. 잠깐의 휴식과 요기 덕분에 다시 힘이 솟았다. 하지만 따갑게 내리쬐는 햇볕 때문에 자꾸 졸음이 쏟아졌다. 그래도 걸음을 멈출 수는 없었다. 견디면 견딜수록 자신의 땅이 늘어난다는 생각으로 그는 계속 걸어나갔다.

파홈은 왼쪽으로 꺾어져 계속 걸었다. 다시 왼쪽으로 돌려고 생각했을 때, 앞을 보니 습기 찬 땅이 있었다. 도저히 못 본 채 꺾어 지나치기에는 너무나 아까운 땅이었다. 그래서 그는 습기 찬 땅까지 나간 다음에야 왼쪽으로 돌았다. 그때 파홈은 언덕 쪽을 바라보았으나, 열기 속에서 시야가 흔들거릴 뿐 아무 것도 보이지 않았다.

파홈은 그때서야 걱정이 일기 시작했다.

"내가 너무 욕심을 부렸군. 땅은 이제 충분하니까 빨리 돌아가자."

그는 걸음을 재촉했다. 하지만 거리를 마음만큼 쉽게 줄이지는 못했다. 겨우 5리밖에는 나가지 못했다. 출발점까지는 아직 10리나 떨어져 있었다.

"안 되겠군. 모양이 꾸불꾸불한 땅이 되더라도 곧장 출발점으로 가야겠다."

이렇게 생각한 파홈은 그곳에 구덩이를 판 다음, 곧바로 출발점인 언덕을 향해 걸어갔다.

＊＊ 9 ＊＊

파홈은 완전히 지쳐 있었다. 온몸은 땀으로 흥건했고, 맨발은 상처투성이였다. 그리고 관절에서 힘이 빠져나가 제대로 걷기가 힘든 상태였다. 이러다가는 해가 지기 전에 출발점에 도달할 수 없을지도 모른다는 생각이 들 정도였다. 비틀거리는 그를 내려다보면서도 태양은 무심하게 자꾸만 서쪽으로 기울어갈 뿐이었다.

"야단났다. 내가 너무 욕심을 부렸어. 시간 안에 당도하지 못하면 어떡하지?"

파홈은 걸음을 재촉했다. 출발점까지는 아직 멀리 떨어져 있는데, 해는 벌써 지평선으로 기울고 있었다. 그래서 급한 마음에 뛰기 시작했다. 이제 그는 몸에 붙은 거추장스런 것은 죄다 벗어 던지고 괭이만을 쥐고 있었다.

"아, 너무 욕심을 부렸어. 어리석은 욕심 때문에 본전

마저 잃을 위기에 처한 거야. 이렇게 달린다 해도 해지기 전까지 출발점에 닿기는 어려울 거야!"

그러면서도 그는 계속 뛰었다. 숨이 턱턱 막혀왔다. 심장이 금방이라도 터져 버릴 것 같았다. 그러나 그는 쉬고 싶지 않았다. 아니, 쉴 수가 없었다.

"여기에서 포기할 수는 없어!"

파홈은 뛰고 또 뛰었다. 그러던 어느 순간 갑자기 사람들 소리가 들려왔다. 출발점이 가까워진 모양이었다. 파홈을 외쳐 부르는 소리가 들려왔다. 그 함성을 듣자 파홈의 심장은 더욱 격렬하게 뛰기 시작했다.

파홈은 젖 먹던 힘을 다해서 뛰었다. 태양은 이미 지평선에 닿아 있었다. 동시에 출발점인 언덕도 눈앞에 보였다. 그는 언덕 위에서 함성을 지르는 사람들을 또렷이 볼 수 있었다. 땅 위에 놓인 촌장의 털모자도 보였다. 그러자 오늘 아침의 불길했던 꿈이 홀연 머릿속에 떠올랐다.

"아, 하느님은 내 무리한 욕심을 받아주시지 않을 거야! 나는 틀렸어."

태양은 이제 보이지 않았다. 벌써 땅 밑으로 가라앉은 것이었다. 파홈은 넘어질 듯 넘어질 듯 앞으로 발을 내딛었다.

"이 고생도 다 수포로 돌아갔구나!"

그는 그만 멈춰 서려 했으나 바쉬끼르인들의 함성이

언덕 위에서 들려왔다. 그는 고개를 언덕 쪽으로 치켜들었다. 그때 가슴속에 환한 등불이 켜졌다. 그렇지! 나는 언덕 아래 있기 때문에 해가 떨어진 것처럼 보이는 거야. 하지만 언덕 위에서 보면 해는 아직 지평선 위에 떠 있을 것이다.

파홈은 마지막 힘을 내서 언덕 위로 뛰어 올라갔다. 짐작했던 대로 언덕 위에는 아직 햇빛이 남아 있었다. 모자도 거기에 있었다. 촌장은 그 옆에서 불길하게 큰 소리로 웃고 있었다.

파홈은 다리에 힘이 빠져 앞으로 넘어졌다. 그러면서 출발점의 표지인 털모자 위에 손이 닿았다.

"아, 참으로 훌륭하다!"

촌장이 감격에 찬 목소리로 소리쳤다.

"당신은 진짜 좋은 땅을 차지했습니다."

파홈의 머슴이 달려가 주인을 일으켰다. 하지만 파홈은 입에서 피를 흘린 채 이미 숨져 있었다. 바쉬끼르인들은 혀를 차며 매우 애석해했다. 파홈의 머슴은 주인이 손에 쥐고 있던 괭이를 가지고 그를 묻기 위해 2미터의 구덩이를 팠다. 그리고 그곳에 주인의 시신을 묻었다.

사람은 무엇으로 사는가

우리가 형제를 사랑함으로 사망에서 옮겨 생명으로 들어간 줄을 알거니와 사랑치 아니하는 자는 사망에 거하느니라(요한 I서 3장 14절).

누가 이 세상 재물을 가지고 형제의 궁핍함을 보고도 도와줄 마음을 막으면 하느님의 사랑이 어찌 그 속에 거할까 보냐 자녀들아 우리가 말과 혀로만 사랑하지 말고 오직 행함과 진실함으로 하자(요한 I서 3장 17~18절).

사랑하는 자들아 우리가 서로 사랑하자 사랑은 하느님께 속한 것이니 사랑하는 자마다 하느님께로 나서 하느님을 알고 사랑하지 아니하는 자는 하느님을 알지 못하나니 이는 하느님은 사랑이심이라(요한 I서 4장 7~8절).

어느 때나 하느님을 본 사람이 없으되 만일 우리가 서로 사랑하면 하느님이 우리 안에 거하시고 그의 사랑이 우리 안에 온전히 이루느니라(요한 I서 4장 12절).

하느님이 우리를 사랑하시는 사랑을 우리가 알고 믿었노니 하느님은 사랑이시라 사랑 안에 거하는 자는 하느님 안에 거하고 하느님도 그 안에 거하시느니라(요한 I서 4장 16절).

누구든지 하느님을 사랑하노라 하고 그 형제를 미워하면 이는 거짓말하는 자니 보는 바 그 형제를 사랑치 아니하는 자가 보지 못하는 바 하느님을 사랑할 수가 없느니라(요한 I서 4장 20절).

1

한 구두 수선공이 아내와 자식들을 데리고 어느 농부
의 집에 세 들어 살고 있었다. 그는 오로지 구두를 만들고
고치는 일로 생계를 유지했다. 하지만 하루종일 일을 해
도 수중에 들어오는 돈은 그저 입에 풀칠할 정도밖에 되
지 않았다. 그래서 그는 털외투 한 벌을 가지고 아내와 번
갈아 입어야 하는 형편이었다. 그마저도 누더기가 된 지
오래 되어 2년째 새 털외투를 사려고 벼르던 터였다.

가을이 되자 구두 수선공 세몬에게도 약간의 돈이 생
겼다. 아내가 3루블을 저축해 놓았고, 마을의 농부들에게
빌려준 5루블 20코페이카가 있었다.

세몬은 그 돈을 가지고 양가죽을 사서 외투를 만들어
입어야겠다는 생각을 했다. 그래서 아침을 먹자마자 셔츠
위에 솜 내의를 껴입은 다음 낡은 털외투를 걸쳤다. 그리
고 3루블을 호주머니에 넣은 다음 지팡이를 쥐고 돈을 빌
려준 사람들 집으로 향했다. 그러나 빚을 진 농부가 집에
없어서 돈을 받지 못했고, 어떤 농부네는 지금 가진 돈이
없다면서 장화 고친 값 20코페이카만 쥐어줄 뿐이었다.
세몬은 할 수 없이 외상으로 양가죽을 사려고 했지만 가
죽 장사는 결코 편리를 봐주지 않았다.

"돈을 가져오라고. 그러면 좋은 것을 줄 테니까. 외상
이라면 진절머리가 날 지경이야!"

속이 상한 세몬은 농부한테서 받은 20코페이카로 보드
카를 마셔 버렸다. 그리고는 귀갓길에 올랐다. 그런데 취
기 때문인지 하나도 춥지 않았다. 세몬은 딱딱하게 얼어
붙은 땅을 지팡이로 두드리고, 모자를 휘저으면서 중얼거
렸다.

"털외투 따윈 없어도 좋아. 보드카 한 잔으로도 이렇게
온몸이 후끈거리잖아. 암, 그런 건 없어도 돼. 끄떡없다
고! 그저 골칫거리가 있다면, 마누라일 뿐이지. 아무리 열
심히 일해도 사람들은 날 업신여긴단 말야. 하지만 말야,
나도 이젠 못 참아. 안 참을 거야. 다음 번에도 돈을 안 주
면 모자를 벗기고 모욕을 주겠어. 도대체 말이 되느냐고.
20코페이카씩 찔끔찔끔 주다니! 흥, 그걸로 뭘 하란 말
야? 술밖에 더 마시겠어? 집도 있고 소도 있는 녀석들이
정말 너무하잖아. 나는 빈털터린데 말야. 너희 놈들은 빵
걱정을 안 할 테지만, 나는 빵 사먹을 돈이 필요해. 그러
니 최소한 1주일에 빵 값 3루블은 필요하다고. 너희들은
무슨 일이 있어도 내 돈을 갚아야 해."

그런 중에 세몬은 길모퉁이에 있는 교회 앞을 지나게
되었다. 그러다가 뭔가 하얀 물체가 교회 뒤쪽에 쓰러져

있는 것을 보았다.

"저게 뭐지? 사람인가? 하지만 사람 머리가 왜 저렇게 하얘? 그리고 사람이라면 지금 이런 데 있을 리가 없지."

세몬은 좀더 가까이 다가갔다. 물체가 이제 확실하게 보였다. 그런데 이게 웬일인가? 사람이었다. 살았는지 죽었는지 몰라도 벌거벗은 몸으로 교회 벽에 기대앉아 꼼짝하지 않고 있었다. 세몬은 덜컥 겁이 났다.

'저런, 강도를 만난 모양이네. 목숨을 뺏긴 것도 모자라 옷까지 털렸네! 가까이 갔다가는 나도 뭔 일을 당할지 몰라.'

세몬은 얼른 그 자리를 피해 버렸다. 교회 모퉁이를 돌자 사내의 모습은 보이지 않았다. 그러나 교회를 좀 지난 다음 뒤돌아 섰을 때 그 사내가 벽에서 몸을 일으켜 움직이는 게 보였다. 세몬은 마음이 흔들리기 시작했다.

'살아 있잖아! 다시 가볼까? 아냐, 그러다가 무슨 봉변이라도 당하면 어쩌려고. 어떤 놈인지도 모르는데……. 어쨌든 정신이 온전한 사람이 저런 데 있을 리는 만무하잖아. 가까이 갔다가는 목을 졸릴지도 몰라. 그러면 그대로 황천길이지 뭐. 아니, 죽지 않는다 해도 뭔가 나쁜 일을 당하게 될 거야. 그냥 가자고! 하지만…… 저 벌거숭이를 어쩌면 좋담? 그대로 두었다간 얼어죽을 텐데……. 내 옷을

벗어 줄 수도 없고. 에이, 모르겠다! 그냥 가버리자고!'

세몬은 걸음을 재촉했다. 그러나 교회에서 조금 벗어
났을 때 양심의 가책을 느끼기 시작했다. 그는 길 한가운
데 우뚝 멈춰 섰다.

'세몬, 도대체 지금 무얼 하는 거지? 사람이 죽어가는
데도 못 본 척하고 지나가다니! 네가 뭐 부자라도 된단 말
야? 빼앗길 돈이라도 있냔 말야? 정말 못돼먹었구먼!'

세몬은 걸음을 돌려 벌거숭이가 있는 교회 뒤쪽으로
다시 다가갔다.

** **2** **

세몬은 벌거숭이 사내 곁으로 다가가 자세히 살펴보았
다. 젊은 사내였다. 몸에는 멍이나 상처 자국이 보이지 않
았다. 다만 추위에 온몸이 꽁꽁 얼어붙은 채로 눈을 감고
서 벽에 기대어 있었다.

그러나 세몬이 가까이 다가가자 사내는 정신이 드는지
눈을 뜨고 세몬을 바라보았다. 그 눈을 보자 세몬은 사내
가 마음에 들었다. 세몬은 서둘러 신발을 벗어붙이고 허
리끈을 풀어놓은 다음 털외투를 벗었다. 그리고는 사내를
부축해 일으키면서 말했다.

"이보오, 젊은이! 어서 이 옷을 좀 걸칩시다!"

일으켜 세운 사내의 몸매는 깨끗했고 손과 발도 곱고 얼굴 또한 준수했다. 세몬은 그에게 털외투를 걸쳐 주었으나 기력이 없는지 소매에 팔을 넣지 못했다. 세몬은 두 팔을 끼워주고 옷자락을 여며 준 다음 허리끈을 매어 주었다.

세몬은 헌 모자도 벗어서 사내에게 씌워 주려고 하다가 그만두었다.

'나는 대머리지만 이 친군 고수머리가 길게 자랐으니 괜찮을 거야. 모자보다는 신발을 신겨 주는 게 나을 것 같군!'

세몬은 사내를 앉히고 신발을 신겨 주면서 말했다.

"이젠 됐네. 좀 움직이면 얼어붙은 몸도 금방 녹을 걸세. 그런데 자네 걸을 순 있겠나?"

사내는 일어서서 감격스러운 눈초리로 세몬을 바라보았다. 그러나 입을 열지는 않았다.

"자, 어서 걸어보게나! 여기서 겨울을 날 생각이 아니라면 말일세. 걸을 기운이 없으면 여기 지팡이를 짚게. 자, 한번 발을 떼어보게, 어서!"

사내는 천천히 걸음을 내딛더니 이내 성큼성큼 잘 걸었다. 그래서 세몬은 물었다.

"자넨 어디에서 왔는가?"

"저는 이 고장 사람이 아닙니다."

"이 고장 사람이 아닌 것은 나도 알고 있네. 그런데 무슨 일로 이곳에 쓰러져 있었나?"

"죄송하지만 딱히 대답을 드릴 수가 없습니다."

"강도를 당했나 보군!"

"아닙니다. 저는 하느님에게 벌을 받았습니다."

"이 세상에 하느님의 뜻이 아닌 게 뭐가 있나. 하지만 이런 날씨엔 하느님도 죄인이 길바닥에서보다는 집안에서 벌을 받기를 바라실 걸세. 자네 갈 곳은 있는가?"

"없습니다."

사내의 말씨는 아주 온순했다. 나쁜 사람 같지는 않았다. 세몬은 세상에는 말못할 일이 많다고 생각하면서 사내에게 친절한 제안을 했다.

"어때, 우리 집으로 가서 몸을 좀 녹이지 않겠나?"

세몬은 낯선 젊은이를 데리고 집으로 향했다. 찬바람이 세몬의 셔츠 사이로 파고들었다. 게다가 술기운이 깨는지 차츰 추위가 느껴졌다. 그는 코를 훌쩍이면서 마누라의 솜 내의를 여몄다.

'이거 큰일인걸. 외투를 만들 가죽을 사러 나왔다가 가죽은커녕 벌거숭이 사내까지 달고 들어가게 됐으니 말야. 마뜨료나가 잔소리깨나 하겠군!'

세몬은 아내에게 바가지를 긁힐 생각을 하니 기분이 언짢아졌다. 그러나 사내가 자기를 바라보던 것을 떠올리자 왠지 가슴이 뿌듯해졌다.

∗∗ **3** ∗∗

마뜨료나는 서둘러 집안 일을 해치웠다. 장작을 패고 물을 긷고 아이들과 저녁을 먹었다. 그리고는 새로 빵을 언제 구울지를 고민하기 시작했다. 아직 큰 덩어리가 하나 남아 있었다.

'세몬이 점심을 먹고 온다면 저녁은 많이 먹지 않겠지. 그러면 내일 아침은 이걸로 충분해!'

마뜨료나는 빵 조각을 만지작거리며 생각했다.

'오늘은 빵을 굽지 말자. 얼마 안 되는 밀가루로 어떻게든 금요일까지는 버텨보는 거야!'

마뜨료나는 빵을 치우고 식탁에 앉아 남편의 셔츠를 깁기 시작했다. 그러면서 그녀는 양가죽을 사올 남편을 걱정했다.

'가죽 장사에게 속지 말아야 할 텐데……. 사람이 너무 어수룩해서 탈이야. 남은 못 속이면서 속기는 잘하니 말야. 8루블이면 적지 않은 돈이지. 그 돈이면 가장 좋은 것

은 아니어도 제법 쓸만한 외투를 만들어 입을 수 있을 거
야. 작년 겨울엔 외투가 없어서 얼마나 고생했는지 몰라!
전혀 바깥출입을 못할 정도였으니 말야. 그건 그렇고 이
제 이 양반이 돌아올 때도 됐는데……. 어디서 혹시 술이
라도 마신 건 아니겠지?'

마뜨료나가 이런 생각을 하는 사이, 현관 계단이 삐걱
거리면서 인기척이 들려왔다. 마뜨료나는 바늘을 꽂고 나
서 입구로 나갔다. 두 사람이 집안으로 들어오고 있었다.
세몬과 웬 낯선 사내였다.

세몬에게서 술 냄새가 풍겼다.

'그러면 그렇지. 이 인간이 술을 안 마셨을 리가 없지.'

남편은 털외투도 입지 않고 솜 내의만 걸친 채 손에는
아무 것도 들고 있지 않았다. 마뜨료나는 억장이 무너지
는 것 같았다.

'다 털어 마신 모양이야. 얼굴도 모르는 저 사내와 작
당해서 술을 마시고는 그걸로 모자라 집까지 끌고 온 거
라고!'

두 사람을 안으로 들여보낸 마뜨료나는 그 낯선 사내
가 자신의 털외투를 입고 있는 것을 보았다. 외투 밑으로
는 셔츠도 보이지 않았고 모자도 쓰지 않은 채였다. 안으
로 들어선 젊은이는 그 자리에 가만히 선 채 고개를 푹 숙

이고 있었다. 마뜨료나는 이 사내가 무슨 잘못을 저지른 게 틀림없다고 생각했다.

마뜨료나는 잔뜩 찡그린 얼굴로 난로 쪽으로 다가가 두 사람을 노려보았다. 세몬은 모자를 벗고 걸상에 앉았다.

"여보, 어서 저녁 좀 주구려."

나그네도 걸상에 앉았다.

그 모습을 본 마뜨료나가 화를 벌컥 냈다.

"당신, 먹을 건 없어요. 마실 엽차도 없고요. 외투를 만들려고 가죽을 사러 간 사람이 그래, 입고 있던 털외투까지 남에게 벗어주고, 그것도 모자라 벌거숭이 건달을 집까지 데려오다니! 당신들 같은 주정뱅이들에게 먹을 걸 주느니 차라리 개한테나 주겠어요."

"그만해, 마뜨료나. 사정도 모르면서 그렇게 함부로 말하지 말라고! 이 사람이 도대체 어떤 사람인지부터 들어봐야 할 거 아냐!"

"그런 것은 들어서 뭐해요? 돈은 어디 있어요? 그것부터 말해 봐요."

세몬은 털외투 주머니를 뒤져 돈을 꺼내면서 말했다.

"여기 한푼도 쓰지 않았으니 걱정하지 마. 뜨리포노트한테서는 돈을 못 받았어. 내일 주겠대."

마뜨료나는 그 말에 더 화가 났다. 가죽도 못 사고 하나

 밖에 없는 털외투를 어떤 벌거숭이에게 입혀서 집으로 데려오다니!
마뜨료나는 식탁에 놓인 돈을 얼른 주머니에 넣으며 말했다.

"저녁은 없어요. 주정뱅이에게까지 음식을 주고 싶은 마음은 없어요."

"말 좀 조심해, 마뜨료나. 먼저 이 사람 사정을 들어봐야지……."

"주정뱅이한테 무슨 말을 들어요. 당신 같은 주정뱅이한테 시집온 건 정말 실수 중의 실수였어요. 어머니가 주신 옷감도 당신이 술값으로 다 날려버렸죠. 그리고 이번엔 가죽을 사러 간다더니 그 돈마저도 술을 마시다니……."

세몬은 술값은 고작 20코페이카뿐이라는 것과 젊은이를 어떻게 만나게 됐는지를 말하려고 했지만 소용이 없었다. 마뜨료나는 쉴새없이 지껄여댔다. 심지어 10년 전 일까지 낱낱이 들추어냈다.

한참 동안 퍼부어대던 마뜨료나가 세몬에게 덤벼들어 옷소매를 붙잡고 사정없이 흔들어댔다.

"내 옷을 벗어놔. 한 벌밖에 없는 내 옷을 빼앗아 입고 염치가 있어야지. 이리 내라니까, 이 빌어먹을 영감탱이야!"

세몬이 솜 내의를 벗는데, 마누라는 그 사이를 참지 못하고 잡아당겼다. 그 바람에 솔기가 터지고 말았다. 마뜨료나는 솜 내의를 빼앗다시피 한 뒤 문 쪽으로 종종걸음을 쳤다. 그러다가 별안간 우뚝 섰다. 화가 치밀어올랐지만 한편 낯선 사내가 누군지 궁금했던 것이다.

* * 4 * *

마뜨료나는 걸음을 멈추고 말했다.

"착한 사람이라면 벌거숭이로 있을 리가 없지. 이 사람은 셔츠도 없잖아. 당신도 나쁜 짓을 하지 않았다면, 어디서 이 사람을 데려왔는지 말해야 될 게 아녜요."

"그렇지 않아도 이야기하려던 참이야. 집으로 오는데 이 사람이 교회 옆에 있더군. 여름도 아닌데 벌거벗은 몸으로 덜덜 떨면서 말야. 하느님이 나를 이 사람에게 보내신 거야. 안 그러면 이 사람은 죽었을 테니까. 당신이라면 어떻게 했겠소? 우리도 살다 보면 무슨 일을 당할지 누가 알겠어? 그래서 옷을 입혀 데려왔지. 자, 마음을 가라앉혀. 마뜨료나, 죄를 짓지 말라고. 우리도 언젠가는 죽을 목숨이라고."

마뜨료나는 욕설을 퍼부으려다 나그네를 보고 입을 다

물었다. 나그네는 걸상에 앉아 꼼짝도 하지 않았다. 두 손을 무릎에 올려놓고 머리를 숙인 채 답답한 듯 줄곧 눈을 감고 얼굴을 찡그리고 있었다. 마뜨료나가 입을 다물고 있었기 때문에 세몬이 말을 이었다.

"마뜨료나, 당신 마음엔 하느님도 없소?"

마뜨료나는 이 말을 듣고 다시 한 번 젊은이를 바라보았다. 그러자 갑자기 마음이 누그러졌다. 그녀는 난로 옆으로 다가가 저녁 준비를 했다. 컵을 식탁에 놓고 끄바스(곡식으로 만든 맥주 비슷한 음료수)를 따르고, 마지막 빵을 내놓았다. 그리고 나이프와 포크를 놓으면서 말했다.

"자, 식사들 하세요."

세몬은 젊은이를 식탁으로 데려갔다.

"앉아요, 젊은이!"

세몬은 빵을 잘게 썬 다음 먹기 시작했다. 마뜨료나는 식탁 한쪽에서 손으로 턱을 괸 다음 낯선 젊은이를 바라보았다. 젊은이가 가엾게 여겨져 보살펴 주고 싶은 생각마저 들었다. 그러자 젊은이는 갑자기 명랑해지며 찡그렸던 얼굴을 펴고 마뜨료나 쪽으로 눈길을 돌려 빙그레 웃었다. 식사가 끝나자 마뜨료나는 식탁을 치운 다음 낯선 젊은이에게 물었다.

"당신은 어디 태생이에요?"

"저는 이 지방 사람이 아닙니다."

"그럼 왜 그런 곳에 쓰러져 있었나요?"

"그건 말씀드릴 수가 없습니다."

"강도라도 만났나요?"

"하느님에게 벌을 받았습니다."

"그래서 벌거벗은 몸으로 누워 있었단 말이에요?"

"예, 알몸으로 있다가 얼어죽을 뻔했지요. 그걸 주인 아저씨가 발견하고 불쌍히 여겨 입고 있던 외투를 저에게 입힌 다음 이곳으로 데리고 오신 거지요. 그리고 아주머니께서 또 저를 불쌍히 여겨 먹고 마실 것을 주셨고요. 두 분께서는 틀림없이 하느님의 은총을 받으실 겁니다!"

마뜨료나는 일어나서 좀 전에 기운 세몬의 셔츠를 집어 젊은이에게 주었다. 그리고 바지도 찾아 주었다.

"이제 보니 셔츠도 없는 것 같은데, 이걸 입고 자도록 해요. 침대 위나 난로 옆에서."

나그네는 털외투를 벗고 셔츠와 바지를 입은 다음 침대에 누웠다. 마뜨료나는 등불을 끈 뒤 털외투를 가지고 남편 곁으로 갔다. 그리고 털외투 자락을 덮고 누웠으나 잠이 오지 않았다. 젊은이의 생각이 머릿속에서 떠나지 않았던 것이다.

젊은이가 마지막 남은 빵을 먹어버려서 내일은 먹을

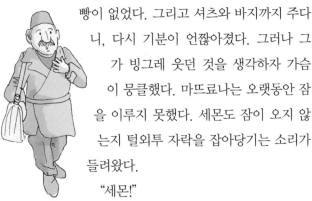

빵이 없었다. 그리고 셔츠와 바지까지 주다
니, 다시 기분이 언짢아졌다. 그러나 그
가 빙그레 웃던 것을 생각하자 가슴
이 뭉클했다. 마뜨료나는 오랫동안 잠
을 이루지 못했다. 세몬도 잠이 오지 않
는지 털외투 자락을 잡아당기는 소리가
들려왔다.

"세몬!"

"응?"

"남은 빵을 다 먹어 버렸는데 내일은 어떡하죠? 말라
냐 대모한테 가서 좀 꾸어야겠어요."

"산 입에 거미줄이야 치겠소."

마뜨료나는 가만히 누워 생각에 잠겼다.

"저 사람은 나쁜 사람 같지는 않은데, 왜 자기에 대해
말하지 않을까요?"

"뭐, 말 못할 사정이 있겠지."

"세몬!"

"응?"

"우리는 뭐든지 남에게 도움을 주는데, 남들은 왜 우리
를 안 도와주죠?"

세몬은 뭐라고 대답해야 좋을지 몰랐다. 그래서 이제

그만 자자는 말밖에 못하고 돌아누워 잠을 청했다.

* * 5 * *

　다음날 아침, 세몬은 잠에서 일찍 깨어났다. 아직 아이들은 자고 있었고, 아내는 벌써 이웃집에 빵을 빌리러 간 모양이었다. 젊은이는 헌 바지와 셔츠를 입고 의자에 앉아 천장을 바라보고 있었다. 어제보다는 한결 표정이 밝아 보였다.

　"어떤가, 젊은이? 배에서 꼬르륵 소리가 나고 몸에는 옷을 걸쳐야 하니, 일을 해야지. 자넨 무슨 일을 할 줄 아나?"

　"할 줄 아는 게 아무 것도 없습니다."

　세몬은 놀랐지만 이내 말했다.

　"하겠다는 마음만 있으면 돼. 사람은 무슨 일이나 배울 수 있으니까."

　"모두 일을 하니 저도 일을 하겠습니다."

　"자네 이름은 무언가?"

　"미하일입니다."

　"미하일, 자네는 자네 이야기를 하고 싶지 않은 모양인데, 그건 아무래도 좋네. 하지만 밥벌이는 해야지. 내가 시키는 일을 하면 밥은 먹여 주겠네."

"고맙습니다. 가르쳐만 주신다면 열심히 배우겠습니다."

세몬은 손가락에 실을 감아 실꾸러미를 만들기 시작했다.

"어려울 건 없어. 자, 보게!"

미하일은 그것을 가만히 들여다보더니 얼른 손가락에 실을 감아 실꾸러미를 만들었다. 이번에는 가죽을 다루는 법과 깁는 법을 가르쳐 주었다. 미하일은 그것을 얼른 익혔다.

세몬이 무슨 일을 가르치든 미하일은 단박에 배웠다. 그래서 사흘째부터는 오랫동안 구두를 만들어 온 사람처럼 능숙하게 일을 처리해냈다. 그는 몸을 아끼지 않고 열심히 일했지만 밥은 조금밖에 먹지 않았다. 쉴 때에는 잠자코 천장만 쳐다보았다. 밖에 나가는 일도 없었고, 쓸데없는 말도 하지 않았으며, 농담을 하거나 웃는 법도 없었다. 미하일이 웃는 모습을 본 것은 그가 처음 오던 날 마뜨료나가 밥상을 차려줄 때뿐이었다.

＊＊ 6 ＊＊

날이 가고, 한 달이 가고, 한 해가 지나갔다. 미하일은 여전히 세몬의 집에서 일하고 있었다. 미하일의 소문은 사방으로 퍼져나갔다. 미하일만큼 멋지고 튼튼하게 구두를 짓는 사람이 없다는 소문이었다. 그래서 이웃 마을에서도 사람들이 구두를 맞추려고 몰려왔다. 세몬은 점점 더 많은 돈을 벌게 되었다.

어느 겨울날이었다. 마차의 방울소리가 요란하게 들려오더니 집 앞에 마차가 멈추었다. 젊은 사람이 마부석에서 펄쩍 뛰어내려 문을 열었다. 그러자 털외투를 입은 신사가 마차에서 나와 세몬의 가게를 향해 층계를 올라왔다. 신사가 문 앞에 이르자 마뜨료나가 달려나가 문을 활짝 열었다. 신사는 허리를 구부리고 들어와 다시 허리를 폈는데, 아주 키가 커서 머리가 천장에 닿을 정도였고, 몸은 방안을 꽉 채울 만큼 거구였다.

세몬은 일어나 인사를 하면서 신사의 커다란 몸집에 잠깐 놀랐다. 지금까지 이런 사람을 본 적이 없었다. 세몬은 키가 컸지만 호리호리했고, 미하일도 마른 편이었다. 그리고 마뜨료나는 나뭇가지처럼 비쩍 말랐다. 그런데 이 신사는 딴 세상에서 온 사람처럼 얼굴이 붉고 기름기가 흘렀으며 목은 황소처럼 굵은 것이 마치 무쇠로 만들어진 것 같았다. 신사는 후유 숨을 내쉬며 털외투를 벗고 걸상에 앉으며 말했다.

"이 가게 주인이 누구지?"

세몬이 앞으로 나서며 말했다.

"네, 제가 주인입니다, 나리."

신사는 자기가 데려온 젊은이를 소리쳐 불렀다.

"페지까, 그것을 이리 가져와."

젊은이가 재빨리 작은 보자기를 가져왔다. 신사는 보자기를 받아 책상 위에 놓으면서 말했다.

"그것을 풀어라."

젊은이가 보자기를 풀자 신사는 가죽을 손가락으로 찌르며 세몬에게 말했다.

"이봐, 이게 무슨 물건인 줄 알겠나?"

"예, 나리."

"이 가죽을 정말 안단 말인가?"

세몬은 가죽을 만져 보고 나서 말했다.

"아주 좋은 가죽이옵니다."

"그야 물론 좋은 가죽이지! 자네 같은 친구는 아직 이런 가죽을 보지 못했을 거야. 독일제 가죽인데, 20루블이나 주었거든."

세몬은 겁을 집어먹고 말했다.

"저 같은 놈은 구경도 못했습니다."

"그랬겠지. 이걸로 내 발에 꼭 맞는 장화를 지을 수 있겠나?"

"그러믄요, 나리."

신사는 세몬에게 큰 소리로 말했다.

"지을 수 있다고 했겠다. 하지만 명심해. 누구의 구두를, 어떤 가죽으로 만드는지. 난 1년을 신어도 모양이 변치 않고 실밥이 터지지 않는 장화를 바라니까. 할 수 있으면 재단을 하고, 할 수 없으면 아예 지금 말해. 미리 말해 두는데, 1년 안에 구두 모양이 변하거나 실밥이 터지면 너를 감옥에 보낼 테니까. 대신 1년이 되어도 모양이 변하지 않고 실밥이 터지지 않으면 수공비로 10루블을 주지."

세몬은 잔뜩 겁이 나서 대답을 못하고 우물거리며 미하일을 돌아보았다. 그리고 팔꿈치로 찌르며 귀엣말로 물었다.

"이봐, 어떻게 하지?"

미하일은 '맡으라'는 표시로 머리를 끄덕였다.

세몬은 미하일의 뜻을 따라 신사의 주문을 받아들여 1년을 신어도 모양이 변하지도 실밥이 터지지도 않는 장화를 만들기로 했다. 신사는 젊은이를 불러 왼쪽 신발을 벗기도록 한 다음 발을 내밀고 말했다.

"치수를 재게!"

세몬은 50센티미터 정도 길이의 종이를 붙여 바닥에 깐 다음 무릎을 꿇었다. 그리고 신사의 양말을 더럽히지 않으려고 앞치마에 손을 잘 문지른 다음 치수를 재기 시작했다. 세몬은 발바닥을 재고, 발등 높이를 재었다. 그리고 종아리를 재려는데 종이 양끝이 닿지 않았다. 신사의 종아리가 통나무처럼 굵었던 것이다.

"잘해. 종아리가 꼭 끼게 해서는 안 돼."

세몬은 다시 종이를 덧붙였다. 신사는 가만히 앉아 발가락을 꼬물거리며 방안에 있는 사람들을 둘러보았다. 그러다 미하일을 발견하고 물었다.

"저 친구는 누구야?"

"우리 가게의 뛰어난 직공으로, 저 친구가 나리의 장화를 지을 겁니다."

"이봐, 자네도 명심해. 1년은 끄떡없게 지어야 해."

신사는 미하일에게도 단단히 일러두었다.

세몬도 미하일을 돌아보았다. 그러나 미하일은 신사를 보지 않고 오히려 그의 뒤쪽을 뚫어지게 바라보고 있었다. 마치 누군가를 알아내려고 꿰뚫어보는 것 같았다. 그러다 무슨 일인지 갑자기 환하게 웃었다.

"바보자식, 왜 웃어? 기한 내에 만들도록 정신 바짝 차리라고!"

미하일이 말했다.

"기한 내에 만들어놓겠습니다."

"좋아."

신사는 장화를 신고 털외투를 입은 뒤 문 쪽으로 걸어
갔다. 그러나 나갈 때 허리를 굽히지 않아서 문설주에 이
마를 세게 부딪쳤다. 신사는 욕설을 퍼붓더니 이마를 문
지르며 마차를 타고 떠나 버렸다.

신사가 떠나자 세몬이 말했다.

"정말 대단해. 저 정도면 몽둥이로 후려쳐도 죽지 않겠
어. 이마를 그렇게 부딪쳤는데도 별로 아프지도 않은가 봐."

마뜨료나가 맞장구쳤다.

"저렇게 호강을 하는데 힘이야 장사겠죠. 저렇게 튼튼
한 사람에게는 귀신도 꼼짝 못할 거예요."

＊＊ **7** ＊＊

세몬은 미하일에게 말했다.

"일을 맡기는 했지만 걱정이야. 만일 잘못되는 날이면
꼼짝없이 감옥행이라고. 가죽은 비싸고, 주인의 성질은
여간 별나야 말이지. 실수하면 안 돼. 자네는 나보다 눈도
밝고 솜씨도 좋으니까 자네가 맡아서 하게. 자네가 가죽
을 재단하면 나는 겉가죽을 꿰매겠네."

미하일은 주인 말대로 가죽을 받아 들고 책상 위에 두
겹으로 포갠 다음 가위로 자르기 시작했다. 마뜨료나가

미하일의 곁으로 가서 재단하는 것을 보고 깜짝 놀랐다. 마뜨료나도 이제는 장화 만드는 일에 상당히 익숙해져 있었는데, 미하일은 신사가 주문한 모양과 달리 가죽을 둥글게 자르고 있었던 것이다.

마뜨료나는 한마디 주의를 주려다 멈칫했다.

'내가 신사의 말을 잘못 들었는지도 몰라. 나보다 미하일이 잘 알 테니, 참견하지 말아야지.'

미하일은 재단을 마치고 실로 꿰매기 시작했다. 그러나 그는 장화가 아닌 슬리퍼를 꿰맬 때처럼 겹실이 아니라 한 겹으로 깁고 있었다.

마뜨료나는 그것을 보고 다시 한 번 놀랐지만 참견하지는 않았다. 미하일은 열심히 깁고 있었다.

점심때가 되어 세몬이 자리에서 일어나 보니 미하일은 가죽으로 슬리퍼를 한 켤레 꿰매어 놓고 있었다.

세몬은 한숨을 내쉬었다.

'어떻게 된 일인지? 미하일은 나랑 1년이나 같이 일하면서 한 번도 실수를 하지 않았는데, 하필 지금 실수를 하다니. 신사는 굽이 달린 장화를 주문했는데 평평한 슬리퍼를 만들어 놓았으니 가죽마저 못 쓰게 되었군. 이걸 어

떻게 물어주지? 이렇게 비싼 가죽은 구할 수도 없는
데…….'

그래서 그는 미하일에게 물었다.

"자네, 이게 무슨 짓인가? 지금 나를 죽일 작정인가?
나리는 장화를 주문했는데, 자네는 도대체 무엇을 만든
거야?"

세몬이 기가 막혀 미하일을 추궁하려는데, 계단에서
쿵쿵거리는 소리가 들려왔다. 창문으로 내다보니 누군가
가 말을 붙들어 매고 있었다. 문을 열고 들어온 사람은 다
름 아닌 신사의 하인이었다.

"안녕하세요?"

"예, 어서 오시지요. 그런데 무슨 일로?"

"실은 방금 전에 주문했던 장화 때문에 마님의 심부름
을 왔지요."

"장화 때문에?"

"장화인지 구두인지 이제 필요 없게 되었습니다. 나리
께서 돌아가셨으니까요."

"뭐라고?"

"이곳을 나와 집으로 돌아가시던 중에 나리가 마차에
서 돌아가셨습니다. 마차가 집에 도착해 부축해 드리려고
문을 열어보니 나리의 몸은 이미 식어 있었지요. 벌써 저

세상 사람이 된 거예요. 간신히 끌어내렸죠. 그래서 마님은 저한테 이렇게 말했습니다. '넌 지금 곧바로 가서 아까 주문한 장화는 필요 없게 되었으니 대신 죽은 사람이 신는 슬리퍼를 빨리 만들어 달라고 해서 가지고 오라.'"

미하일은 남은 가죽을 둘둘 말았다. 그리고 다 만든 슬리퍼를 들고 탁탁 치더니 앞치마에 잘 문지른 다음 하인에게 건네주었다. 젊은 하인은 슬리퍼를 받아 들고 돌아갔다.

＊＊ 8 ＊＊

다시 세월이 흘렀다. 미하일이 세몬의 집에 온 지도 벌써 6년이 되었다. 그는 전과 다름없이 생활하고 있었다. 아무 데도 가지 않았으며, 쓸데없는 말도 하지 않았다. 그동안에 웃은 것은 딱 두 번뿐이었다. 이 집에 처음 오던 날 마뜨료나가 저녁 밥상을 준비했을 때와 죽은 신사가 장화를 맞추러 왔을 때였다. 세몬은 미하일을 아주 좋아했다. 이제는 그가 어디서 왔는지 더 이상 물어보지 않았고, 다만 어디로 가버리지나 않을까 걱정을 했다.

어느 날 온 가족이 집에 모여 있었다. 마뜨료나는 난로에 냄비를 올려놓고, 아이들은 걸상 위로 뛰어다니며 창밖을 내다보기도 했다. 세몬은 창가에 앉아 열심히 구두를 깁고 있었다. 미하일 역시 다른 창가에 앉아 굽을 붙이고 있었다.

그때 세몬의 아들이 걸상을 타고 미하일 곁으로 와서 그의 어깨를 짚고 창 밖을 가리키며 말했다.

"미하일 아저씨, 저것 좀 보세요. 어떤 아주머니가 딸들을 데리고 우리 집으로 와요. 한 아이는 절름발이에요."

아이가 말하자 미하일은 일손을 멈추고 창문으로 고개를 돌려 밖을 내다보았다.

세몬은 미하일의 태도에 놀랐다. 지금까지 미하일은 창 밖을 내다본 일이 한 번도 없었다. 그런데 지금은 창문에 얼굴을 바짝 대고 뭔가 열심히 보고 있었던 것이다. 세몬도 창 밖을 내다보았다. 한 여인이 자기 집을 향해 오고 있었다. 정숙한 옷차림을 한 여인은 털외투에 숄을 두른 두 계집아이의 손을 잡고 있었다. 여자아이들은 얼굴이 똑같아 분간할 수 없었다. 한 아이가 왼쪽 다리를 저는 것만이 달랐다.

여인은 계단을 올라와 문고리를 잡고 두들겼다. 문이 열리자 여인은 아이들을 먼저 들여보내고 자기도 따라 들어왔다.

"안녕하세요, 여러분!"

"어서 오세요. 무슨 일로 오셨죠?"

여인은 탁자 옆에 앉았다. 두 여자 아이는 여인의 무릎에 매달리며 낯을 가렸다.

"이 아이들의 봄 구두를 맞추려고요."

"아, 그래요? 이렇게 작은 구두는 만든 적이 없지만 할 수는 있습니다. 가장자리에 무늬를 넣은 것도 있고, 안에 천을 대는 것도 있는데, 어떤 걸로 할까요? 이 미하일이란 사람은 솜씨가 아주 좋답니다."

세몬은 미하일을 돌아보았다. 미하일은 하던 일을 멈추고 가만히 앉아 아이들을 뚫어지게 바라보았다.

세몬은 미하일의 태도에 잠깐 놀랐다. 사실 두 아이는 매우 귀여운 얼굴이었다. 까만 눈동자에 뺨은 통통한 살구빛이었다. 아이들이 입고 있는 털외투와 숄도 멋진 것이었다. 하지만 저렇게 뚫어지게 바라보는 이유는 뭘까? 마치 오랫동안 헤어졌던 친구를 만난 것처럼 두 아이를 바라보았다.

세몬은 이상하게 여기면서도 상담을 했다. 값을 정하고 발을 재야 할 차례였다. 여인은 다리가 불편한 아이를 무릎에 올려놓으면서 말했다.

"이 아이 것만 재면 돼요. 불편한 발을 먼저 재서 한 짝을 지은 다음, 이쪽의 발을 재서 세 짝을 지어 주세요. 두 아이는 쌍둥이라서 발이 똑같거든요."

세몬은 치수를 재고 절름발이 아이를 가리키며 말했다.

"이 아이는 어쩌다가 이렇게 됐나요? 참, 귀엽게 생겼는데. 나면서부터 이랬나요?"

"아뇨. 엄마가 잘못해서 그렇답니다."

마뜨료나가 끼여들었다. 그 여인과 쌍둥이에 대해 궁금했던 것이다.

"그럼 부인은 이 애들의 친엄마가 아닌가요?"

"나는 친엄마도 아무 것도 아니에요. 생판 남인데 수양딸로 삼았지요."

"그런데도 정말 사랑하시는군요!"

"네, 친자식은 아니지만 키우다 보면 정이 들지요. 내 젖으로 키웠거든요. 나도 자식이 있었는데 하느님께서 데려가셨어요. 죽은 내 아이는 별로 불쌍하지 않았는데, 얘들은 정말 가여워서 견딜 수가 없었지요."

"도대체 어떤 집 애들인데요?"

** **9** **

여인은 아이들과 얽힌 이야기를 들려주었다.

"6년 전 일이에요. 이 두 아이는 태어난 지 1주일도 안 되어 고아가 되었답니다. 아버지는 태어나기 사흘 전에 죽고 어머니는 아이들을 낳은 후 죽었지요. 나와 남편은 이웃에서 농사를 짓고 살았어요. 이 애들의 부모와는 가족처럼 지냈지요. 이 애들 아버지는 숲 속에 들어가 혼자 일하다가 나무가 쓰러지면서 그 나무에 깔리게 되었죠. 간신히 집까지 옮겼지만 곧 저 세상 사람이 되었죠. 그리고 사흘 후 그의 아내는 쌍둥이를 낳은 거예요. 바로 이 애들이지요. 워낙 가난한데다 돌보아주는 친척도 없이 혼자 아기를 낳고는 홀로 죽어간 거예요. 내가 이튿날 아침 어찌 되었나 궁금해서 그 집에 가보았더니 가엾게도 이미 이 애들의 엄마는 죽어 있더군요. 게다가 숨이 넘어가는 순간 고통으로 몸부림치다가 한 아이를 덮치게 되었나 봐요. 그래서 이렇게 한 다리를 못 쓰게 된 거죠. 마을 사람들이 모여 죽은 사람을 씻겨 옷을 입히고 관을 만들어 장사를 지내 주었어요. 모두 친절한 사람들이지요. 이제 두 갓난애만 남았어요. 그런데 보낼 데가 없었어요. 마을에서 젖을 먹일 수 있는 사람은 나뿐이었죠. 그때 나는 낳은 지 두 달밖에 안 된 첫아들에게 젖을 먹이고 있었거든요. 그래서 내가 임시로 이 아이들을 맡게 되었죠. 그리고 마을 사람들이 모여 여러 가지로 의논을 했어요. 결국 좋은 방법이 떠오르지 않자 내게 이렇게 말했죠."

"마리아 아주머니, 얼마 동안만 이 아이들을 맡아 줘요. 그럼 빠른 시일 안에 대책을 강구할 테니까요."

"원래 나는 성한 아이에게만 젖을 주었어요. 다리를 다친 아이는 도무지 살아날 가망이 없을 것 같았거든요. 하지만 천사 같은 어린 영혼을 그냥 죽게 놔둘 수는 없더군요. 아이가 너무나 불쌍해서 젖을 먹이게 되었죠. 그래서 내 아이와 이 두 아이, 이렇게 세 아이에게 젖을 먹여 키웠답니다! 그때만 해도 나는 젊었고 기운이 넘치는데다 식성도 좋았지요. 하느님 덕분에 젖도 아주 잘 나왔어요. 두 아이한테 젖을 물리면 한 아이는 기다렸지요. 그리고 아이가 젖을 놓으면 기다리는 아이에게 젖을 주는 식으로 아이들을 길렀답니다. 그런데 하느님의 뜻으로 이 두 아이는 잘 컸지만 내 아이는 두 살이 되던 해 죽고 말았어요. 그 뒤로는 아이를 낳지 못했고요. 그 후 살림은 차츰 나아졌고 재산이 점점 불어나 유복하게 살아간답니다. 그런데 내게는 아이가 없잖아요. 만일 이 두 아이가 없었다면 무슨 재미로 살았겠어요. 그러니 이 아이들을 사랑하지 않을 수 없지요. 이 아이들은 내게 촛불과 같은 존재예요."

여인은 한 손으로 다리가 불편한 아이를 끌어안고, 또 한 손으로는 흐르는 눈물을 훔쳤다.

마뜨료나는 한숨을 내쉬며 말했다.

"아이는 부모 없이 자랄 수 있지만 하느님 없이는 살아가지 못한다더니 정말 맞는 말이군요."

여인은 잠시 이야기를 주고받은 뒤, 자리에서 일어났다. 세몬과 마뜨료나는 여인을 전송하며 미하일을 돌아보았다. 그는 무릎에 손을 얹고 단정하게 앉아서 천장을 쳐다보며 빙그레 웃고 있었다.

✳ ✳ 10 ✳ ✳

세몬은 미하일 곁으로 가서 왜 그러느냐고 물었다. 미하일은 걸상에서 일어나 일감을 놓고 앞치마를 벗은 다음, 주인 내외에게 고개를 숙이며 말했다.

"용서하십시오, 주인 아저씨, 아주머님. 하느님께서 용서하셨으니 두 분께서도 용서해 주시기 바랍니다. 이제 작별을 할 시간이 온 것 같습니다."

주인 내외가 미하일을 보고 있으니 그에게서 후광이 비치고 있었다. 세몬은 일어나 미하일에게 고개를 숙이며 말했다.

"미하일, 이제 보니 자네가 보통 사람이 아니라는 것을 알겠네. 그러니 붙잡을 수도 없고 이유를 물어볼 수도 없지. 하지만 이것 하나는 꼭 알고 싶네. 내가 자네를 집으로 데려왔을 때 자네는 몹시 표정이 우울했는데 아내가 밥상을 차려주자 빙그레 웃으며 밝은 표정을 지었지. 그 이유가 뭔지 궁금하네. 그리고 신사가 찾아와 장화를 주문했을 때 자네는 다시 빙그레 웃으면서 밝은 표정을 지었지. 그리고 저 여인이 아이들을 데리고 오자 자네는 세 번째로 빙그레 웃었네. 말해 주게나, 미하일. 어째서 자네 몸에서 빛이 나며, 왜 세 번을 웃었는지."

그러자 미하일이 대답했다.

"내 몸에서 빛이 나는 것은 다름이 아니라 내가 하느님 한테 용서를 받았기 때문입니다. 또 내가 세 번 웃었던 것은 하느님께서 말씀하신 세 가지 진리를 깨달았기 때문이고요. 하나는 마님이 나를 가엾게 여기셨을 때 깨달았습니다. 그래서 처음 웃었지요. 두 번째는 부자 나리가 장화를 주문했을 때 깨달았습니다. 그래서 두 번째로 웃었습니다. 그리고 마지막 세 번째는 방금 두 여자아이를 보았을 때 깨달았습니다. 그래서 세 번째로 웃었습니다."

세몬이 다시 물었다.

"그런데 미하일, 당신은 무슨 죄로 하느님의 벌을 받았는가? 그리고 세 가지 말씀이란 게 뭔가?"

미하일이 대답했다.

"내가 벌을 받은 것은 하느님의 말씀을 따르지 않았기

때문입니다. 나는 원래 천사였는데 하느님의 말씀을 어겼습니다. 하루는 하느님께서 어느 여인의 영혼을 데려오라고 분부하셨습니다. 그래서 세상에 내려와 보니 그 여인은 아파서 누워 있었습니다. 쌍둥이 딸을 낳았던 것입니다. 갓난아기는 엄마 곁에서 꿈틀거리고 있었으나 엄마는 젖먹일 힘도 없었습니다. 여인은 나를 보자 하느님께서 자기 영혼을 부르신 것을 알고 슬프게 흐느끼면서 애원하는 것이었습니다. '천사님! 제 남편은 숲에서 나무에 깔려 며칠 전에 죽었습니다. 게다가 이 아이들을 키워줄 고모나 이모, 할머니도 없습니다. 제발 이 애들이 클 때까지만 키울 수 있도록 내 영혼을 가져가지 마세요. 부모 없는 아이들은 살 수가 없습니다!'

나는 그 여인의 애원에 한 아이에게 젖을 물려주고, 한 아이는 어머니의 팔에 안겨준 뒤 하느님 곁으로 가서 말했습니다. '하느님, 저는 여인의 영혼을 가져올 수 없었습니다. 남편은 숲에서 나무에 깔려 죽고, 여자는 쌍둥이를 낳고는 자기 영혼을 거두어가지 말아 달라고 애원했습니다. 아이들이 클 때까지만 키우게 해달라고, 부모 없는 아이들은 살 수가 없다고 하면서 말입니다. 그래서 저는 여인의 영혼을 거두어 오지 못했습니다.'

그러자 하느님은 나에게 이렇게 분부하셨습니다. '다

시 가서 여인의 영혼을 거두어 오너라. 그럼 세 가지 말의 뜻을 알게 되리라. 사람의 마음에는 무엇이 있는가? 사람에게 허락되지 않은 것은 무엇인가? 사람은 무엇으로 사는가? 이 세 가지를 알게 되는 날에 너는 다시 하늘나라로 돌아올 수 있을 것이다.'

그래서 나는 세상으로 내려와 여인의 영혼을 거두었습니다. 갓난아이들은 엄마의 가슴에서 떨어졌습니다. 그러나 엄마의 시체가 뒹굴며 짓누르는 바람에 한 아이는 한쪽 다리를 못쓰게 되었지요. 나는 여인의 영혼을 데리고 하느님께 올라가려고 했습니다만, 갑자기 돌풍이 휘몰아쳐 날개가 꺾이고 말았습니다. 그래서 그 여자의 영혼만 하느님께로 가고, 난 땅에 떨어져 누워 있었던 것입니다."

✳ ✳ **11** ✳ ✳

세몬과 마뜨료나는 자기와 함께 살아온 사람이 누구인지 알자 두려움과 기쁨으로 눈물을 흘렸다.

천사는 이야기를 계속했다.

"나는 벌거숭이가 된 채 혼자 버려졌습니다. 그때까지 나는 인간생활의 괴로움이나 추위, 굶주림 따위를 몰랐습니다. 그러다 갑자기 인간이 된 것입니다. 춥고 배가 고팠지만 어떻게 해야 좋을지 몰랐습니다. 그런데 갑자기 들판 한가운데 하느님의 교회를 발견하고 몸을 피하려고 그곳으로 갔습니다. 하지만 교회 문이 잠겨 있어 안으로 들어갈 수 없었습니다. 날이 저물자 나는 춥고 배가 고파 온몸이 쑤셨습니다. 그때 어떤 사람이 내가 있는 쪽으로 걸어오며 중얼거렸습니다. 내가 사람이 되어 처음 본 그 사람은 송장 같은 얼굴이었습니다. 나는 너무 무서워 얼굴을 돌리고 말았습니다. 그 사람은 앞으로 어떻게 추운 겨울을 나며, 어떻게 처자식을 먹여 살려야 하느냐고 중얼거리고 있었습니다.

그때 나는 생각했습니다. '나는 춥고 배가 고파 죽을 지경이다. 그런데 저 사람은 처자식을 먹여 살릴 걱정이 태산 같으니, 나를 도와 줄 수가 없다.' 그 사람은 나를 보자 얼굴을 찌푸리고 더욱 무서운 얼굴이 되어 지나가 버렸습니다. 나는 낙심했습니다. 그런데 갑자기 그 사람이 되돌아오는 소리가 들렸습니다. 쳐다보니 좀전에 보았던 사람이 아닌 것 같았습니다. 조금 전까지 죽음의 그림자가 드리워져 있던 그 얼굴에 갑자기 생기가 돌았던 것입니다. 나는 그 얼굴에서 하느님의 모습을 보았습니다. 그 사람은 내 곁으로 다가오더니 털외투를 입혀주고 집으로 데려갔습니다.

집에 도착하자 어떤 여자가 나왔습니다. 그 여자는 남자보다 한층 더 무서운 얼굴이었습니다. 나는 그 입에서 나오는 죽음의 입김 때문에 숨을 쉴 수가 없었습니다. 그 여자는 나를 추운 바깥으로 몰아내려고 했습니다. 그때 나를 밖으로 내쫓았다면 여자도 죽고 말았을 것입니다. 그때 남편이 하느님 얘기를 하자 그 여자의 태도가 갑자기 바뀌었습니다. 그 여자는 우리에게 저녁상을 차려주며 나를 쳐다보았습니다. 그 여자의 얼굴에는 이미 죽음의 그림자가 사라지고 생기가 돌고 있었습니다. 나는 그 얼굴에서 하느님의 모습을 보았습니다. 그때 나는 '사람의 마음에 무엇이 있는지 알게 되리라'는 하느님의 첫 말씀을 생각했습니다. 나는 사람의 마음에 있는 것이 사랑이라는 것을 알았습니다. 그 사실을 깨닫자 너무나 기뻐서 처음으로 웃었던 것입니다. 그러나 나머지 두 말씀은 알 수가 없었습니다. 사람에게 주어지지 않은 것은 무엇인가? 사람은 무엇으로 사는가? 이 말씀을 깨닫지 못했던 것입니다.

이 집에 온 지 1년이 지났습니다. 한 사내가 와서 1년 동안 닳지도 터지지도 일그러지지도 않는 장화를 만들어달라고 주문을 했습니다. 나는 그 사람 등 뒤에 이미 죽음의 천사가 와 있는 것을 보았습니다. 그래서 나는 그날이 저물기 전에 사내가 죽게 될 거라는 걸 알았습니다. 그때 나는 생각했습니다. '이 사람은 1년 신어도 끄떡없을 장화를 주문하고 있지만 오늘 안으로 죽는다는 것을 모른다.' 그제야 나는 '사람에게 주어지지 않은 것은 무엇인가'라는 하느님의 두 번째 말씀을 생각했습니다. 사람의 마음속에 무엇이 있는가는 이미 알았지만, 사람에게 주어지지 않은 것이 무엇인지 또 깨달은 것입니다. 그래서 나는 두 번째로 웃었습니다. 그러나 나머지 한 말씀은 아직 깨닫지 못한 상태였습니다. 사람은 무엇으로 사는가, 이것을 깨닫지 못한 것입니다. 나는 여기서 살면서 하느님께서 마지막 말씀을 깨우쳐 주실 때를 기다렸습니다.

6년째가 되었습니다. 어느 여인이 쌍둥이 계집아이를 데리고 왔습니다. 그제야 나는 이 아이들이 죽지 않고 살아 있는 것을 알았습니다. 그래서 속으로 생각했습니다. '자식을 키우게 해달라는 그 어머니의 말을 들었을 때 나는 부모 없이는 아이들이 자라지 못하는 걸로 생각했습니다. 그러나 이렇게 남이 키우지 않았는가.' 그리고 그 여자가 남의 자식을 가엾이 생각하고 눈물을 흘렸을 때 그속에 살아 계신 하느님의 모습을 발견하고, 사람은 무엇으로 사는가를 깨달았습니다. 하느님께서 제게 마지막 말씀을 깨우쳐 주시고 저를 용서해 주신 것을 알고 세 번째로 웃었던 것입니다."

그러자 천사의 몸이 드러나면서 온몸이 빛으로 둘러싸여 눈으로는 똑바로 쳐다볼 수가 없었다. 미하일은 더 큰 소리로 말했다. 그 소리는 마치 그의 입에서 흘러나오는 것이 아니라 하늘에서 흘러나오는 것 같았다.

"사람들은 자기만을 생각하고 걱정한다고 살 수 있는 것이 아니라 사랑으로 살아간다는 것을 알았습니다. 그 어머니는 아이들이 살아가는 데 무엇이 필요한지 몰랐습니다. 신사 역시 자기에게 정말 필요한 게 무엇인지 몰랐습니다. 그것이 산 사람이 신을 장화인지, 죽은 사람이 신을 슬리퍼인지 몰랐던 것입니다. 내가 사람이 되었을 때 살 수 있었던 것은 내가 걱정했기 때문이 아니라, 길을 가던 사람과 그 아내의 마음에 사랑이 있어 나를 불쌍히 여기고 사랑해 주었기 때문입니다. 두 고아가 살아남게 된 것도 마찬가지입니다. 아이들이 걱정했기 때문이 아니라, 다른 여자의 마음에 사랑이 있어 그들을 불쌍히 여기고 사랑해 주었기 때문입니다. 모든 사람은 마음속 깊은 곳에 있는 사랑으로 살아가는 것입니다. 지금까지 나는 하느님께서 사람에게 생명을 주시어 살아가도록 하신 걸 알았습니다.

하지만 이제 한 가지를 더 깨닫게 되었습니다. 하느님께서는 사람들이 떨어져 사는 것을 원치 않기 때문에 각자 자기에게 필요한 것이 무엇인지 깨우쳐주지 않았습니다. 그리고 사람들이 서로 모여 살아가기를 원했기 때문에 자기 자신과 모든 사람에게 필요한 것이 무엇인지 가르쳐준 것입니다. 사람들은 자신이 염려한 덕분에 살아간다고 생각합니다. 그러나 사실은 사랑에 의해서 살아가는 것입니다. 나는 이제야 그걸 깨달았습니다. 사랑으로 살아가는 사람은 하느님 안에 사는 사람이며, 하느님은 그 사람 안에 계십니다. 하느님은 곧 사랑이기 때문입니다."

이렇게 말하고 천사는 하느님을 찬양하는 노래를 불렀다. 그러자 집이 흔들리고 천장이 갈라지면서 불기둥이 하늘까지 치솟아올랐다. 세몬 내외와 아이들은 모두 바닥에 엎드렸다. 미하일의 등에서 날개가 돋아나서 활짝 펼쳐지더니 미하일은 하늘로 올라갔다.

세몬이 정신을 차렸을 때에는 집은 전과 다름이 없었다. 그리고 방안에는 그들 가족 이외에는 아무도 없었다.

사랑이 있는 곳에
신이 계신다

어느 도시에 마르틴 아브제이치라는
구두 수선공이 살고 있었다. 그는 지하의 작고 비좁은 방
에서 구두 수선을 하면서 살고 있었다. 그 방은 큰길 쪽으
로 작은 창문이 하나 나 있었는데, 그는 틈틈이 그 창문을
통해 지나가는 사람들의 신발을 구경하곤 했다.

마르틴은 신발만 봐도 그 주인이 누구인지 금방 알 수
있었다. 그는 오랫동안 이곳에 살았을 뿐만 아니라, 마을
안에서 그의 손을 거치지 않은 신발이 거의 없었기 때문
이다. 구두창을 갈아준 것도 있었고, 작은 가죽조각을 대

어 기워 준 것도 있었으며, 때로는 가죽 전체를 몽땅 새것으로 갈아준 것도 있었다. 그래서 그는 아주 쉽게 자신이 손봐준 신발들을 찾아냈다.

그에겐 구두를 수선해 달라는 주문이 끊이지 않았다. 왜냐하면 그는 일을 꼼꼼하게 했을뿐더러, 좋은 재료를 쓰면서도 값을 높게 부르지 않았고, 약속한 수선 날짜를 한번도 어긴 적이 없었기 때문이다. 또한, 욕심을 부려 일을 무리하게 받은 적도 없었다.

마르틴은 본래 마음이 착하고 선량한 사람이었다. 그런 그가 점차 늘그막으로 접어들면서는 자신의 영혼에 대해 생각하는 시간이 많아졌고, 그리하여 하느님과 더욱 가까워지게 되었다.

마르틴의 아내는 세 살 먹은 사내아이 하나를 남기고 세상을 떠났다. 그 위로도 자식들이 있었지만 어렸을 때 모두 죽고 카피토시 하나만 달랑 남은 것이다. 당시 마르틴은 자기 가게가 없이 주인 밑에서 구두 수선을 배우고 있었다. 그래서 카피토시를 시골의 누이동생에게 맡길까 생각해 보았다. 하지만 차마 어린 아들과 헤어질 수가 없어 직접 키우기로 마음먹었다.

그래서 주인의 집을 나와 따로 방을 구한 뒤, 어린 아들과 함께 셋방살이를 시작했다. 시간이 지나면서 그의 솜씨가 차츰 소문이 나기 시작했고, 아이 역시 무럭무럭 자라나 그를 도와주며 즐거움을 선사했다. 그러던 어느 날 카피토시가 중병에 걸리게 되었다. 카피토시는 1주일쯤 열병을 앓더니 그대로 숨을 거두었다.

아들의 장례식을 치른 마르틴은 완전히 실의에 빠져 하느님마저 원망하기 시작했다. 아내를 잃은 후에 아들까지 잃다니! 그는 자신을 데려가지 않고 사랑하는 아들의 목숨을 앗아간 하느님을 원망하면서 차라리 자신의 목숨도 거두어 달라고 빌었다. 그는 더 이상 교회에도 나가지 않았다.

그러던 어느 날, 노인 하나가 트로이차 수도원에서 오던 길에 그의 집을 들렀다. 노인은 고향 사람으로, 이미 8년 동안이나 순례 여행을 다니던 중이었다. 마르틴은 노인과 이야기를 나누다가 그만 자신의 슬픔을 하소연하기 시작했다.

"저는요, 아저씨, 더 이상 살고 싶은 마음이 없어요. 어떻게든 빨리 죽고만 싶어요. 그래서 어서 절 데려가 달라고 날마다 하느님께 빕답니다. 아무 희망도 없는데, 살아 봤자 뭐하겠어요?"

그러자 노인이 말했다.

"마르틴, 자네가 잘못 생각하고 있네그려. 우리는 하느님께서 하시는 일에 대해 함부로 판단할 수는 없네. 세상 일은 우리가 아니라 하느님이 주재하시는 거니까. 자네 아들을 자네의 품에서 떼어내 거두어 가신 것도 모두 하느님의 뜻이라네. 결국 그 편이 좋은 것이겠지. 그런데 자네가 희망을 잃고 실의에 빠져 지내는 것은, 요컨대 자네가 자신의 기쁨만을 위해 살아가려고 하기 때문일세."

"그럼 대체 무엇을 위해 살아가야 합니까?"

마르틴의 물음에 노인이 다음과 같이 대답했다.

"마르틴, 하느님을 위해 살아가게나. 자네에게 생명을 주신 분은 바로 하느님이니까 말일세. 하느님을 위해 살아가게 되면, 슬퍼할 일도 없어질 것이고, 모든 일에서도 걸림이 없어질 걸세."

마르틴은 잠시 뭔가를 생각하다가 이렇게 물었다.

"하지만 하느님을 위해 살아가려면 도대체 어떻게 해야 합니까?"

그러자 노인이 대답했다.

"그 답은 이미 그리스도께서 우리에게 가르쳐 주셨네. 자네 글 읽을 줄 알지? 그러면 성경을 한 권 사서 읽어보게. 하느님을 위해 살아가려면 어떻게 해야 하는지, 그것을 읽으면 자세히 알 수 있을 걸세. 모든 것이 그 안에 씌어 있으니까."

마르틴은 노인의 말을 마음 깊이 새겼다. 그는 다시 순례의 길에 나선 노인을 배웅하고 나서 곧바로 큰 활자로 인쇄된 신약성경을 사 가지고 와서 읽기 시작했다.

그는 처음에는 주일에만 성경을 읽을 생각이었다. 그러나 읽다 보니 마음이 아주 편안해져서 매일 읽게 되었다. 때로는 읽는 데 너무 열중한 탓에 등잔의 기름이 떨어진 것도 모를 정도였다. 그리고 읽으면 읽을수록 하느님이 자신에게 바라는 게 무엇인지, 하느님을 위해 살아가려면 어떻게 해야 하는지 더욱 분명히 알게 되었다.

그 덕분에 날이 갈수록 그는 더욱 마음이 가벼워졌다. 예전에는 잠자리에 들어서도 한숨을 쉬거나 뒤척이면서 죽은 아들만을 생각하곤 했는데, 이제는 "주님께 영광을! 무슨 일이나 주님의 뜻대로 하소서!" 하며 주를 찬양할 뿐이었다.

그리고 그때부터 마르틴 아브제이치의 생활은 완전히 달라졌다. 예전에는 주일이면 술집에 들러 차를 마시거나 보드카를 들이켜곤 했다. 아는 사람과 술을 한잔 들이켜면, 술집을 나설 때에는 크게 취하지는 않았어도 어쨌든 기분이 썩 좋아져서 쓸데없는 이야기로 흥겨워하곤 했다. 또 자주 남을 욕하거나 비난하기도 했다.

그런데 어느 틈엔지 그러한 일들로부터 멀어져 버렸

다. 그 대신 조용하고 기쁨으로 충만한 생활을 하게 되었다. 그는 아침에는 정확하게 일을 시작해 정해진 시간만큼 하고 나서는, 벽의 등잔을 탁자 위에 내려놓고 성경을 읽기 시작했다. 읽으면 읽을수록 그 뜻을 더 잘 알게 되고, 그에 따라 기분도 상쾌하고 즐거워지는 것이었다.

하루는 마르틴이 밤늦게까지 성경 읽기에 열중하고 있었다. 그는 〈누가복음〉을 읽다가 6장에서 "네 뺨을 치는 사람에게는, 다른 뺨도 돌려대고, 네 겉옷을 빼앗는 사람에게는, 속옷도 거절하지 말아라. 너에게 달라는 사람에게는 주고, 네 것을 가져가는 사람에게서 도로 찾으려고 하지 말아라. 너희는 남에게 대접을 받고자 하는 대로 남을 대접하여라."라는 구절이 눈에 띄었다.

그는 다시 주께서 말씀하시는 다음 구절을 읽어 나갔다.

"너희는 어찌하여 주님 주님 하면서도, 내가 말하는 것은 실행하지 않느냐? 내게 와서 내 말을 듣고 그대로 하는 사람이 어떤 사람과 같은지를 말해주겠다. 그는 땅을 깊이 파고, 반석 위에다가 기초를 놓고 집을 짓는 사람과 같다. 홍수가 나서 물살이 들이쳐도, 그 집은 흔들리지 않는다. 잘 지은 집이기 때문이다. 그러나 내 말을 듣고서도 그대로 행하지 않는 사람은, 기초 없이 맨 흙 위에 집을 짓는 사람과 같다. 물살이 들이치면, 그 집은 곧 무너져 버리고, 무너진 피해가 크다."

마르틴은 이러한 말씀들을 읽는 동안 점차 가슴이 기쁨으로 충만해짐을 느꼈다. 그는 안경을 벗어 성경 위에 내려놓고, 탁자에 팔꿈치를 얹고는 곰곰이 생각을 해보았다.

'나의 집은 어떨까? 반석 위에 지어졌을까, 아니면 흙위에 지어졌을까? 반석 위라면 그보다 더 고마울 게 없는데……. 아무튼 이렇게 혼자 앉아 있으면 마음이 아주 편해지고, 또 하느님 말씀대로 살아온 듯한 느낌이 들어. 하지만 자칫 마음이 해이해지면 또 잘못을 저지르게 되겠지. 그러나 어떻게든 이겨내 보자. 이것은 아주 좋은 일이잖아! 주여, 저를 도와주소서!'

그는 이런 생각을 하고는 그만 잠자리에 들려고 했다. 하지만 막상 성경을 덮으려니 마음에 걸렸다. 그래서 다시 그 다음 7장을 읽기 시작했다.

그는 백부장의 이야기며 어느 과부의 아들 이야기, 두 제자에 대한 요한의 대답 따위를 읽고, 또 어느 부유한 바리새인이 주님을 자기 집으로 청해 함께 식사를 하시도록 한 데까지 읽어 나갔다. 그리고 죄인인 한 여자가 다가와 주님의 발에 향유를 붓고 눈물로 그 발을 적셔, 그리스도께서 그 죄를 사해 주신다는 구절도 읽었다.

그런 다음 44절까지 나아간 그는 다음과 같은 구절을 읽기 시작했다.

사랑이 있는 곳에 신이 계신다

"여자를 돌아보시며 시몬에게 이르시되 이 여자를 보느냐. 내가 네 집에 들어왔을 때 너는 내게 발 씻을 물도 주지 않았지만 이 여자는 눈물로 내 발을 적시고 그 머리털로 씻었으며 너는 내게 입을 맞추지 않았지만 이 여자는 내가 들어올 때부터 내 발에 입 맞추기를 그치지 않았고 너는 내 머리에 감람유도 붓지 않았지만 이 여자는 향유를 내 발에 부었느니라."

 그는 이 구절을 읽고는 잠시 생각했다.

 '너는 발을 씻을 물도 주지 않았다. 입 맞추지도 않았다. 머리에 기름도 발라주지 않았다.'

 그리고 다시금 안경을 벗어 성경 위에 내려놓았다.

 '이 바리새인은 아무래도 나와 같은 사내였나보군. 나도 역시 내 일만을 생각하고 있었으니까. 차를 실컷 마시고 싶다든지, 따뜻한 옷을 걸치고 싶다든지 하는 욕심은 나만 편하자는 것이지 손님을 위한 것은 아니었잖아. 난 그저 내 일에만 열중했던 거지. 그런데 손님은 누구지? 그리스도가 아니신가! 만일 그분이 내 집에 들르셨다면 아마 나 역시 바리새인처럼 굴지 않았을까?'

 이런 생각을 하던 마르틴은 어느 틈엔가 꾸벅꾸벅 졸고 있었다.

 "마르틴아!"

갑자기 누가 그의 귓전에 대고 이렇게 불렀다. 그는 퍼뜩 깨어나 졸음에 취한 눈을 끔벅거리며 말했다.

"누구요?"

그는 입구 쪽을 돌아보았다. 그러나 아무도 없었다. 그래서 그는 다시 꾸벅꾸벅 졸기 시작했다. 잠시 후 다시 목소리가 들렸다.

"마르틴아! 내일 한길을 내다보고 있거라. 내가 이곳으로 올 것이다."

마르틴은 졸음을 떨쳐내고 의자에서 일어나 눈을 비벼 보았다. 그는 좀 전의 그 목소리를 꿈속에서 들었는지 아니면 실제로 들었는지 분간할 수 없었다. 결국 그는 등잔불을 끄고 잠자리에 들었다.

이튿날 새벽, 마르틴은 날이 밝기 전에 자리에서 일어나 하느님께 기도를 드렸다. 그런 다음 불을 지피고 양배추 수프와 오트밀을 준비한 다음 찻주전자를 불에 올려놓았다. 그리고 작업용 앞치마를 두르고 창문 옆에 앉아 일을 하기 시작했다.

마르틴은 앉아서 일을 하면서도, 속으로는 내내 어젯밤 일을 더듬고 있었다. 그는 분명히 알 수가 없었다. 그 목소리를 꿈속에서 들은 것 같기도 하고, 실제로 들은 것 같기도 했다.

'별거 아냐. 이런 일은 전에도 가끔 있었잖아.'

하지만 마르틴은 일을 하기 보다는 창 밖을 내다보는 시간이 더 많았다. 그리고 한 번도 본 적이 없는 신발이 지나갈 때마다 그 신발의 주인이 누구인지 알기 위해 몸을 웅크려 창 밖을 올려다보곤 했다.

평소처럼 많은 사람들이 마르틴의 창 앞을 지나갔다. 새로 맞춘 방한용 펠트 장화를 신은 저택 관리인이 지나갔고, 물지게를 진 사내도 지나갔다. 그 뒤를 이어 낡은 줄무늬 펠트 장화를 신은 늙은 군인이 손에 작은 삽을 들고 창문 가까이로 다가왔다.

마르틴은 그 장화만 보고도 그가 누구인지 금방 알아보았다. 그 노병은 스체파누이치라는 사람으로, 이웃 상인이 인정을 베풀어 데리고 있는 늙은이였다. 그는 주로 정원을 돌보거나 길을 청소하는 일을 했다.

스체파누이치는 마르틴의 창 밑에 쌓인 눈부터 치우기 시작했다. 마르틴은 그 모습을 흘끗 바라보고는 다시 일을 계속했다.

"나이가 들다 보니 나도 망령이 난 모양이군."

마르틴은 혼자 중얼거리며 피식 웃었다.

"스체파누이치가 눈을 치우러 왔는데, 나는 그리스도께서 납신 줄 알았으니까. 나이가 먹어서 정신이 나간 모양이야!"

하지만 마르틴은 구두를 열 바늘쯤 깁고는 또다시 창밖을 내다보았다. 이제 스체파누이치는 삽을 벽에 세워둔 채 쉬고 있었다. 노인이라서 아무래도 눈을 치는 일조차 힘에 부치는 모양이었다. 그래서 마르틴은 생각했다.

'저 사람에게 차라도 한잔 대접해야겠군. 마침 찻주전자의 물도 끓고 있으니.'

마르틴은 일손을 멈추고 자리에서 일어나 찻주전자를 탁자로 가져와 차를 마실 준비를 했다. 그런 다음 유리창을 가볍게 두드렸다. 스체파누이치가 그 소리를 듣고 무슨 일인가 싶어 창가로 다가왔다. 그는 안으로 들어오라고 손짓을 한 뒤 문을 열고 스체파누이치를 맞아들였다.

"스체파누이치, 들어오게. 날도 추운데, 안으로 들어와서 몸 좀 녹이게."

"정말 고맙네. 온몸의 뼈마디가 욱신거리는군."

스체파누이치가 안으로 들어서며 몸의 눈을 털었다. 그리고 바닥에 얼룩이 지지 않도록 신발을 닦으려다 중심을 잃고 비틀거렸다.

"괜찮으니 그냥 들어오게. 나중에 바닥을 닦아내면 되네. 어서 이리로 와서 차를 마시게나."

마르틴은 뜨거운 차를 두 잔 따른 다음, 하나를 노인에게 건네주었다. 그리고 자신도 잔을 집어 들어 후후 불며 마시기 시작했다. 차를 마시자 몸이 따뜻해졌다.

스체파누이치는 차를 아끼듯이 조금씩 나누어 마시고 나서 찻잔을 탁자에 올려놓았다. 그리고 나서 몇 번이고 고맙다는 인사를 했지만 눈치를 보니 더 마시고 싶은 것 같았다.

"한 잔 더 마시게."

마르틴은 자신의 잔과 노인의 잔에 다시 차를 가득 따랐다. 그러나 마르틴은 차를 마시면서도 연신 창밖을 내다보았다.

"자네, 누굴 기다리나?"

스체파누이치가 물었다.

"누구를 기다리느냐고? 글쎄…… 어떻게 말을 해야 하나. 자네에게 말하기가 부끄럽군. 기다린다고 할 수도 있고, 그렇지 않다고도 할 수 있으니까. 실은 어젯밤 무슨 소리를 들었거든. 꿈인지 생시인지 모르지만 정말 머릿속에서 지워지지가 않아. 어젯밤 의자에 앉아서 성경을 읽고 있었지. 성경에 대해서는 자네도 들은 적이 있겠지?

그리스도께서 이곳저곳을 돌아다니면서 고생하신 이야기 말야."

"물론 듣기야 했지. 하지만 눈뜬장님이라 성경을 읽지는 못했지."

스체파누이치가 얼굴을 붉히면서 대답했다.

"어쨌든 들어보게. 나는 그리스도께서 바리새인의 집에 들렀을 때 주인이 제대로 대접하지 않았다는 내용을 읽고 있었다네. 그 구절을 읽으면서 나는 바리새인이 왜 그리스도를 제대로 대접하지 않았는지 생각해 보았네. 그런데 곰곰이 생각해 보니, 나 역시 그 바리새인처럼 그리스도를 어떻게 대접해야 할지를 모르고 있더라고. 아무튼 나는 그런 생각들을 하다가 깜박 졸았지."

"그래서?"

"그때 누군가 내 이름을 부르는 소리가 들렸어. 순간 졸음을 깼는데…… 그 목소리는 뭐랄까, 마치 귓전에 대고 속삭이는 것 같았어. '내일 한길을 내다보고 있거라. 내가 이곳으로 올 것이다'라는 말씀이었는데……. 더욱이 그 말씀은 두 번이나 되풀이되었다네. 그 말씀이 귓전에서 떠나지 않기 때문에, 한편으로는 어이없어 하면서도 이렇게 창가에 앉아 그분이 오시기를 기다리고 있는 것이라네."

스체파누이치는 묵묵히 고개를 끄덕일 뿐이었다. 그는 차를 마시고는 잔을 식탁 위에 내려놓았다. 마르틴은 그 잔에다 다시 차를 따라주었다.

"자, 실컷 들게! 그런데 말이지, 내 생각에는 예수님이 여러 지방을 주유하실 때 어떤 인간이나 가리지 않고 만나셨지만, 특히 밑바닥의 인간들을 따뜻하게 대하셨을 것 같아. 항상 이름 없는 사람들의 집만 방문하셨고, 당신의 제자들도 대개 우리처럼 죄가 많은 노동자들 중에서 고르셨으니까. 그리고 누구든지 자기를 높이는 자는 낮아지고, 자기를 낮추는 자는 높아지리라고 말씀하셨지. 또 '너희들은 나를 주님이라 부르고 있지만, 나는 반대로 너희들의 발을 닦아주겠다. 누구든지 훌륭한 자가 되고자 하는 자는 섬기는 자가 되라' 고 말씀하셨고 말야."

스체파누이치는 차를 마시는 일도 잊고서 가만히 앉아 마르틴의 얘기에 귀를 기울이고 있었다. 그의 양 볼에는 연신 눈물이 흘러내리고 있었다.

"자, 더 들게나!"

그러나 스체파누이치는 성호를 긋고 인사를 한 뒤 자리에서 일어섰다.

"고맙네! 아주 잘 마셨네. 자네 덕분에 마음도 몸도 아주 따뜻해졌어."

"원 별말을! 다음에 또 들르게. 나는 이웃들과 얘기 나누는 걸 좋아하니까!"

스체파누이치가 가고 나자 마르틴은 남은 차를 마저 따라 마셨다. 그리고 탁자를 정리한 다음 다시 창가에 앉아 구두 뒤축을 수선하기 시작했다.

하지만 그는 일을 하면서도 연방 창밖을 내다보며 예수님이 오시기를 기다리고, 예수님의 일에 대해서만 생각했다. 그러자 그의 머릿속에는 예수님이 하신 여러 가지 말씀들이 잇따라 떠올랐다.

그때 창밖으로 두 명의 군인이 지나갔다. 한 명은 군대에서 주는 군화를 신었고, 다른 한 명은 일반 구두를 신고 있었다. 그리고 예쁜 덧신을 신은 이웃집 주인이 지나가고 바구니를 든 빵집 주인이 지나갔다.

그다음에는 기다란 모직 양말과 너덜너덜해진 구두를 신은 한 여인이 창가에 나타났다. 그 여자는 창문 앞을 지나 창문 사이의 벽 앞에서 걸음을 멈추었다.

마르틴은 창밖으로 흘끗 위를 올려다보았다. 초라한 행색을 한 낯선 여자가 갓난아기를 안고서 벽을 마주한 채 떨며 서 있었다. 그녀는 갓난아기를 감싸려 하고 있었지만, 감쌀 것이 없어 몹시 난처해하는 모습이었다. 그 여자가 몸에 걸치고 있는 것은 그저 누더기 같은 여름옷뿐이었다.

갓난아기의 울음소리와 갓난아기를 달래려 애쓰는 여자의 목소리가 창문을 타고 안으로 흘러들어왔다. 마르틴은 자리에서 벌떡 일어나 문을 열고 입구의 계단 쪽으로 나가 소리쳤다.

"이봐요! 이봐요!"

여자는 그 목소리를 듣고 뒤돌아보았다.

"이토록 추운 날씨에 왜 아기를 밖에서 울리고 있어요? 어서 이 안으로 들어와요. 여긴 따뜻하니 갓난아기를 달래기도 좋을 거요. 자, 그러니 어서 이리로 들어와요!"

여자는 깜짝 놀란 표정을 지었다. 안경을 코 위로 늘어뜨리고 앞치마를 두른 노인 하나가 자기를 보고 안으로 들어오라고 소리치고 있는 게 아닌가! 여자는 노인을 따라 안으로 들어왔다.

두 사람이 계단을 내려가 방안에 들어서자, 마르틴은 여자를 침대 쪽으로 이끌었다.

"이리 좀 앉아요. 여기 앉아서 몸을 녹인 다음 갓난아기에게 젖을 물려요."

"젖이 나와야죠. 아침부터 아무 것도 먹질 못해……."

마르틴은 측은한 마음이 들어 탁자 옆으로 가서 빵과 접시를 꺼냈다. 그리고 솥뚜껑을 열고 양배추 수프를 접시에 따라 탁자 위에 올려놓았다. 그런 다음 벽에 걸린 냅킨을 내려 대충 식사 준비를 끝냈다.

"자, 변변찮은 것이지만 이거라도 좀 들어요. 아기는 내가 봐줄 테니까. 나도 아이를 기른 적이 있어서 곧잘 애를 볼 줄 안다오."

여자는 성호를 긋고는, 탁자 앞에 앉아 식사를 하기 시작했다. 마르틴은 갓난아기 옆으로 가서 앉았다. 그는 갓난아기한테 수프를 넣어 주었지만 아직 이가 나지 않아서인지 그대로 뱉어냈다. 갓난아기는 줄곧 울어댔다. 그래서 마르틴은 손가락으로 아이를 얼렀다. 손가락을 빙글빙글 돌리면서 갓난아기의 입술 가까이 가져갔다가 재빨리 거두곤 했다. 하지만 손가락은 왁스로 검게 더럽혀져 있어서 입술에 대지는 않았다. 갓난아기가 그 손가락에 눈이 팔려 울음을 그치고 생글거리기 시작하자, 그는 기분이 아주 좋아졌다.

여자는 식사를 하면서도 연신 자신의 딱한 처지를 털어놓았다.

"제 남편은 군인이에요. 남편은 8개월 전에 어디론가 파견되었는데 여태껏 아무 소식도 없어요. 그래서 남의

집에 가정부로 들어가 일을 하다가 그곳에서 아이를 낳았지요. 그런데 아이가 딸리니까 주인집에서 나가라는 거예요. 그 뒤 벌써 석 달째 일자리를 찾지 못해 쩔쩔매고 있답 니다. 유모가 되려고도 했지만, 몸이 너무 말라 깽이라 받아주는 곳이 없었어요. 오늘도 어느 상인의 부인을 만나고 오는 길이에요. 그 집 엔 이미 할머니 한 분이 일을 하고 계셨지만, 고맙게도 부 인이 절 써주겠다고 했거든요. 그래서 다 된 줄 알고 갔더 니 다음 주에 오라고 하네요. 먼 곳을 걸어서 가서 그런지 몸이 녹초가 되었어요. 이 아이도 여간 고생을 한 게 아니 죠. 하지만 어쨌든 그 부인이 우리를 불쌍히 여겨 자기 집 에서 일할 수 있도록 해주셨기 때문에 앞길이 그리 막막 하진 않답니다."

마르틴은 한숨을 쉬며 말했다.

"다행한 일이네요. 그런데…… 겨울옷이 없소?"

"그래요. 이제 겨울옷을 입어야 할 철이지요. 하지만 겨우 하나 남아 있던 숄도 어제 20코페이카에 저당잡혔 답니다."

여자는 침대 쪽으로 다가와 갓난아기를 안아 올렸다. 마르틴은 구석으로 다가가 무언가를 찾더니, 낡은 외투를 들고 왔다.

"자, 받아요. 이게 변변치는 않지만 갓난아기를 감쌀 수는 있을 거요."

여자는 외투를 쳐다보고 이어 노인의 얼굴을 바라보았다. 그러더니 외투를 받아 들고 눈물을 뚝뚝 떨어뜨렸다. 마르틴은 고개를 돌린 다음 침대 밑에 놓아둔 작은 트렁크를 꺼내 그 안을 뒤졌다. 그리고 다시 여자에게로 다가가 마주 앉았다.

그러자 여자가 말했다.

"할아버지, 고마워요. 할아버지께 하느님의 은총이 내리시기를 빌게요! 저를 이 창가에 오도록 만드신 분은 틀림없이 그리스도일 거예요. 그렇지 않았다면, 이 아이는 얼어죽었을 테니까요. 내가 집을 나올 때는 날씨가 따뜻했는데, 갑자기 이렇게 추워졌어요. 할아버지가 창 밖으로 저를 보시고 가엽게 여겨 자비를 베푸신 것도 그리스도께서 인도하셨기 때문일 거예요!"

마르틴은 빙긋이 웃으면서 대답했다.

"그래요, 그리스도께서 하신 거예요. 내가 창 밖을 유심히 내다보고 있었던 것은 다 까닭이 있어서랍니다."

이렇게 말한 다음 마르틴은 군인의 아내에게 자신의 꿈 이야기, 즉 오늘 자기를 찾아오겠다는 주의 음성을 들었다는 이야기를 해주었다.

"있을 법한 이야기예요."

여자는 이렇게 말한 다음 자리에서 일어나 외투를 걸쳤다. 그리고 그것으로 갓난아기를 완전히 감싼 후 마르틴에게 몇 번이고 절을 하며 고맙다는 인사를 했다.

"주님을 위해 이것을 주는 것이니, 가서 숄을 찾아요."

마르틴은 여자에게 은화 20코페이카를 건네주었다.

여자는 그것을 받으며 성호를 그었다. 마르틴도 성호를 긋고 여자를 입구까지 바래다주었다.

여자가 떠난 후 마르틴은 양배추 수프를 마저 마시고 탁자 위를 치운 다음, 다시 자리에 앉아 구두를 깁기 시작했다. 하지만 일을 하면서도 창가에 사람의 그림자가 비칠 때마다 누가 지나갔는지 알아보기 위해 창 밖을 내다보았다. 낯익은 사람도 지나가고 낯선 사람도 지나갔지만, 별로 색다른 사람은 없었다.

이윽고 마르틴은 뜻밖에도 창문 맞은편에서 할머니가 사과를 팔고 있는 것을 보았다. 할머니는 사과 바구니를 들고 있었다. 거의 다 팔았는지 바구니에는 사과가 몇 개 남아 있지 않았다. 대신 어깨에는 나뭇조각을 담은 자루를 둘러메고 있었다. 아마 어느 공사장에서 주워 가지고 집으로 가는 모양인 듯했다. 그런데 그 자루가 무거운지 할머니는 다른 쪽 어깨에 바꿔 메기 위해 자루를 일단 땅에 내려놓았다. 그리고 사과 바구니는 굵은 말뚝에 얹어놓고는, 자루의 부피를 줄이려는지 나뭇조각들을 휘젓기 시작했다.

그런데 할머니가 자루를 휘젓는 동안, 어디선가 다 해진 모자를 쓴 한 사내아이가 갑자기 나타나 바구니 속의 사과 한 개를 잽싸게 들고 그대로 도망치려 했다. 그러나 그걸 알아챈 할머니는 홱 돌아서며 재빨리 아이의 소매를 움켜쥐었다. 사내아이는 어떻게든 달아나려고 버둥거렸다. 하지만 할머니는 아이를 두 손으로 꽉 움켜잡은 채 모자를 벗기고 머리칼을 움켜잡았다. 사내아이가 비명을 지르자 할머니는 고래고래 소리를 질렀다. 마르틴은 송곳을 바닥 위에 내팽개친 채 입구 쪽으로 달려갔다. 그 바람에 계단에서 발이 걸려 안경을 떨어뜨렸다.

마르틴이 한길로 뛰쳐나갔을 때, 할머니는 아이의 머리칼을 휘어잡고 연방 욕을 퍼부으며 아이를 경찰서로 데려가려 했다. 아이는 할머니의 손을 뿌리치면서 연신 변명을 늘어놓으며 울부짖었다.

"난 훔치지 않았어요. 왜 이러시는 거예요. 놓아 줘요!"

마르틴은 두 사람을 떼어놓으려고 사내아이의 손을 잡고는 말했다.

"용서해 줘요, 할머니. 그리스도의 은혜로 용서해 줘요!"

마르틴은 할머니에게 통사정했다.

"놓아 줘요, 할머니. 앞으로는 두 번 다시 이런 짓을 안 할 거예요. 그리스도의 은혜로 제발 놓아 줘요."

할머니는 사내아이로부터 손을 떼었다. 사내아이는 그대로 달아나려 했지만, 마르틴이 손을 잡고 못 가게 했다.

"자, 할머니에게 잘못했다고 빌어야지. 그리고 앞으로는 두 번 다시 이런 짓을 해선 안 된다. 난 네가 훔치는 걸 똑똑히 보았어."

사내아이는 그제야 눈물을 흘리며 용서를 빌었다.

"그래, 이제 됐어. 사과는 내가 한 개 사주마."

마르틴은 바구니에서 사과를 한 개 집어 사내아이에게 건네주고는 할머니에게 말했다.

"할머니, 돈은 내가 내겠어요."

"괜한 짓 하지 말아요. 이 녀석의 고약한 버릇만 길러 줄 뿐이에요. 이렇게 나쁜 놈은 절대로 잊을 수 없도록 호되게 매질을 해야 해요."

"할머니, 그건 우리 생각이에요. 우리 인간의 생각은 그렇겠지만, 하느님의 생각은 그렇지가 않아요. 만일 사과 한 개의 일로 이 아이를 그렇게 호되게 매질을 한다면, 도대체 우리의 죄는 얼마나 큰 벌을 받아야 할까요?"

사랑이 있는 곳에 신이 계신다

마르틴이 반박하자 할머니는 잠자코 입을 다물었다.

마르틴은 할머니에게 이런 이야기를 들려주었다. 즉, 어떤 주인이 하인의 부채를 완전히 말소시켜 주었는데, 그 하인은 자기 돈을 빌려간 사내를 만나자 곧바로 목을 조르려 했다는 성경 속의 이야기였다. 할머니와 사내아이는 그 이야기를 가만히 듣고 있었다.

"하느님은 우리에게 서로를 용서하라고 말씀하셨어요. 그렇지 않으면 우리도 용서받을 수 없다고 했지요. 어떠한 사람이든 용서해야 해요. 철이 들지 않은 아이들의 경우는 더욱 그렇지요."

마르틴의 말을 가만히 듣고 있던 할머니는 고개를 끄덕이며 한숨을 쉬었다.

"그렇지만 이런 못된 녀석을 그대로 둔다면 더욱 멋대로 굴 거예요."

할머니가 이의를 제기했다.

"그러니까 우리와 같은 늙은이들이 이런 아이들을 가르쳐 줘야 하지요."

마르틴이 말을 받았다.

"맞아요, 나도 지금 그 말을 하고 있는 거예요. 내게도 아이들이 일곱이나 있었지만, 지금은 딸아이 하나만 남아 있죠."

할머니는 자기 집 이야기를 시작했다. 지금 그 딸과 어디서 어떻게 살고 있으며, 손주가 몇 명이라는 따위의 여러 가지 이야기를 했다.

"보시다시피 난 늙었지만, 아직 일하고 있어요. 어린 손주들은 정말 귀여운 아이들이죠. 아무도 우리 손주들처럼 나를 소중히 여기진 않아요. 그 중에서도 마크세토카는 언제나 나한테서 떨어지지 않아요. 녀석은 '우리 할머니가 이 세상에서 제일 좋아!' 하면서 내 주위를 언제나 맴돌지요."

이제 할머니는 마음이 아주 따뜻해져 소년을 용서하게 되었다.

"철이 없어 저지른 일이니 이제 가봐."

할머니는 사내아이에게 말했다. 할머니가 자루를 어깨에 메려고 하자, 사내아이는 재빨리 다가가 말을 걸었다.

"할머니, 제가 들어 드릴게요. 저도 그쪽으로 가거든요."

할머니는 고개를 끄덕이며 자루를 사내아이의 어깨에 메어 주었다. 그리고 두 사람은 나란히 걸어갔다. 할머니는 마르틴으로부터 사과 값을 받는 것도 잊고 있었다. 마르틴은 그 자리에 서서 두 사람의 뒷모습을 가만히 바라보았다. 두 사람은 무슨 얘긴지 연신 주고받았다.

두 사람이 떠나간 뒤, 마르틴은 가게로 되돌아왔다. 계단에서 안경을 발견했지만, 다행히 부서진 데는 없었다. 그리고 송곳을 집어들고 다시 자리에 앉아 일하기 시작했다.

한참동안 일을 하다 보니 어느새 날이 어두워졌는지 눈이 침침해 바느질하기가 힘들었다. 그래서 눈을 들어 밖을 내다보니, 점등하는 이가 길가의 가스등에 불을 켜고 있었다.

'이제 등잔에 불을 켜야겠다.'

그는 등잔에 불을 켜 벽에 걸고는 다시 일을 했다. 장화 한 켤레를 완성한 후 빙빙 돌려가면서 살펴보니 잘못된 곳이 전혀 없었다. 매우 만족스러웠다. 그래서 도구들을 치우고, 가죽조각을 쓸어모으고, 실이며 송곳 따위를 제자리에 가져다 놓았다. 그리고 벽의 등잔을 탁자 위에 내려놓고는, 선반에서 복음서를 꺼냈다.

그는 어젯밤 읽다가, 가죽조각을 끼워 두었던 부분을 펼치려 했다. 그러나 펼쳐 보니 다른 부분이었다. 성경을 펼치자 마르틴의 머리에 어젯밤 꿈이 떠올랐다.

바로 그때였다. 누군가가 자기 뒤로 다가오는 듯한 느낌이 들었다. 마르틴은 뒤를 돌아보았다. 그러자 분명하지는 않았지만 어두운 구석 쪽에 몇 사람이 서 있었다. 사람들이 분명히 서 있었지만, 그들이 누구인지는 분간할 수가 없었다.

이윽고 그의 귓전에 나직이 속삭이는 듯한 목소리가 들려왔다.

"마르틴, 마르틴. 자네는 나를 모르는가?"

"누구요?"

마르틴이 물었다.

"나야. 이봐, 나라니까!"

그리고 어두운 구석에서 스체파누이치의 모습이 나타났다. 그는 빙긋이 미소를 짓더니 구름처럼 사라져 보이지 않았다.

"나예요."

목소리가 또다시 들렸다. 그리고 어두운 구석에서 갓난아기를 안은 여자가 나타났다. 여자가 웃으니까 갓난아기도 생글생글 웃었다. 그러더니 그들 역시 이내 사라져 버렸다.

"나라오."

목소리가 또다시 들렸다. 할머니와 사과를 들고 있는 사내아이가 나타나 다가오더니 빙긋이 미소짓고는 역시 사라져 버렸다.

마르틴은 기쁨에 넘쳐 성호를 긋고는 안경을 낀 다음 펼쳐져 있던 데서부터 읽기 시작했다.

첫 페이지에는 "너희는 내가 굶주렸을 때에 먹을 것을

주었고 목말랐을 때에 마실 것을 주었으며 나그네 되었을 때에 따뜻하게 맞이하였다"라고 씌어 있었다.

그리고 그 끝 페이지에는 "너희가 여기 있는 형제 중에 가장 보잘것없는 사람 하나에게 해주지 않은 것이 곧 나에게 해주지 않은 것이다"라고 씌어 있었다.

그리하여 마르틴은 자기의 꿈이 맞았으며, 이날 정말로 구세주께서 자기를 찾아오셨다는 걸, 그리고 자신이 구세주를 올바로 대접했다는 걸 깨달았다.

세 가지 의문

어떤 왕이 있었다. 그는 어느 날 이런 생각들을 하게 되었다. 만약에 어떤 일을 언제 시작하면 좋은가, 또한 어떤 사람과 일을 해야 하는가, 그리고 어떤 일이 가장 소중한 일인지 미리 알 수 있다면, 무슨 일을 하든지 결코 실패하지 않을 게 아닌가!

이러한 생각을 한 왕은 즉시 포고령을 내려 방방곡곡에 방을 붙였다. 일을 시작할 적절한 시간이 언제이고, 가장 필요한 사람이 누구이며, 해야 할 가장 소중한 일이 무엇인지 알 수 있는 방법을 그에게 알려주면 커다란 상을 내리겠다는 것이었다.

그러자 많은 학자가 찾아와 여러 가지 의견을 말했다. 첫 번째 질문에 대해 어느 학자는 이렇게 대답했다.

어떤 일을 시작할 적절한 시간을 알기 위해서는 미리 일과표를 하루 단위, 월 단위, 연 단위로 작성해 놓고, 그 일과표를 엄격히 지키면서 살아가는 것이라고 말했다. 그렇게 한다면 모든 일이 정확한 시간에 행해질 수 있을 것이라고 대답했다.

두 번째 학자는 다음과 같이 주장했다. 인간이 미리 적절한 시간을 정한다는 것은 불가능하다. 따라서 빈둥빈둥 시간을 헛되이 보내지 말고, 항상 일어나는 일에 주의를 게을리하지 않으면서 가장 필요한 것을 행하는 것이 올바른 방향이라는 것이다.

세 번째 학자도 자신의 의견을 말했다. 왕이 아무리 현재 벌어지는 일에 주의를 한다 해도 혼자 모든 일에 적절한 시간을 올바로 결정하기란 불가능하다. 따라서 슬기로운 사람들로 구성된 고문단을 두고, 적절한 시간을 결정하는 데 그들의 도움을 받아야 한다고 말했다.

그러자 네 번째 사람이 반박했다. 이 바쁜 세상에서 어떻게 고문단에게 일일이 자문을 구하겠는가? 그만큼 시간이 충분하지 않다. 즉, 일을 시작하는 적당한 시기를 당장에 결정해야 하는 일도 있다며, 고문단의 구성을 미심쩍어했다. 그래서 어떤 일이 일어날지 미리 알아낼 수 있는 사람은 오로지 점쟁이이므로, 모든 일에 적합한 시간을 알아내기 위해서는 점쟁이에게 물어보는 것이 좋다고 말했다.

두 번째 질문에 대해서도 역시 대답은 아주 다양하게 나왔다. 어떤 사람은 왕에게 가장 필요한 사람이 왕을 보필하는 정치가라고 주장했다.

두 번째 사람은 왕에게 필요한 사람이 누구보다 성직자라고 말했고, 세 번째 사람은 의사라고 주장했다. 또한 네 번째 사람은 왕에게 누구보다 필요한 사람이 군인이라고 말했다.

가장 소중한 일이 무엇인가에 대한 세 번째 질문에 대해서도 여러 가지 답이 나왔다. 어떤 사람은 세상에서 가장 소중한 것은 학문이라고 대답했다. 어떤 사람은 전술이라 대답했고, 또 어떤 사람은 사람의 정신이라고 대답했다.

이렇게 같은 질문에 대한 대답이 제각각 달랐다. 따라서 왕은 그 어떤 대답도 마음에 들지 않아, 상을 내리지 않았다. 하지만 왕은 그 질문에 대한 올바른 답을 알고 싶었으므로, 현명한 사람이라고 명성이 자자한 어떤 은자를 찾아가기로 마음먹었다.

그 은자는 숲 속에 살면서 아무 데도 나가는 법이 없었고, 오로지 서민들의 청원만을 들어주었다. 그래서 왕은 수수한 옷으로 갈아입고, 은자의 오두막에서 멀리 떨어진 곳에서 타고온 말에서 내려 경호원들을 기다리라고 한 뒤 혼자서 은자를 찾아갔다.

왕이 가까이 다가갔을 때, 은자는 오두막 앞에서 밭이랑을 일구고 있었다. 그는 왕을 보자 가볍게 인사만 건넨 뒤 묵묵히 밭이랑만 일구었다. 은자는 호리호리하고 여윈 사람으로, 삽질을 하는데도 흙을 거의 파올리지 못하고 매우 힘이 드는 듯 숨을 몰아쉬었다.

왕이 그에게 다가가 말했다.

"지혜로운 은자님, 나는 당신에게 세 가지 의문에 대한 답을 얻기 위해서 이렇게 찾아왔습니다. 내가 묻고 싶은 것은 일을 후회 없이 하려면 어떤 때 해야 하나요? 둘째는 어떤 사람이 나에게 가장 필요한 사람일까요? 다시 말해서 어떤 사람과 일을 해야 하고 어떤 사람과 일을 하지 말아야 하나요? 그리고 셋째는 나에게 가장 소중한 일, 내가 가장 신경 써야 할 일은 무엇일까요? 대략 이런 것들입니다."

은자는 왕의 말을 들으면서도 입을 다문 채 손에 침을

탁 뱉더니 다시 밭이랑을 일구기 시작했다.

"피곤해 보이십니다. 삽을 이리 주시지요. 내가 당신을 대신해서 잠시라도 일해 드리겠습니다."

"고맙소."

은자는 이렇게 말하며 삽을 왕에게 건네주고는 땅바닥에 주저앉았다. 왕이 밭을 두 이랑을 간 뒤 삽질을 멈추고 또다시 똑같이 물었다. 그러나 은자는 여전히 대답이 없었다. 단지 몸을 일으키고 삽을 향해 손을 내밀며 말할 뿐이었다.

"자, 잠시 쉬시오. 이번에는 내가 할 테니까."

그러나 왕은 삽을 주지 않고 다시 밭을 일구기 시작했다. 한 시간이 지나고, 두 시간이 지나 해가 산너머로 지기 시작했다. 마침내 왕은 삽을 땅에 꽂고 말했다.

"지혜로운 은자님, 나는 현명한 답을 구하기 위해 이렇게 찾아왔습니다. 만일 당신이 대답해 줄 수 없다면 그렇다고 말해 주십시오. 그럼 그냥 돌아가겠습니다."

은자가 말했다.

"저기 누군가가 달려오고 있구먼. 도대체 누구지?"

왕이 고개를 돌리고 쳐다보니 과연 수염을 텁수룩하게 기른 남자가 이쪽을 향해서 달려오고 있었다. 그 남자는 두 손으로 배를 움켜잡고 있었는데, 손 밑으로는 피가 흐

르고 있었다. 그는 왕의 앞에서 쓰러지며 의식을 잃고 움직이지 않았다.

왕은 은자와 함께 그 남자의 옷을 풀어헤쳤다. 그 남자의 배에는 커다란 상처가 있었다. 왕은 최선을 다해 피를 닦아내고, 가지고 있던 손수건과 은자의 수건으로 상처를 싸매 주었다. 그러나 피가 멈추지 않아 왕은 따뜻한 피로 적셔진 수건을 풀어내고 깨끗이 씻은 다음, 상처를 다시 동여매 주었다.

간신히 피가 멈추자 남자는 제정신으로 돌아와 물을 찾았다. 왕은 재빨리 달려가 시원한 물을 떠다가 남자에게 먹여 주었다.

그러는 동안 해가 완전히 져서 날씨가 쌀쌀해졌다. 그래서 왕은 은자의 도움을 받으며 상처 입은 남자를 오두막으로 옮겨 침대에 뉘었다. 남자는 침대에 뉘자 금세 잠이 들었다.

그리고 왕도 먼 거리를 걸었고 오랜 삽질로 몹시 피곤했기 때문에 마룻바닥에 누워 깊은 잠에 빠져들고 말았다. 왕은 너무 깊이 잠이 들어 아침이 되어서야 잠에서 깨어났다. 그때 왕은 자신이 어디에 있는지 깨달았다. 그리고 텁수룩한 수염의 낯선 남자가 침대에 누워 번들거리는 눈으로 자신을 뚫어지게 바라보는 것도 깨달았다.

텁수룩한 수염의 남자가 왕이 잠에서 깬 것을 보고 꺼져가는 목소리로 말했다.

"저를 용서해 주십시오."

왕이 대답했다.

"무슨 말이오? 나는 자네가 누구인지 모르는데, 뭘 용서한단 말이오."

"당신은 저를 모르지만, 저는 당신을 잘 알고 있습니다. 당신은 저의 원수입니다. 당신은 제 형제를 죽이고 재산을 몰수했기 때문에 저는 당신을 죽이기로 마음먹었습니다. 그래서 저는 당신이 은자를 만나러 혼자 떠난 것을 알고 돌아오는 길목을 지키고 있다가 당신을 죽이기로 결심한 것입니다. 그러나 해가 저물었는데도 당신은 돌아오지 않았습니다. 그래서 저는 숨어 있던 곳에서 나와 당신을 찾아 나섰습니다. 그러다 비탈진 곳에서 발을 헛디뎌 굴러 떨어지면서 예리한 각으로 꺾여진 큰 나뭇가지에 배가 찔리고 말았답니다. 저는 죽을힘을 다해서 몸을 움직였습니다. 만약 당신이 제 상처를 치료해 주지 않았더라면 저는 피를 너무 많이 흘려 죽고 말았을 것입니다. 저는 당신을 정말 죽이고 싶었습니다. 그런데 당신이 제 생명을 구해 주었습니다. 이제 제가 살아난다면, 제발 그렇게만 된다면, 저는 당신에게 가장 충성스런 노예가 되겠습니다. 당신의 아들에게도 충성을 다할 것입니다. 저를 용서해 주십시오."

왕은 마음속으로 이렇게 쉽게 원수와 화해를 하고 친구를 얻게 된 것이 무척이나 기뻤다.

그래서 왕은 그를 용서했을 뿐 아니라 하인과 주치의를 보내 그를 돌보아 주겠다는 약속을 했으며 그의 재산까지 돌려주겠다고 말했다.

상처 입은 남자와 작별 인사를 한 뒤, 왕은 오두막을 나와 은자를 찾아 두리번거렸다. 떠나기 전에, 은자의 대답을 꼭 듣고 싶었던 것이다. 은자는 밖에서 무릎을 꿇고 앉아 전날 일구어놓은 밭에 씨를 뿌리고 있었다.

왕은 그에게 가까이 다가서며 말했다.

"마지막으로 부탁하겠습니다. 지혜로운 은자님, 제 질문에 대답해 주시기를 바라오."

은자는 빼빼 마른 종아리를 구부리고 앉아 왕을 올려다보며 말했다.

"폐하께선 이미 그 대답을 얻었습니다."

왕이 물었다.

"내 신분을 눈치채셨군요. 그러나저러나 대답을 얻다니요? 그건 또 무슨 소리입니까?"

은자가 대답했다.

"폐하께서 어제 제 약한 몸을 불쌍히 여겨 이 밭을 대신 일구어주지 않은 채 떠났더라면 저 남자가 폐하를 습격했을 것 아닙니까! 그럼 폐하는 이 노인과 함께 머물지 않았던 것을 후회하게 되었을 겁니다. 따라서 가장 소중한 시간은 폐하께서 이 밭이랑을 파고 있던 시간이었으며, 제가 가장 소중한 사람이었던 것입니다. 그리고 가장 소중했던 일은 저를 위해 선행을 베풀던 일이었습니다. 그리고 가장 소중한 시간은 우리에게 달려온 저 남자를 치료해 주고 있던 시간이었습니다. 폐하께서 그의 상처를 동여매 주지 않았더라면, 그는 폐하와 화해도 하지 못하고 죽었을 것 아닙니까. 따라서 그가 가장 소중한 사람이지요. 그리고 폐하께서 그를 위해 해주었던 일이 당연히 폐하에게 가장 소중한 일이었습니다. 반드시 기억해 둘 것이 있다면, 소중한 순간은 단 한 번뿐이라는 것입니다. 우리에게 그럴 만한 힘이 있는 때가 오로지 한 번뿐이기 때문에 가장 소중한 것이지요. 가장 필요한 사람은 나와 현재 함께 있는 사람입니다. 왜냐하면 그 사람을 제외하고는 누구와 관계가 있을지 알 수 없기 때문입니다. 그리고 가장 소중한 일은 사람들에게 선행을 베푸는 일이랍니다. 왜냐하면 우리는 선행을 베풀도록 이 세상에 태어났기 때문이지요."

세 은자

어떤 주교가 아르한겔스크 시에서 배를 타고 솔로베스키예 섬으로 건너가고 있었다. 그 배에는 성지를 찾는 순례자들도 타고 있었다.

날씨가 활짝 개고 바람도 순풍이어서 배가 흔들리지 않았다. 순례자들은 누워서 뒹굴거나 음식을 먹는 자도 있었고, 그리고 함께 모여 서로 이야기를 주고받는 자도 있었다.

주교도 갑판에 나가서 선교(船橋) 위를 거닐었다. 그러던 중 뱃머리 쪽에 한 무리의 사람들이 모여 있어서 그곳으로 다가갔다. 그곳에서는 한 어부가 손으로 바다 쪽을 가리키며 무언가를 설명하고 있었다. 대주교도 걸음을 멈추고 어부가 가리키는 쪽을 바라보았다. 그러나 햇살을 받아 반짝이는 바닷물 외에는 아무 것도 보이지 않았다. 대주교는 더욱 가까이 다가가 귀를 기울였다.

어부는 대주교를 보자 모자를 벗고 그만 입을 다물어 버렸다. 사람들도 대주교를 보더니 다같이 모자를 벗고 인사를 했다.

이에 대주교가 말했다.

"여러분, 개의치 말고 이야기를 계속하시오. 나도 당신들의 이야기가 듣고 싶어서 왔으니까."

"아, 실은 지금 이 어부 양반이 우리에게 은자들의 이야기를 해주던 참이었지요."

한 상인이 스스럼없이 말했다.

"허어, 은자들에 대한 이야기였군요."

대주교는 이렇게 말하고는 뱃전 쪽으로 가서 궤짝 위에 앉았다.

"어디 나도 좀 들어봅시다. 그런데 당신은 무엇을 가리키고 있었소?"

"저 멀리 보이는 작은 섬에 은자 세 사람이 수도를 하면서 살고 있지요."

"작은 섬이라니, 어디 말이오?"

대주교는 물었다.

"제 손가락 끝을 따라 보십시오. 저기 저 구름에서 약간 왼편 아래쪽으로 마치 한 가닥 줄기처럼 보이는 게 있지요?"

대주교는 눈길을 가누고 찬찬히 보았으나 햇빛에 물이 반짝거려서 아무래도 보이지가 않았다.

"내 눈에는 하나도 안 보이는데……. 그 섬에 어떤 은자가 살고 있소?"

"하느님 같은 분들이지요. 나도 그분들의 말만 들었을 뿐 만나 뵐 기회가 통 없다가 재작년 여름에야 만나 뵙게 되었답니다!"

이렇게 말하고 어부는 다시 고기잡이를 나갔다가 풍랑을 만나 그 섬에 표류하게 되었을 때의 이야기를 해주었다. 그는 처음에 그곳이 어떤 섬인지도 몰랐다. 아침에 그 주위를 돌아다니다가 우연히 한 오두막을 발견하게 되었고, 그 옆에서 노인 한 분을 보게 되었다. 또한 다시 비슷한 노인 두 분이 나타났는데, 그들은 그에게 먹을 것도 주고 옷도 말려 주고 배를 손질하는 것을 도와주기도 했다는 것이다.

이에 대주교는 물었다.

"그래, 어떻게 생긴 사람들이었소?"

"한 분은 몸집이 작고 허리가 구부정한 분으로 해진 누더기를 걸치고 있었는데, 한 백 살은 넘어 보였습니다. 턱수염은 푸른빛이 돌 만큼 하얗고요. 언제나 미소 띤 얼굴은 천사처럼 밝은 얼굴이었지요. 또 한 분은 키가 조금 크지만 역시 찢어진 두루마기를 입고 텁수룩한 흰 수염에 누르스름한 털이 섞여 있었습니다. 그리고 얼마나 힘이 센지 제 배를 마치 물통이라도 들 듯이 혼자 거뜬히 옮겨 놓았습니다. 이분 역시 마찬가지로 소탈한 분이었고요. 그런데 세 번째 노인은 희고 긴 수염을 무릎까지 드리웠는데, 눈썹이 눈을 온통 가려 어딘지 모르게 음울해 보였습니다. 키가 컸고 거의 알몸으로 허리 아래를 거적 같은 것으로 가리고 있었습니다."

"그래, 그분들이 당신에게 어떤 이야기를 하셨소?"

대주교가 물었다.

"그분들은 말이 없었습니다. 서로 눈짓만 교환해도 금방 마음을 아는 것 같았지요. 저는 키가 큰 분에게 여기서 사신 지가 오래되었느냐고 물어보았지요. 그랬더니 그분이 얼굴을 찡그리고 뭐라고 투덜거렸습니다. 그러자 가장 나이가 많은 키 작은 분이 그의 손을 잡으며 웃으니까, 그분도 금세 평정을 찾는 것 같았습니다. 그리고 가장 나이 많은 노인이 저에게 미안하다고 말하며 웃었습니다."

어부가 이야기하고 있는 동안에 배는 어느새 섬 가까이까지 가게 되었다.

"이제는 분명히 보입니다, 주교님. 저기를 보십시오."

그때 상인이 섬 쪽을 가리키며 끼여들었다. 분명히 검은 띠 모양의 섬이 보였다.

대주교는 잠시 그것을 바라보다가 뱃머리에서 떠나 고물 쪽의 키잡이 곁으로 다가갔다.

"저기 보이는 섬 이름이 뭔가? 저기 보이는 저 섬 말야."

"이름 같은 건 없습니다. 저런 섬은 이 부근에도 수두룩하게 있으니까요."

"저 섬에서 은자들이 수도를 한다는데, 그게 정녕 사실인가?"

"그런 말은 있습니다만, 그게 사실인지는 모르겠습니다. 어부들은 봤다고들 합니다만 그들은 하도 엉터리 이야기를 잘하니까 믿을 수가 없지요."

"저 섬에 가서 은자들을 만나봤으면 하는데, 어떻게 하면 저기로 갈 수 있겠나?"

"보트라면 몰라도 큰 배로는 갈 수가 없습니다. 그건 선장님과 의논하시지요."

그래서 주교는 선장을 불러 물었다.

"저 섬의 은자들을 만나봤으면 하는데, 나를 좀 데려다 줄 수 있겠소?"

선장은 대뜸 말리기부터 했다.

"안 될 건 없습니다만 시간이 무척 많이 걸립니다. 그리고 실례의 말이지만, 그렇게까지 해서 만날 필요는 없을 것 같습니다. 제가 들은 바로는, 그곳에 살고 있는 사람은 아주 어리석은 노인들이라고 하니까요. 글쎄 아무 것도 알지 못하고 물고기처럼 말 한마디 못한다더군요."

"하지만 난 꼭 한번 만나보고 싶소. 그만한 대가는 톡톡히 치를 테니 나를 좀 데려다주시오."

하는 수 없이 선원들은 명령에 따라 그 섬까지 갈 준비를 했다. 키잡이는 배를 돌려 섬 쪽으로 향했다. 대주교를 위해 뱃머리 쪽에 의자를 갖다 놓았다. 그는 그 의자에 앉아 앞을 바라보았다. 사람들도 모두 뱃머리 쪽에 모여서 그쪽을 바라보고 있었다. 눈이 밝은 사람은 벌써 섬 위의 바위를 알아보고, 오두막을 손가락으로 가리켰다.

그들 중에서 한 사람은 세 사람의 은자들의 모습을 알아보았다. 선장은 망원경을 꺼내어 잠시 들여다본 다음

대주교에게 건넸다.

"주교님, 보시지요. 커다란 바위 오른쪽에 세 사람이 서 있는 게 보입니다."

대주교도 망원경을 눈에 대고 그쪽으로 돌리니, 분명 그곳에 세 사람이 있었다. 즉, 키가 큰 사람, 좀 작은 사람, 그리고 아주 작은 사람이 눈에 들어왔다. 세 사람은 모두 기슭에 서서 서로 손을 잡고 있었다.

선장이 대주교의 옆으로 다가와 말했다.

"주교님, 이 배는 저 섬에 가까이 댈 수 없습니다. 여기서부터는 보트를 타고 가셔야 합니다. 저희는 여기서 닻을 내리고 기다리고 있겠습니다."

곧 닻줄을 풀어 닻을 던지자 돛이 내려졌다. 배가 크게 움직이고 흔들거렸다. 보트를 내린 다음 노잡이들이 옮겨 타자 대주교가 사다리를 타고 내려갔다. 대주교가 다 내려가 자리에 앉자, 노잡이들이 섬을 향해 노를 젓기 시작했다. 돌을 던지면 닿을 정도까지 이르니 세 사람의 은자들이 분명히 보였다. 노잡이들은 기슭에 보트를 저어 밧줄로 잡아맸다. 대주교가 배에서 내리자 은자들은 말없이 절을 했다. 그리고 축복을 하는 대주교에게 그들은 한층 더 머리를 숙였다.

대주교는 그들에게 말을 걸었다.

"나는 여러분이 이 섬에서 수행하면서 자신들의 영혼과 뭇사람들을 위해 기도하고 계시다는 이야기를 들었소. 나는 그리스도의 한 종에 불과하지만, 하느님의 은총으로 신자들을 가르치는 역할을 맡고 있소. 그래서 하느님의 종인 여러분을 만나 뵙고 싶어서 이렇게 찾아왔소."

은자들은 서로 얼굴을 마주보며 말없이 웃었다. 그래서 대주교가 다시 말을 이었다.

"난 여러분이 어떻게 수행을 하고 계시는지, 또 어떻게 하느님께 기도하고 계시는지 알고 싶소."

중간 키의 은자가 한숨을 내쉬며 가장 나이 많은 은자를 바라보았다. 키가 큰 은자 역시 눈살을 찌푸리고 나이 많은 은자를 바라보았다. 그러자 가장 나이 많은 은자가 빙그레 웃으며 말했다.

"우리는 하느님을 섬기는 그런 성스러운 일은 모릅니다. 그저 하느님의 종으로서 먹고 살아갈 뿐이지요."

"그럼 여러분은 어떤 식으로 하느님께 기도를 드리고 있소?"

그러자 그 은자가 다시 대답했다.

"이렇게 기도를 드리지요. '당신께서도 삼위이시고 저희도 삼인이오니, 아무쪼록 저희를 어여삐 여겨 주시옵소서' 하고 말입니다."

대주교는 웃으며 말했다.

"어디서 삼위일체(三位一體)라는 말을 들은 모양이군. 하지만 기도는 그렇게 하는 것이 아니오. 나는 신앙심이 깊은 여러분이 마음에 드오. 여러분이 하느님 뜻대로 살려는 마음은 잘 알겠소. 그러나 기도는 그렇게 하는 것이 아니니, 잘 들으시오. 내가 지금 가르쳐 드리리다. 물론 내 마음대로 아무렇게나 가르치는 것이 아니오. 나는 모두 하느님께서 가르쳐 주신 말씀을 그대로 전달하는 것뿐이오."

이렇게 말하고 대주교는 은자들을 향해 하느님이 어떻게 사람들 앞에 나타났는가를 설명하기 시작했다. 그리고 성부, 성자, 성신에 대해서도 들려주었다.

"성자께서는 사람들을 구제하기 위해 이 땅에 오셔서 우리 인간들에게 기도하는 방법을 가르쳐 주셨소. 내가 먼저 말할 테니까 잘 듣고 따라서 해보시오. 하늘에 계신……."

그러자 한 은자가 따라서 말했다.

"하늘에 계신……."

그러자 다음 은자가 또 따랐다.

"하늘에 계신……."

끝으로 세 번째 은자가 따랐다.

"하늘에 계신……."

대주교는 계속했다.

"우리 아버지시여."

그러나 이번의 말은 두 번째 은자가 제대로 따라 하지 못했다. 키가 큰 은자도 역시 따라 하지 못했다. 윗수염이 입을 덮고 있어서 제대로 발음할 수가 없었던 것이다. 가장 나이 많은 은자도 이가 다 빠져 우물쭈물 말했을 뿐이었다.

대주교가 다시 한 번 되풀이하자 은자들도 되풀이했다. 대주교는 바위에 걸터앉았다. 그러자 은자들은 그 둘레에 서서 대주교의 입을 지켜보며 그대로 따라서 되풀이했다. 이렇듯 대주교는 그들을 상대로 저녁때가 다 되도록 같은 말을 열 번, 스무 번, 백 번 되풀이했고 은자들은 그를 따라 했다.

이렇게 하여 대주교는 은자들이 기도문을 다 욀 때까지 그들의 곁을 떠나지 않았다. 그들은 먼저 그를 따라 왼 다음 저희끼리 외었다. 중간 키의 은자가 가장 빨리 외었다. 그래서 대주교는 그에게 여러 번 되풀이시켜서 나머지 두 사람에게 가르쳐 주도록 일렀다. 그리하여 다른 두 사람도 결국 다 외게 되었다.

날이 점점 어두워지고 있었다. 대주교는 바다에 달이

떠오를 무렵에야 겨우 배로 돌아가기 위해 일어섰다. 대주교가 은자들에게 작별을 고하자 은자들은 머리가 땅에 닿도록 절을 했다. 대주교는 그들에게 고개를 들게 해서 한 사람 한 사람에게 입을 맞추며 자기가 시킨 대로 기도를 하라고 이른 다음 보트를 타고 큰 배로 향했다.

대주교가 큰 배를 향해 가는 도중에도 은자들의 기도문 소리가 들려왔다. 큰 배에 가까워질수록 은자들의 목소리는 차츰 들리지 않았지만, 세 은자의 모습만은 달빛에도 뚜렷이 보였다. 가장 작은 노인이 한가운데 서 있고 키 큰 노인이 오른쪽에 중간 키의 노인이 왼쪽에 서 있었다. 대주교가 큰 배에 당도하여 갑판에 오르자 배는 앞을 향해 나아가기 시작했다.

대주교는 고물 쪽에 앉아 줄곧 섬 쪽을 바라보았다. 처음 얼마 동안은 은자들의 모습이 보였지만 곧 그것은 사라지고 섬만 남았다. 그러더니 나중에는 섬도 사라지고 오직 바다만 달빛에 어른거리고 있었다.

순례자들이 잠이 들어 버렸으므로 갑판 위는 아주 고요했다. 그러나 대주교는 혼자 고물에 앉아 섬이 사라진 쪽을 바라보며 선량한 은자들을 떠올리고 있었다. 은자들이 기도문을 외게 되어 얼마나 기뻐할까. 신과 같은 은자를 돕기 위해 하느님께서 자기를 인도하여, 그들에게 하느님의 말씀을 가르쳐 주게 하신 것을 감사했다.

대주교는 한동안 앉아서 바다를 바라보며 생각에 잠겨 있었다. 그런데 문득 눈이 아물아물해지더니 물결에 비친 달 그림자가 사방에서 춤을 추었다.

그때 갑자기 달빛 속에 뭔가가 하얗게 반짝이고 있었다. 섬일까, 갈매기일까, 아니면 쪽배의 흰 돛일까. 대주교는 눈여겨보았다.

'쪽배가 돛을 달고 이 배를 쫓아오는 게 틀림없어. 속력이 굉장히 빠르군. 처음에는 꽤 멀었는데 이젠 무척 가까운 걸 보면, 아무래도 쪽배는 아닌 모양이야. 돛을 달고 있지도 않고. 하여간 뭔가가 이 배를 쫓아오고 있는 것만은 사실이야.'

대주교는 아무래도 그것이 무엇인가를 분간할 수가 없었다. 쪽배도 아니고, 새도 아니고, 물고기도 아니었다. 사람 같기도 했지만, 사람치고는 너무나 컸다. 게다가 사람이 바다 위를 걷고 있을 리가 없었다.

대주교는 일어나 노잡이 곁으로 다가가서 말했다.

"저것 좀 보게. 저게 뭔가? 자네는 뭐라고 생각하나?"

그때에는 이미 그것이 분명히 보였다. 바다 위를 달려오는 은자들의 모습이었다. 그들은 흰 수염을 반짝이면서 마치 배가 멈추어 있기라도 한 듯이 매우 빠른 속도로 다가오고 있었다.

노잡이는 그것을 보자 기겁해 노를 내동댕이친 뒤 큰 소리로 고함을 질렀다.

"아니 이럴 수가! 은자들이 땅 위를 달리듯이 바다 위를 달려와요!"

이 소리를 들은 승객들이 일시에 일어나 고물 쪽으로 달려왔다. 정말 은자들이 손을 잡고 달려오고 있었다. 그리고 양쪽에 선 두 노인이 손을 흔들어 배를 멈추라고 손짓했다. 그들은 세 사람 다 물 위를 육지처럼 달리고 있었는데, 발은 조금도 놀리지 않고 있었다.

배가 멎기도 전에 은자들이 순식간에 다가와 뱃전서 머리를 쳐들고 말했다.

"하느님의 종이시여, 우리는 당신의 가르침을 잊고 말았습니다! 되풀이해서 암송할 때는 알고 있었는데, 한 시간 가량 외지 않자 그만 한 마디를 잊고 말았습니다. 그러다 보니 그만 뒤의 구절도 까맣게 잊어버리게 되었고요. 결국 이젠 다 잊어버리게 되었습니다. 제발 다시 한 번 가르쳐 주십시오."

대주교는 성호를 긋고 은자들을 향해 몸을 굽히고 말했다.

"신앙심이 깊은 은자들이여, 여러분의 기도가 하느님

께 닿으실 겁니다. 여러분을 가르칠 자는 제가 아닙니다.
그러니 여러분이 우리들 죄인을 위해 기도해 주십시오!"

이렇게 말하고 대주교는 은자들의 발에 머리가 닿도록
절을 했다. 그러자 은자들은 돌아서서 왔던 길을 다시 돌
아갔다. 그리고 은자들이 사라진 근처에는 새벽이 될 때
까지 한 줄기 빛이 빛나고 있었다.

# 도둑의 아들

어떤 마을에서 재판이 열렸다.

재판의 배심원은 농부와 귀족과 상인으로 구성되었다. 배심원 대표는 상인으로서 평생 남을 속이지 않고 정직하게 장사를 한 이반 아키노비치 벨로프였다. 그는 사람들에게 도움을 주어 사랑과 존경을 받는 예순 살 먹은 노인이었다.

재판 진행에 앞서 배심원들은 법정으로 들어와 선서를 마치고 자리에 앉았다. 피고인석에는 농부의 말을 훔친 도둑이 불려 나와 앉아 있었다.

바로 그때, 배심원 대표인 이반 벨로프가 자리에서 벌떡 일어나 말했다.

"죄송합니다, 재판장님. 저는 이 재판의 배심원을 맡을 수 없습니다."

그 말을 듣고 깜짝 놀란 재판장이 그에게 물었다.

"무슨 일입니까?"

"그냥 할 수가 없어서 그렇습니다. 제발 제외시켜 주십시오."

이반 벨로프는 흐느끼는 소리로 간절히 사양했다. 얼마나 간절한지 급기야는 말조차 제대로 잇지 못할 정도로 울먹였다. 한동안 목이 메어 아무 말도 못하던 그는 겨우 마음을 추스르며 입을 열었다.

"존경하는 재판장님, 저는 이번 재판을 맡을 자격이 없습니다. 왜냐하면 저 피고보다도 저는 더욱 악랄한 도둑이었기 때문입니다. 죄인의 몸으로 어떻게 제가 저 사람의 잘못을 가릴 수 있겠습니까? 저는 절대로 할 수가 없습니다. 재판장님, 제발 저를 제외시켜 주십시오."

재판장은 하는 수 없이 이반 벨로프의 퇴정을 허락했다. 그리고 그날 밤, 이반 벨로프가 말한 것에 궁금증이 일어 그를 집으로 초대했다.

"배심원을 맡을 수 없는 특별한 이유라도 있소?"

이반 벨로프의 얼굴에 고뇌의 빛이 스며들었다.

"이유요? 그렇습니다. 제게는 감추고 싶은 부끄러운 과거가 있습니다."

이반 벨로프는 오랫동안 가슴에 묻고 숨겨 왔던 이야기를 하기 시작했다.

※※ **1** ※※

사람들은 제가 이 마을에서 태어나 상인의 아들로 자라난 것으로 알고 있습니다. 그러나 사실은 그렇지가 않습니다. 그때의 저는 재판장님이나 세상 사람들이 생각하는 것처럼 지금의 제가 아니었습니다.

저의 아버지는 농부로 농사를 지었지만 실은 도둑질로 연명했습니다. 인근 마을까지 알려진 악명이 높은 도둑이었지요. 그래서 결국에는 감옥에서 죽음을 맞았습니다. 아버지의 성격은 인자한 편이었지만, 술만 마시면 어머니를 때리고 가족을 괴롭히며 집안의 물건을 부수어 버린 아주 포악한 사람이었습니다. 그리고는 술에서 깨어나면 항상 후회를 했습니다.

그런데 어느 날 아버지가 나를 도둑질로 이끌었습니다. 저의 행복이 끝장나는 순간이었지요. 그때 아버지는

선술집에서 친구들과 함께 범행을 모의하며 술을 마셨습니다.

"여보게들, 내 말 좀 들어보시게. 자네들 모두 저 건너편 벨로프네 가게를 알고 있지? 거기에는 값비싼 물건들이 잔뜩 쌓여 있는데, 가게 안으로 들어가기 힘들단 말이야. 그런데 내가 그곳에 들어가는 기막힌 수를 알아냈네. 자, 이리들 와보게. 가게에 조그만 창문이 하나 있지. 하지만 그곳은 너무 높고 좁아서 어른들은 들어갈 수가 없어. 자자, 이리 와보라니깐! 어떻게 하느냐 하면 말이지. 어린애를 이용하는 거야. 아주 영리한 녀석이 있거든."

아버지는 나를 염두에 두고 있었던 것입니다.

도둑들은 점점 흥미를 가지고 아버지의 계획에 귀를 기울였습니다.

"아들 녀석을 밧줄로 묶어 창문으로 번쩍 올리는 거야. 그리고 그 애가 가게 안으로 몸을 들이밀면 바닥까지 잘 내려가도록 서서히 밧줄을 푸는 거지. 그리고 그 애한테 다른 밧줄 하나를 던져준 다음 그 밧줄에 값진 물건들을 하나씩 묶게 하는 거야. 그러면 우리는 그 안에 있는 물건들을 꺼낼 수 있게 되겠지. 그런 다음 아이를 다시 밖으로 꺼내면 되지 않겠나."

아버지의 제안에 도둑들은 혀를 내두르며 대단히 흡족

해 했습니다.

"기가 막힌 생각이야. 망설일 게 뭐가 있나. 어서 그애를 데리고 와, 이 사람아."

그 자리를 박차고 집에 온 아버지는 허둥대며 저를 찾았습니다. 하지만 어머니가 이미 아버지의 꿍꿍이속을 알아채고 먼저 물었습니다.

"무슨 일로 그 아이를 찾아요?"

"당신이 상관할 일이 아니오. 빨리 방카를 데리고 나가 봐야 된다니까."

어머니도 지지 않고 말했습니다.

"밖에 놀러나가고 없어요."

"무슨 소리야, 빨리 애를 찾아서 데려와."

어머니는 주정을 부리는 아버지의 포악함을 아무도 말릴 수 없다는 것을 알고 있었지만, 끝까지 버티셨습니다. 그러자 아버지는 어머니의 따귀를 올려붙였습니다. 아버지의 구타에 어머니는 할 수 없이 저를 찾아 아버지한테 데리고 갔습니다. 아버지는 제가 나타나자 웃음 띤 얼굴로 말했습니다.

"방카, 왔니? 너 울타리도 잘 뛰어넘지?"

"그럼요, 아버지. 아무리 높은 곳이라도 뛰어넘을 수 있는걸요."

"그러면 나와 함께 가자꾸나."

아버지가 저를 데리고 나가려 하자, 어머니가 길을 가로막았습니다. 하지만 아버지가 당장이라도 때릴 듯이 으름장을 놓자 어머니는 할 수 없이 물러서게 되었지요. 그러자 아버지는 얼른 제게 코트를 입혀서 선술집으로 데리고 갔습니다. 선술집에서 시간을 죽이고 있던 도둑들은 저를 보자마자 과자와 차를 주며 꼬드겼습니다. 결국 우리는 그곳에서 밤이 되기를 기다리며 시간을 죽였지요.

드디어 날이 저물었습니다. 세 명의 도둑들은 나갈 채비를 마치더니 저의 손을 끌고 밖으로 나갔습니다. 우리가 간 곳은 벨로프네 가게였습니다. 가게에 도착한 도둑들은 저의 몸에 밧줄을 동여매더니 제 손에 다른 하나를 쥐어주었습니다. 그리고 위로 끌어올리더니, 제게 무섭지 않냐고 물었습니다. 물론 저는 이렇게 대답했습니다.

"아뇨? 난 이 세상에서 무서운 게 하나도 없어요."

"그럼 안으로 들어가거라. 그곳에서 좋은 물건들을 찾아 이 밧줄에 매다는 거야. 우선 비싼 모피부터 찾아봐. 그리고 밧줄은 중간부터 매는 걸 잊지 말고. 그래야 우리가 그 줄을 끌어당겨도 밧줄 끝이 언제나 네가 있는 곳에 남아 있게 되는 거야. 무슨 말인지 알아듣겠지?"

물론 저는 그 말을 알아들었습니다. 너무나 간단한 이

치였거든요.

그들은 저를 창문으로 올려놓고 가게 안으로 내려갈 수 있도록 밧줄을 조절했습니다. 저는 가게 안으로 들어가 손으로 주변을 더듬기 시작했습니다. 가게 안은 앞을 분간하지 못할 만큼 깜깜하고 어두웠습니다. 저는 장님이 코끼리 다리를 찾듯이 모피라고 여겨지는 것들을 찾아 밧줄로 동여맸습니다. 물론 밧줄 끝이 아닌 중간에 말입니다. 그러면 도둑들은 가게 밖에서 밧줄을 끌어당겨 물건을 풀고 다시 밧줄을 넣어 주면 제가 다시 잡아당겨 물건을 동여맸습니다. 이렇게 하기를 수없이 해서 수많은 물건들을 밖으로 내보냈습니다.

이제 제가 밖으로 나갈 때가 되었습니다. 그들이 창문 저쪽에서 밧줄을 잡아당겨 저는 자그마한 손으로 밧줄을 놓칠세라 힘껏 움켜잡았습니다. 그들이 힘껏 밧줄을 절반쯤 끌어올렸을 때였습니다. 삐리리 소리와 함께 갑자기 밧줄이 느슨해지면서 저는 바닥으로 털썩 떨어지고 말았습니다. 다행히 방석처럼 푹신한 곳에 떨어져 저는 부상을 당하지는 않았습니다.

나중에야 안 사실이지만, 경비원이 도둑들을 발견하고

경종을 울리자 일행들이 줄행랑을 쳤던 것입니다. 제가 잡고 있던 밧줄을 팽개치고 훔친 물건만 가지고 도망친 것이지요.

저는 어둠 속에 홀로 버려진 채 밀려드는 두려움에 소리치며 울기 시작했습니다.

"엄마, 엄마, 엄마……."

그러다가 어느새 지쳐 버려 저도 모르게 방석 위에서 잠이 들었습니다. 도대체 얼마나 그렇게 있었는지 기억도 나지 않습니다.

누군가가 손전등으로 제 얼굴을 비치는 걸 느끼고 저는 눈을 떴습니다. 가게 주인인 벨로프 씨와 경찰관이 저를 무섭게 노려보고 있었습니다. 경찰관은 저를 붙들고 누구와 같이 이곳에 들어왔냐고 다그쳤습니다.

"우리 아버지와 왔는데요."

"그럼 네 아버지가 누구냐?"

저는 경찰관의 위압적인 질문에 겁을 먹고 다시 크게 울어버렸습니다. 그 모습을 안쓰럽게 바라보던 가게 주인인 벨로프 씨는 경찰관에게 웃으며 이렇게 말했습니다.

"참으로 불쌍한 것! 어린아이는 하느님의 영혼이오. 이런 아이에게 자기 아버지의 이름을 말하라고 하는 것은 죄악이오. 이미 잃어버린 물건이야 어쩌겠소."

아마 재판장님도 벨로프 씨의 말을 들었다면, 하느님께서 그분의 착한 영혼에 머물러 있다는 것을 금방 알 수 있었을 것입니다. 게다가 벨로프 씨의 아내 또한 선량하고 따스한 영혼을 가진 분이었습니다. 아주머니는 두려워 떨고 있는 저를 방으로 데리고 들어가 토닥거리며 따뜻하게 안아주셨습니다. 저는 그분의 품에 안긴 후에야 울음을 그칠 수가 있었습니다. 아이들이란 아주 작은 것에도 행복해하는 존재들이니까요. 아침이 되자 아주머니가 제게 말씀하셨습니다.

"애야, 집으로 가겠니?"

전 어떻게 대답을 해야 할지 몰라서 작은 소리로 대답했습니다.

"네."

그러자 이렇게 물으시더군요.

"애야, 나와 함께 이곳에 살자꾸나."

"네, 저도 그러고 싶어요."

"그럼 나와 함께 살자."

＊＊ 2 ＊＊

"그날로 저는 양자로 입양되는 서류 절차를 마치고 선

량한 영혼의 소유자들인 그분들과 함께 살게 되었습니다. 벨로프 씨의 가게에서 배달원이 되어 심부름을 하면서 차츰 일을 배우다가 나중에는 지배인 일을 했습니다. 참으로 열심히 일을 했지요. 그분들은 저에게 정말 잘해 주셨습니다. 절 얼마나 사랑하셨는지 따님과의 결혼까지도 허락할 정도였으니까요. 마치 제가 당신들의 아들이라도 되는 것처럼 대해 주었으며, 나중에는 저한테 모든 재산을 물려주시기까지 하셨습니다.

저는 바로 그런 사람입니다. 재판장님, 저는 도둑의 아들일 뿐만 아니라 제가 바로 도둑입니다. 그런 제가 타인의 잘잘못을 가린다는 것은 용서받을 수 없는 짓입니다. 그런 행위는 하느님을 모시는 사람이 할 짓이 못 되지요. 존경하는 재판장님, 우리는 다른 사람들을 용서하고 사랑해야 합니다. 어떤 사람이 죄를 지었다면 벌을 주기보다는 불쌍하게 여기고 사랑으로 보살펴야 하겠지요. 하느님께서 우리에게 말씀하신 것을 잊어서는 절대로 안 되지요."

이반 벨로프는 격정에 사로잡혀 고통스러워했지만 이내 감정을 추스르고 조용히 눈을 감았다.

재판장은 더 이상 묻지 않았다. 그리고는 속으로 인간이 과연 타인의 잘잘못을 따지는 것이 하느님의 가르침과 부합한 것인지 생각해 보았다.

신들의 찻집

* * 1 * *

인도의 수라트라는 도시에는 여러 나라에서 온 여행객들이 담소를 나누는 한 찻집이 있었다.

어느 날, 일생 동안 신에 관해 연구를 한 페르시아의 종교학자가 이 찻집에 오게 되었다. 그는 그 주제에 관해 많은 책을 저술했을 뿐만 아니라 해박했다. 하지만 신에 관해 너무 집중한 나머지 나중에는 생각이 뒤죽박죽되어 신의 존재를 믿지 않게 되었다.

신들의 찻집 **259**

그래서 그는 페르시아 왕한테 추방을 당하는 신세가 되었다. 그 불쌍한 학자는 혼란에 빠져버렸지만 결코 혼란을 인정하지 않았고, 오히려 이 세상을 다스리는 신이 길을 잃었다고 생각했다.

그에겐 아프리카 출신의 남자 하인이 있었다. 학자가 찻집에 들어가면 그 하인은 태양이 내리쬐는 바위에 앉아서 파리들을 쫓으며 무료한 시간을 보내곤 했다.

한번은 학자가 찻집에 앉아 대마초를 꺼내 피워 물었다. 적당히 기분이 좋아진 그가 하인에게 물었다.

"여보게, 자넨 신이 있다고 생각하는가?"

"물론입니다. 신은 당연히 계시지요."

하인이 허리춤에서 나무로 만든 작은 조각상을 꺼내고는 말을 이었다.

"이것이 바로 신입니다. 제가 이 세상에 태어날 때부터 저를 보호해 주시고 계시지요. 이 신은 저희 나라에서 모든 사람들이 숭배하는 나무의 가장 깨끗한 가지로 만들었습니다."

이들의 대화를 들은 찻집에 앉아 있던 사람들은 모두 놀랐다. 주인의 질문도 그렇거니와 하인의 대답이 한층 더 놀라웠기 때문이다.

하인의 대답을 들은 힌두교 승려가 끼여들며 장황하게

말을 늘어놓았다.

"이 가련하고 어리석은 사람아, 자네는 진정 신을 허리춤에나 끼고 다닐 수 있는 존재로 생각하는가? 신은 오로지 한 분으로, 그분의 이름은 브라마시지. 브라마 신은 세상을 창조하셨기 때문에 전 우주보다도 훨씬 크시네. 그리고 그분은 유일신으로 매우 위대하셔서 여기 갠지스 강가의 모든 사원들과 승려들이 오로지 그분을 떠받들고 계시지. 힌두교 승려들은 이 세상에서 진실하신 신이 누구인가를 알고 있어. 우리는 12만 년 이상을 브라마 신만을 섬겨왔어. 그러니 세상이 아무리 많이 변한다 하더라도 그분은 영원히 존재하시며 우리들도 그분을 섬길 걸세. 왜냐하면 그분만이 진정한 유일신으로서 우리를 보호하시기 때문이지."

그는 그곳에 있는 모든 사람들을 향해 확신에 차서 커다랗게 말을 했다. 하지만 그 말을 듣고 있던 유대인 환전상이 반박했다.

"아니오, 진정한 사원은 인도에 있지 않소. 그리고 신께선 힌두교 사원을 보호하지 않으시오! 진정한 신은 브라마 신이 아니라 아브라함과 이삭, 야곱의 하느님이시오. 그리고 그 하느님께선 태초부터 오로지 선택된 우리 이스라엘 백성만을 사랑하셨고 지금도 보호하고 계시오. 지금 우리 민족이 전 세계에 흩어져 있는 것은 그분이 우리를 시험하시기 위해서일 뿐이오. 여호와 하느님께서 우리 민족에게 미리 약속하셨듯이 우리를 예루살렘으로 이끌어 예루살렘의 찬란한 영화를 되찾아주실 것이오. 그리고 이스라엘의 왕을 세워 모든 나라를 지배하게 하실 것이오."

유대인은 하느님에 대한 이야기를 하면서 눈물을 흘리기 시작했다. 그가 다소 격앙된 목소리로 말을 이으려고 하자, 이번에는 이탈리아 사람이 나섰다.

"당신은 하느님을 잘못 설명하고 있구려. 하느님은 당신네 이스라엘만이 아니라 더 많은 나라를 사랑하시오. 그분이 한때 이스라엘을 선택하셨다 해도 이미 1,800년 전 일이오. 그 이후부터 오히려 분노하셔서 지금 이스라엘 민족은 전 세계에 흩어져 사는 것이오. 게다가 유대 신앙은 겨우 몇 군데만 남아 있을 뿐이오. 하느님은 어느 한 나라만을 구원하시지는 않소. 그분은 로마 카톨릭교 안에서도 구원받기 원하는 사람들을 부르실 것이오. 그러나 우리 카톨릭교 밖에 있는 자들은 구원하시지는 않을 것이오."

이탈리아 사람의 연설을 듣던 개신교 목사가 파리해진 얼굴로 대꾸했다.

"어떻게 당신네 종파에만 구원이 있다고 확신할 수 있소? 당신도 신약성경을 알 거요. 예수님의 말씀에 따르

면, 성령과 진리 안에서 하느님을 섬기는 자들만이 구원을 받을 수 있다고 하셨소."

이때 파이프 담배를 문 채 듣고 있던 수라트 시의 한 터키인 세관이 분위기가 심상치 않게 돌아가자 말을 꺼냈다. 그는 자신의 의견을 피력하기 시작했다.

"당신네 카톨릭 교회는 널리 전파되지 않았소. 그리고 그 종교는 이미 1,600년 전에 마호메드에 의해 진정한 종교로 변화되었다는 걸 당신도 알 것이오. 마호메드의 진리는 유럽과 아프리카, 아시아 등에 널리 전파되었소. 이미 깨어 있는 중국에까지 알려질 정도요. 당신네 유대인들은 하느님에게 버림받았다는 것을 인정해야 하오. 그

증거로 유대 민족들이 억압을 받고 인구도 점차 줄어들고 있다는 것을 들 수 있소. 그러므로 우리는 마호메드의 진리를 받아들여야 하오. 왜냐하면 머잖아 전 세계로 더 많이 전파될 것이며, 그것만이 최고의 영광을 누리는 일이 될 것이기 때문이오. 하느님의 마지막 예언자인 마호메드의 가르침을 믿는 자들만이 구원을 얻을 것이오. 또한 알리(이슬람 제국의 칼리프 중의 한 사람)가 아니라 오만을 따르는 자들만이 구원을 받게 될 것이오. 알리를 따르는 자들은 부정한 자들이기 때문이오."

그 말을 가만히 듣고 있던 알리 종파에 속해 있던 그 페르시아 종교학자가 반박을 하려고 했다. 하지만 각기 다른 종교와 신앙을 가진 외국인들이 여기저기서 논쟁을 벌이기 시작했다. 그곳에는 에티오피아에서 온 기독교도, 인도에서 온 라마승들, 유대인들, 그리고 배화교도들까지 있었다. 그곳에 모인 다양한 사람들은 신의 본질과 신을 찬양하는 방법을 놓고 논쟁을 벌였다. 그리고 그들은 자신이 받드는 진정한 신이 누구이며 그를 올바르게 숭배하는 방법이 무엇인지를 다투어 말했다.

찻집에 있는 사람들은 모두 저마다의 목소리를 높였다. 그런데 찻집의 한 구석에서 서로 다투어 논쟁하는 모습을 조용히 지켜보는 사람이 있었다. 바로 중국인 유학자였다. 그는 차를 마시면서 다른 사람들이 말하는 것을 듣기만 하고 있었다.

그를 눈여겨본 터키 사람이 그에게 물었다.

"중국인 양반, 당신은 왜 잠자코 있소? 수많은 종교가 들어와서 성행하는 당신네 나라를 대변해서 한마디 해주시오. 언젠가 중국 상인이 내게 했던 말이 생각나오. 여러 가지 믿음을 가진 중국인들은 이슬람교를 최고로 생각해서 이슬람교를 금방 받아들인다고 말이오. 그러니 진정한 신과 그 예언에 대한 당신의 고견을 한마디 해보시오."

"그렇게 하세요. 말씀 좀 해주세요."

다른 사람들도 이구동성으로 거들고 나섰다.

그의 요청을 듣고 있던 중국인 유학자는 잠시 눈을 감았다가 뜨며 팔짱을 꼈다. 그리고 차분하고 나직한 목소리로 말을 꺼냈다.

�֍�֍ **2** �֍✖

음, 지금까지 저는 여러분들이 토론하는 것을 이곳에서 죽 지켜보았습니다. 모두들 자만과 이기심으로 얼룩진 믿음으로 서로 자기의 신이 최고라고 치켜세우더군요. 그러니 어떻게 종교의 화합을 이룰 수 있겠습니까? 만일 여러분께서 진심으로 제 말씀을 들어주신다면 한 가지 일화를 들어 제 의견을 밝혀볼까 합니다.

저는 영국 증기선을 타고 이곳까지 왔습니다. 우리 일행은 여행 도중에 마실 물을 얻으려고 수마트라 섬의 동쪽 항구에 들르게 되었지요. 아마 정오쯤이었을 거예요. 배에서 내린 우리는 마을에서 멀지 않은 해변의 코코넛 나무 그늘에 앉아 쉬고 있었습니다. 다른 나라에서 온 사람들도 몇 명 끼여 있었지요. 그때 장님 한 사람이 우리에게 다가왔습니다. 나중에 알게 된 사실이지만, 이 사람은 태양의 실체를 파악하고 싶은 욕심에 아주 오랫동안 태양을 바라보다가 눈이 멀게 되었다고 합니다. 태양에 대한 것을 알아내 그쪽 방면의 권위자가 되고 싶었던 거지요. 그래서 그는 모든 과학적인 방법을 동원해서 몇 줄기의 햇빛을 병 속에 담으려고 갖은 노력을 했답니다. 하지만 온갖 시도 끝에 태양의 권위자가 되기는커녕 오히려 눈이 벌겋게 되어 실명을 하고 만 것이지요. 그러면서 그는 한 가지 결론을 얻게 되었습니다.

'태양은 액체가 아니다. 만일 액체라면 물처럼 병으로 흘러들 텐데 그렇지 않으니 말이다. 그리고 바람결에 출렁이지도 않으니 액체는 분명 아니다. 또한 태양이 불이라면 물에 의해 꺼질 테니까 불도 아니다. 그렇다고 태양은 영혼도 아니다. 왜냐하면 관찰할 수 있으니까. 또한 한 곳에서 다른 곳으로 옮길 수 없으므로 물체도 아니다. 태양은 액체도 불도 영혼도 물체도 아니므로, 태양은 그 무엇도 아니다.'

이와 같은 결론을 얻게 된 것이지요. 하지만 그는 결국 시력을 잃게 되었고, 완전히 앞이 보이지 않게 될 즈음엔 그는 태양은 존재하지 않는다고까지 장담하게 되었습니다. 바로 그 장님이 우리에게 다가온 것이었습니다. 그는 하인 한 명을 데리고 다녔는데, 그 하인이 주인을 코코넛 나무 그늘 아래에 앉혔습니다. 그리고 땅에서 코코넛으로 등잔을 만들기 시작했지요. 먼저 코코넛의 섬유질로 심지를 만들고 껍질에 코코넛 기름을 부어서 등잔을 만들었습니다. 하인이 등잔을 만드는 동안 그 장님은 하인을 툭툭 치며 말했습니다.

"이보게, 내가 태양이 없다는 것을 설명했지? 자네도 알겠지만 이렇게 어두운 걸 보면 도대체 태양이란 게 뭘까?"

"나리, 저는 태양이 무엇인지 모릅니다요. 그리고 관심도 없죠. 하지만 전 빛에 관해서는 알고 있습니다요. 여기 제가 등불을 하나 만들고 있는데요, 아마 이 등불로 주인님을 안내할 것입니다요. 그리고 밤에도 제 집에 있는 것들을 모두 볼 수 있을 테고요."

그러면서 손에 든 코코넛 껍질을 힘껏 받쳐들고 하인

이 말했습니다.

"이것이 저의 태양입니다요."

그때 목발을 한 절름발이가 이 말을 듣고 장님을 향해 웃음을 터뜨렸습니다.

"필시 당신은 나면서부터 장님이었을 거요. 그러니까 태양이 무엇인지도 모르는 거 아뇨? 하지만 난 당신에게 말해 줄 수 있소. 태양은 둥근 불이오. 그리고 이 불덩어리가 아침마다 바다에서 나와서 밤이 되면 이 섬의 산 뒤로 넘어가오. 우린 날마다 이것을 보고 있소. 당신도 장님이 아니라면 볼 수 있을 텐데."

그러자 이번에는 어부가 절름발이에게 말을 했습니다.

"아무래도 당신은 일생 동안 이 섬에서만 산 것 같군요. 당신이 다리가 성하다면 배를 타고 항해할 수 있었을 것이고, 그랬다면 태양이 이 섬의 산 너머로 지지 않는다는 것을 볼 수 있었을 텐데 말이오. 태양이 바다에서 떠오르듯이 저녁에는 바다로 지는 거요. 우리가 날마다 보는 사실이기 때문에 내 말을 믿어도 좋소."

그때 인도 사람이 끼여들었습니다.

"지혜로우신 분 같은데 그렇게 우둔한 말씀을 하시다니, 정말로 놀랍소. 어떻게 불덩어리가 바닷물 속으로 들어가는데 꺼지지 않는다는 것이오? 태양은 불덩어리가 아니고 신이오. 이 신의 이름은 디바요. 디바가 전차를 타고 하늘을 가로질러 메루바라는 인도의 황금산을 도는 것이오. 때때로 두 마리의 사악한 뱀 라구와 커투가 디바를 공격해서 삼켜 버리기 때문에 어두워지는 거요. 하지만 우리 승려들이 신을 풀어달라고 기도를 하면 태양이 다시 자유로워져 나오게 되지요. 이 섬에서 한 발자국도 떠나 본 적이 없는 당신같은 사람들은 태양이 이곳에만 있다고 생각하겠지만 말이오."

그때 이집트인 선장이 나섰습니다.

"아니, 그 말은 사실이 아니오. 태양은 신도 아니고 단지 인도의 황금산만을 돌지도 않소. 나는 흑해를 건너 아라비아 해안뿐만 아니라 마다가스카르 섬과 필리핀 섬에도 갔었소. 태양은 인도뿐만 아니라 그곳에도 빛나고 있었소. 그러니까 태양은 한 군데 산만을 도는 것이 아니라 일본이라는 섬의 뒤쪽에서 떠오르는 거요. 일본이라는 섬은 자기들 말로는 태양이 뜨는 곳이라고 하오. 그곳에서 뜬 태양은 영국이라는 섬의 서쪽 먼 산 위로 사라지는 거요. 나는 이 사실을 할아버지로부터 듣고 배워서 알게 되었소. 그분은 지구의 끝까지 항해를 하신 분이셨소."

그가 계속 말을 이으려는데, 우리와 같이 타고 온 영국인 선원이 그의 말을 가로챘습니다.

"영국의 서쪽에는 영국 외에 다른 나라가 없소. 우리 영국인들은 태양이 어느 한 곳에서 뜨고 지는 존재가 아니라 끊임없이 지구를 돌고 있다고 알고 있소. 그러니까 우리들의 힘으로 전 세계를 여행할 수 있는 것이오. 따라서 우리가 여행하는 중에 우연히 태양을 만나게 되는 것은 아니오. 이곳과 마찬가지로 세계 어느 곳에서든지 태양은 아침에 떠서 저녁에 지는 것이라오."

그리고는 영국인 선원이 막대기로 바닥에 원을 하나 그렸습니다. 그리고 태양이 지구의 둘레를 어떻게 도는가를 설명하기 시작했습니다. 그러더니 설명에 자신이 없는지 선장을 가리키며 말했습니다.

"저분이 저보다 훨씬 많이 교육을 받으셨으니, 아주 많은 걸 알려 줄 것이오."

선장은 똑똑한 사람으로 지금까지 사람들의 대화를 조용하게 듣고만 있었습니다. 그러다가 모든 사람들이 자신을 주시하자 비로소 입을 떼었습니다.

"당신들은 서로를 속이고 속고 있습니다. 태양이 지구를 도는 것이 아니라 오히려 지구가 태양을 돈답니다. 게다가 지구는 회전축을 중심으로 자전을 하고 있습니다. 그러니까 일본이나 필리핀, 지금 우리가 있는 이곳, 영국과 아프리카, 아시아와 그 밖의 모든 나라들이 모두 돌고 있답니다. 하루 24시간 태양을 바라보면서 말이지요. 태양은 한 군데 산이나 섬이나 바다만을 위해서, 또 이 지구 하나만을 위해서가 아니라 행성을 위해 빛을 발하고 있습니다. 다시 말해 지금 발 아래를 쳐다볼 것이 아니라 하늘을 보고 또 다른 나라에서도 태양이 빛난다는 것을 인정한다면, 이 모든 것이 이해가 될 것입니다."

이것이 전 세계를 여러 번 항해하고 수많은 나라를 방문한 선장이 오랫동안 하늘을 연구하면서 내린 결론이었습니다.

이처럼 믿음에 대한 오류는 오만에서부터 비롯되는 것입니다.

✳✳ 3 ✳✳

중국인 유학자가 다시 말을 이었다.

"여러분, 이처럼 태양에 관한 잘못된 생각은 신에 대한 견해에서도 나타났습니다. 모든 사람들은 오로지 자기들만의 신이나 자기들만의 조국을 위한 신을 갖고 싶어했습니다. 이는 세상 사람 모두가 이해할 수 없는 한계나 잣대로 세상을 규정하고자 했기 때문입니다. 자, 한번 말씀해 보시지요. 하느님께서 모든 사람들을 하나의 신앙으로 묶고자 한다면, 과연 그 사원은 어떤 사원이 되어야 하겠습니까? 아마 하느님이 창조하신 세상을 본뜬 사원이 되어야 할 것입니다. 다시 말하지요. 모든 사원들엔 지붕, 등불, 성상, 경전, 제단, 승려들이 있습니다. 하지만 어떤 사원이 바다처럼 넓은 욕조를 가지고 있으며, 하늘처럼 높은 지붕을 갖고 있습니까? 그리고 태양이나 달, 별처럼 밝은 등불을 갖고 있는 사원이 있습니까? 또한 어떤 사원에 사람들이 서로 돕고 사랑하며 함께 사는 성상이 있습니까? 인간의 행복을 위해 하느님께서 베푸시는 사랑보다도 더 이해하기 쉬운 경전이 있습니까? 사랑하는 사람들에게 날마다 베풀 수 있는 희생만한 것이 또 어디 있습니까? 온화한 사람들이 하느님께 기꺼이 드리는 마음과 견줄 만한 제단이 어디에 있겠습니까? 하느님을 더 많이 이해하고 싶은 사람들은 아마 더욱 가까이 하느님께 갈 것입니다. 그리고 모든 사람들에게 베푸시는 하느님의 선함과 자비와 사랑을 빛나게 하겠지요. 이처럼 온 세상을 가득 채우는 태양의 불빛들을 볼 줄 아는 사람들이라면, 미신을 믿는 자가 자신의 우상에 갇혀 똑같은 태양인데도 한 줄기 불빛도 보지 못하는 불신자도 경멸하지는 않을 것입니다."

중국 사람이 이렇게 말을 마치자 찻집에 있던 사람들은 그제야 자신들의 종교가 최고라는 논쟁을 그쳤다.

악마와 빵

가난한 농부가 아침 일찍 일어나 빵을 싸 가지고 들일을 나갔다. 소에는 이미 쟁기가 채워져 있었다. 그는 들에 도착하자마자 빵을 외투로 둘둘 말아 덤불 아래 내려놓고 일을 시작했다.

그렇게 한참 땀흘려 일하고 나자 소도 지쳤고, 그도 배가 고팠다. 농부는 쟁기를 세우고 소가 풀을 뜯어먹도록 풀어준 다음 덤불로 다가가 아침 삼아 빵을 먹으려 했다.

그러나 외투 안에는 빵이 없었다. 그는 외투를 다시 한 번 들춰보고 흔들어보았지만, 빵은 보이지 않았다. 주위

274

를 둘러보았지만 빵은커녕 과자 부스러기조차 눈에 띄지 않았다. 도대체 어찌 된 일인지 알 수가 없었다.

'귀신이 곡할 노릇이군! 아무도 지나간 사람이 없었는데…‥. 누군가 몰래 와서 빵을 훔쳐간 게 틀림없어.'

농부는 그렇게 생각했다.

농부가 쟁기질을 하는 동안 몰래 빵을 훔쳐간 것은 바로 악마였다. 악마는 덤불 뒤에 숨어서 농부가 욕설을 퍼부으며 자신을 불러들이기를 기다리고 있었다.

그러나 농부는 빵을 잃어 아쉬운 표정을 지으면서도 이렇게 말했다.

"하는 수 없지 뭐. 배가 고프다고 당장 죽는 것은 아니잖아. 누군지는 몰라도 쯧쯧, 얼마나 배가 고팠으면 빵을 다 훔쳐갔겠어. 부디 그 사람 배라도 잘 채울 수 있었으면 좋으련만!"

농부는 샘으로 가서 물을 마시고는 잠시 쉬었다. 그리고 소를 끌고 와 물을 먹인 뒤 쟁기를 채우고, 다시 밭을 갈기 시작했다.

악마는 자신의 기대가 어긋난 것에 실망했다. 저 농부는 왜 욕을 퍼붓지 않는 거지? 왜 죄를 짓지 않는 거야?

이윽고 악마는 자신의 우두머리인 사탄을 찾아갔다. 그 날 있었던 일을 보고하기 위해서였다. 악마는 농부의 빵을 훔친 얘기며, 농부가 빵을 훔쳐간 이를 저주하는 대신 동정하더라는 얘기를 숨김없이 사탄에게 보고했다.

사탄은 크게 화를 내며 말했다.

"인간이 너를 이길 수 있다면, 그것은 순전히 네 실수일 따름이다. 너는 네 임무를 확실히 알지 못하고 있는 거야. 농부가 그런 식으로 나온다면, 우리 악마들한테는 정말 곤란하지. 이 문제를 그대로 덮어둘 수는 없어. 당장 돌아가서 세상을 똑바로 잡도록 해. 앞으로 3년 기한을 주겠다. 그 안에 농부를 이겨내지 못하면, 너를 성수 속에 빠뜨리고 말 테다."

악마는 너무 무서웠다. 그래서 어떻게든 실수를 만회해 볼 생각을 하며 허둥지둥 지상으로 되돌아왔다. 악마는 고민에 고민을 거듭한 결과 마침내 멋진 계획 하나를 만들어냈다.

악마는 일꾼으로 변신해서 그 가난한 농부를 찾아가 일을 거들었다. 첫해에 악마는 농부에게 습지대에 옥수수 씨앗을 뿌리라고 권했다. 농부는 그의 권고를 받아들여 습지대에 옥수수 씨앗을 뿌렸다.

그런데 그 해에는 무척이나 날이 가물어서 다른 농부들의 옥수수는 모두 누렇게 말라죽고 말았다. 하지만 습지대에 심은 가난한 농부의 옥수수는 파릇하고 튼튼하게 자라 실한 알갱이를 맺었다. 덕분에 가난한 농부는 한 해를 너끈히 지낼 만큼 옥수수를 수확할 수 있었다.

다음 해, 악마는 농부에게 언덕에 옥수수 씨앗을 뿌리라고 권했다. 그런데 그 해 여름에는 작년과 달리 비가 많이 와서 다른 농부들의 옥수수는 뿌리째 썩거나 넘어져 낟알이 여물지 않았지만, 언덕에 심은 농부의 낟알은 알찼다. 그리하여 이번에도 농부는 풍성한 수확을 거두었고, 남은 옥수수를 어떻게 처리해야 할지 즐거운 고민에 빠지게 되었다.

악마는 그런 농부에게 옥수수를 갈아서 술을 빚는 방법을 가르쳐주었다. 농부는 독한 술을 만들어냈고, 그걸 맛본 뒤에는 이웃 농부들에게도 나누어주었다.

악마는 곧바로 사탄에게로 달려가 마침내 자신의 실수를 만회하게 되었다고 자랑했다. 사탄은 악마의 말이 사실인지 직접 확인하기 위해 지상으로 올라왔다. 농부의 집을 찾아간 사탄은 농부가 자신과 친한 이웃들을 초대해서 술을 대접하는 것을 보았다.

농부의 아내가 손님들에게 술과 술잔을 나누어주고 있었다. 그러다가 그만 식탁에 걸려 넘어지면서 술을 바닥에 쏟고 말았다.

농부는 화를 내며 아내에게 욕설을 퍼부었다.

"뭐야? 이런 방정맞은 여편네 같으니라고! 이것이 무슨 구정물인 줄 알아? 이건 술이라고! 이처럼 귀한 것을 바닥에 쏟다니 말이 되느냐고!"

악마는 사탄에게 말했다.

"보십시오. 저 남자가 빵을 도둑맞고도 원망하지 않았던 바로 그 사람입니다."

농부는 아내를 야단친 다음 직접 술을 돌리기 시작했다. 바로 그때, 들일을 마치고 돌아오던 한 농부가 그의 집에 들렀다. 그 농부는 초대받지 않은 사람이었다. 그 때문에 사람들이 술 마시는 모습을 자리에 앉아 멀거니 지켜보아야 했다. 하루 종일 힘든 일을 해서 피곤했던 농부는 자신도 술을 한 모금 마시고 싶었다. 그는 자리를 뜨지 않고 침을 꼴깍꼴깍 삼키고 있었지만, 주인은 그에게 술을 나눠주지 않았다.

주인이 투덜댔다.

"우리 집에 찾아오는 모든 사람에게 술을 나눠줄 수는 없어!"

이것을 보고 사탄은 너무도 기뻤다. 그러자 악마가 낄낄거리면서 말했다.

"좀더 기다려 보세요. 더 멋진 일이 벌어질 테니까요!"

다른 농부들은 계속 술을 마셨고, 집주인도 마셨다. 그리고는 서로에게 입에 발린 거짓말을 해대기 시작했다.

사탄은 그들의 대화를 듣고 나서 흡족한 표정으로 악마를 칭찬해 주었다.

"술 때문에 저들이 여우처럼 교활한 인간이 되어 거짓말을 일삼으며 시끄럽게 떠들어대는구나. 이제 저놈들은 우리 손에 들어온 것이나 마찬가지야."

악마가 말했다.

"아직 끝난 게 아니랍니다. 자, 보세요. 저들이 또 한 잔씩 마시고 있군요. 이제 곧 교활한 여우의 탈을 벗고 사나운 늑대의 껍질을 뒤집어쓸 겁니다."

농부는 다시 한 잔씩을 손님들에게 돌렸다. 차츰 그들 사이의 대화가 거칠어지고 사나워졌다. 입에 발린 칭찬이 사라지고 대신에 서로를 헐뜯으며 으르렁대기 시작했다. 곧 싸움이 벌어지면서 주먹다짐이 벌어졌다. 집주인도 싸움에 끼여들었고, 결국 실컷 얻어맞고 말았다.

사탄은 그런 모습을 지켜보면서 몹시도 즐거운 표정으로 말했다.

"악마야, 정말 훌륭한 일을 했다!"

그러나 악마는 의미심장한 미소를 흘리며 대답했다.

"아직 더 보실 게 남아 있습니다. 그러니 조금만 기다리세요. 이제 곧 세상에서 가장 멋진 장면이 눈앞에 펼쳐질 테니까요. 저들이 세 잔째 술을 마시고 나면, 이번에는 늑대의 껍질을 벗어 던지고 지저분한 돼지로 돌변해 버릴 겁니다."

농부들은 마침내 세 잔째 술을 마셨고, 정말 돼지처럼 변해갔다. 그들은 뭐라고 투덜대면서 괴상한 소리를 꽥꽥 질러댔다. 그들 사이의 대화는 더 이상 무의미한 것이 되어 버렸다.

그렇게 해서 결국 술자리는 깨어지기 시작했다. 혼자 사라져버린 사람도 있었고, 둘이나 셋씩 짝을 지어 나간 사람도 있었다. 그러나 그들 모두가 길거리에서 비틀거리며 쓰러지고 말았다.

집주인도 손님들을 배웅한답시고 밖으로 나왔지만, 비틀거리다가 시궁창에 코를 박고 쓰러졌다. 발끝부터 머리 끝까지 온통 오물을 뒤집어쓴 그는 시궁창에서 빠져나오지 못하고 거세된 수퇘지처럼 끙끙거렸다.

사탄은 기뻐서 어쩔 줄을 몰랐다.

"잘했다, 악마야! 너는 정말 멋진 술을 만들었구나. 이것으로 빵 때문에 저질렀던 네 실수는 만회하고도 남았다. 자, 저 술을 어떻게 만드는 건지 나에게도 알려다오. 틀림없이 여우의 피가 술 안에 들어갔겠지. 그래서 저 농부들이 여우처럼 간교해진 것일 테고. 다음에는 늑대의 피를 넣었을 거야. 그래서 저들이 늑대처럼 사나워진 거지. 마지막으로는 돼지의 피를 섞었겠지. 저 농부들을 더러운 돼지처럼 행동하게 만들려고 말이야."

악마가 대답했다.

"아닙니다. 저는 그런 방법을 쓰지 않았습니다. 저는 그저 저 농부에게 필요 이상의 옥수수를 수확하도록 해주었을 따름입니다. 사탄께서 말씀하신 짐승의 피는 언제나 사람들 몸 속에 흐르고 있지 않습니까! 그러니 굳이 그걸 술에 타서 먹일 필요는 없었지요. 사람은 자기가 필요한 만큼의 곡식만을 가지게 된다면 온순해지는 것들입니다. 바로 그 때문에 저 농부는 빵을 잃고서도 아무런 불평을 하지 않았던 것이지요. 그런데 곡식이 지나치게 많아지자, 그는 그것에서 다른 즐거움을 찾으려 했습니다. 그래서 제가 그에게 술이라는 즐거움을 가르쳐 주었지요. 결국 저 농부는 하늘이 내린 선물을 자신의 쾌락을 위해 술로 바꾸기 시작했고, 그 때문에 자기 몸 속에 흐르던 여우와 늑대와 돼지의 피가 한꺼번에 솟아오르게 된 것입니다. 술을 마시는 한, 저 농부는 언제나 짐승과 다를 바 없는 행동을 하게 될 것입니다."

사탄은 악마를 칭찬하며 옛날의 실수를 용서해 주었다. 그리고 악마를 한층 높은 지위로 올려주었다.

에밀리안과 빈 북

에밀리안은 한 부잣집에서 머슴으로 살고 있었다. 어느 날 그는 일하러 가는 도중에 목장을 지나게 되었다. 그런데 개구리 한 마리가 갑자기 앞으로 뛰어나오는 바람에 하마터면 밟아 죽일 뻔했다.

에밀리안은 개구리를 피해 걸음을 옮겼다. 바로 그때 누군가가 자신을 부르는 소리가 들렸다.

"에밀리안 씨!"

에밀리안이 뒤를 돌아보자 어디서 나타났는지 아름다운 처녀 하나가 그에게 말을 건넸다.

"에밀리안 씨는 왜 아내를 얻지 않죠?"

"나 같은 놈이 무슨 재주로 아내를 얻겠어요. 가난뱅이한테 시집오겠다는 여자는 세상에 없어요."

그러자 그 처녀가 말했다.

"그럼 저를 아내로 삼아주시겠어요?"

에밀리안은 자신의 귀를 의심했다. 이런 아름다운 처녀가 내 아내가 되어 주겠다니!

"정말입니까? 그렇게만 된다면 저야 더할 나위 없이 기쁘겠지만…… 함께 살아갈 일이 걱정이군요."

"그런 걱정은 하지 마세요. 잠을 좀 적게 자고 일을 부지런히 하면 어디 가서나 먹고사는 데는 별 어려움이 없을 거예요."

"그렇겠군. 그런데 어디로 가서 살까요?"

"도시로 나가요."

그리하여 에밀리안과 처녀는 도시로 나갔다. 처녀는 그를 도시 변두리에 있는 조그만 집으로 데리고 갔다. 두 사람은 그곳에서 결혼식을 올리고 살림을 차렸다.

어느 날 왕의 행차가 있었다. 왕의 행렬은 에밀리안의 집 옆을 지나고 있었다. 에밀리안의 아내도 왕을 보기 위해 밖으로 나왔다.

그때 왕은 그녀를 발견하고 그녀의 아름다움에 크게

놀랐다.

"오, 대단한 미인이로고!"

왕은 마차를 세우고 에밀리안의 아내를 가까이 불러서 물었다.

"너는 누구인고?"

"네, 저는 농부 에밀리안의 아내이옵니다."

그녀가 대답했다.

"너 같은 미인이 어찌하여 하찮은 농부의 아내가 되었느냐? 나와 함께 궁전으로 가자꾸나. 내 너를 왕비로 삼아줄 터이니!"

"말씀은 감사하오나, 저는 이대로 만족하옵니다."

왕은 얼마 동안 그녀와 이야기하다 그곳을 떠났다. 궁전으로 돌아온 왕은 길에서 본 에밀리안의 아내를 잊을 수가 없었다. 왕은 밤새 한잠도 이루지 못했다. 그는 몸을 이리저리 뒤척이면서 어떤 구실을 붙여 에밀리안의 아내를 빼앗아올까 궁리를 했다. 하지만 묘안이 떠오르지 않았다.

다음날 왕은 신하들을 불러 자신의 고민을 이야기하고 좋은 방법을 찾아내라고 명령했다.

그러자 신하들이 말했다.

"먼저 에밀리안을 궁전으로 불러들여 하인으로 쓰시는

게 좋을 듯하옵니다. 그러면 저희들이 녀석을 혹사시켜 죽여 버리는 겁니다. 그렇게 되면 녀석의 아내는 과부가 되므로 임금님께서 어떻게 하시든 마음대로 하셔도 될 것 이옵니다."

왕은 신하들의 말에 따라 에밀리안을 궁전 하인으로 삼고 그의 아내도 궁전으로 불러들이라는 명을 내렸다. 사신이 즉각 에밀리안에게 왕의 명령을 전했다. 그러자 아내가 에밀리안에게 말했다.

"염려할 것 없어요. 낮에는 궁전에서 일하고 밤에는 집 으로 돌아오면 돼요."

그래서 에밀리안은 사신을 따라갔다. 궁전에 도착하자 왕의 시종이 물었다.

"너는 왜 혼자 왔느냐?"

"나 같은 주제에 어찌 아내와 함께 궁전으로 올 수 있 겠습니까? 아내는 집에 남아 살림을 해야지요."

그날부터 에밀리안에게는 두 사람 몫의 일이 맡겨졌 다. 그는 그 일을 도저히 감당할 자신이 없었지만, 일단 일을 시작했다. 그런데 무슨 조홧속인지, 저녁이 되었을 때 일은 완전히 끝나 있었다.

에밀리안은 저녁에 집으로 돌아왔다. 집 안은 깨끗이 청소되어 있는 상태였다. 난로에는 훈훈하게 불이 타오르고 있었고, 저녁 식사도 준비되어 있었다. 그리고 아내는 탁자 옆에서 바느질을 하며 남편이 돌아오기를 기다리고 있었다. 그녀는 에밀리안을 반갑게 맞이했다. 음식을 차리면서 그녀는 궁전 일에 대해 물었다.

"힘들었어. 지나치게 많은 일을 맡기는데…… 나를 죽일 생각인가 봐."

"여보, 일에 대해서는 너무 걱정하지 마세요."

아내가 위로하며 말했다.

"어떤 일이라도 그저 열심히 하다 보면 모든 것이 잘될 거예요. 그리고 일을 마치려면 얼마나 시간이 걸릴까, 일이 얼마나 남았을까 하는 것들은 고민하지 않아도 돼요."

에밀리안은 아내의 말에 고개를 끄덕였다. 그는 식사를 마치자 곧 잠이 들었다.

다음날 궁전으로 갔을 때, 시종은 전날보다 많은 네 사람 몫의 일을 시켰다. 그는 곁눈질 한번 하지 않고 열심히 일을 했다. 그날도 저녁이 가까워지자 일을 다 끝내고 어둡기 전에 집으로 돌아갈 수 있었다.

에밀리안의 일은 하루가 다르게 늘어갔다. 그러나 에밀리안은 언제나처럼 시간 내에 일을 끝내고 집에 돌아와 아내의 따뜻한 시중을 받았다.

1주일이 지났다. 왕의 신하들은 아무리 일을 많이 시켜

도 에밀리안을 지쳐 떨어지게 할 수 없음을 알고, 이번에는 머리를 쓰지 않고서는 도저히 해낼 수 없는 어려운 일들을 시켰다. 그러나 그런 일도 에밀리안에게는 아무 문제가 되지 않는 듯했다. 목수 일이든지 석공이든지 지붕 일까지도 그는 거침없이 정한 시간에 척척 해치우고 저녁에는 아내에게로 돌아가는 것이었다.

이렇게 해서 다시 1주일이 지났다. 왕은 신하들을 불러 말했다.

"도대체 뭣들 하고 있는가? 벌써 2주일이나 아무 일도 없이 넘어가고 있지 않은가. 그놈은 밤만 되면 흥겨운 콧노래를 부르며 집으로 돌아가고 있다. 그대들은 임금인 나를 바보 취급하는 건가?"

신하들은 여러 가지 변명을 늘어놓았다.

"저희들은 있는 힘을 다해 그놈을 혹사시켜 죽이려고 했습니다. 그렇지만 별 소용이 없었습니다. 그놈은 어떠할 일도 거뜬하게 해치웠으니 말이지요. 힘은 세다 해도 머리는 나쁘지 않을까 싶어 머리를 엄청 써야만 하는 아주 까다로운 일들을 시켜도 보았지만, 웬걸, 녀석은 그 일도 식은 죽 먹기로 해치웠습니다. 힘든 일도, 까다로운 일도 뭐든 척척 해치우는 걸로 봐서는 아마도 그놈이나 그 아내가 마법을 쓸 줄 아는 게 아닌가 하는 생각이 듭니다. 그게 사실이라면 저희들로서는 이만저만 곤란한 일이 아니지요. 그래서 이번만은 아무도 할 수 없는 일을 시키려고 합니다. 그것은 다름이 아니오라, 단 하루 만에 커다란 교회를 지으라고 명령하는 것입니다. 폐하께서 에밀리안을 직접 불러서 하루 만에 궁전 앞에 커다란 교회를 지으라고 분부해 주십시오. 만일 그놈이 그 일을 해내지 못하면 명령을 거역했다는 죄목으로 처형하는 것이 좋을 듯합니다."

왕은 사람을 보내 에밀리안을 불러왔다.

"에밀리안은 들어라. 이 궁전 앞 광장에다 새로운 교회를 지어야겠다. 네가 내일 밤까지 그것을 세우면 큰 상을 받을 것이지만, 만일 세우지 못할 때에는 목을 자르겠다. 알겠느냐?"

에밀리안은 왕의 터무니없는 명령을 듣고는 금방 풀이 죽어서 집으로 돌아왔다.

'아, 이제 나는 끝장이야!'

그렇게 낙담하면서 그는 아내에게 말했다.

"여보, 이제는 도망가는 수밖에 없소. 어서 짐을 챙깁

시다. 그렇지 않으면 죄 없이 죽게 된단 말이오."

아내가 자초지종을 물어보았다.

"아니, 뭘 그렇게 무서워하세요? 왜 도망치지 않으면 안 된다는 거죠?"

"이걸 두려워하지 않을 사람이 어디 있겠소? 임금님께서 내일 단 하루 동안에 궁전 앞에다 큰 교회를 세우라고 명령했소. 만약 그것을 세우지 못할 때에는 내 목을 자른다는 거요. 그러니 이제는 어쩔 수 없잖아. 지금 도망치지 않으면 안 되오."

그러나 아내는 고개를 가로 저었다.

"임금님에게는 병사들이 많아요. 우리가 어디를 가든지 금방 붙잡히고 말 거예요. 그러니 할 수 있는 데까지는 임금님의 명령에 따르는 것이 좋아요."

"하지만 그 엄청난 일을 어떻게 해낸단 말이오. 내 힘으로는 도저히 감당할 수가 없는 일인데……."

"여보, 당신은 걱정 안 해도 돼요. 저녁이나 드시고 잠이나 푹 자두세요. 그리고 내일은 아침 일찍 일어나세요. 그러면 모든 것이 잘될 거예요."

에밀리안은 저녁을 먹은 뒤 곧 잠자리에 들었다. 다음 날 아침 그의 아내는 그를 일찍 깨웠다.

"자, 빨리 가세요. 가서 교회를 세우고 오면 돼요. 여기에 못과 망치가 있어요. 그곳에 가면 하루의 일이 거의 다 완성되었을 거예요."

에밀리안이 궁전 앞 광장에 도착해 보니 아내의 말대로 거의 완성된 커다란 교회가 세워져 있었다. 에밀리안은 못과 망치로 몇 군데를 손질했다. 그래서 저녁 때까지는 완전히 작업을 마칠 수 있었다.

잠에서 깬 왕은 광장 앞에 커다란 교회가 세워지고 에밀리안이 여기저기를 돌아다니며 열심히 마무리 못질을 하는 모습을 보게 되었다. 왕은 하늘 높이 솟아오른 그 웅장한 교회를 보면서도 전혀 즐겁지 않았다. 다만 에밀리안을 처벌하고 그의 아내를 빼앗을 수 있는 구실이 없어졌으므로 오히려 애가 타고 있었다.

왕은 또 신하들을 불렀다.

"그대들 눈에도 보이는가, 저 교회가? 에밀리안 녀석이 또 해냈구먼. 이쯤 되면 그놈을 쫓아낼 방도가 없는 것 아닌가. 이런 일은 그놈한테는 너무나 쉬운 일이야. 그러니 더 어렵고 더 복잡하고 더 까다로운 일을 궁리해서 그놈을 처단할 수 있는 구실을 만들어 오도록! 만일 이번에도 실패한다면 그대들 목부터 잘라버릴 테니까!"

그래서 신하들은 얼마간 고민을 거듭한 끝에, 에밀리안에게 궁전 주위에다 배가 지나다닐 수 있는 수로를 파도록 시키는 것이 좋겠다는 생각을 했다.

왕은 신하들의 의견을 좇아 에밀리안을 불러서 수로를 파는 일을 명령했다.

"네놈은 하루 만에 큰 교회를 만들어 냈다. 그렇다면 이런 일쯤은 아무것도 아닐 거야. 내일까지 이 일을 끝내야 한다. 만일 이 일을 해내지 못한다면 네놈의 목을 자르겠다."

에밀리안은 왕의 명령을 듣고 크게 놀라 어깨를 늘어뜨린 채 집으로 돌아왔다.

"왜 또 그렇게 힘이 없어요? 임금님께서 또 새로운 일을 분부했나요?"

에밀리안은 아내에게 사실대로 이야기했다.

"이번에야말로 정말 도망쳐야만 하오."

그러자 아내는 이번에도 남편을 말렸다.

"우린 도망칠 수 없어요. 어디를 가나 붙잡히고 말 거예요. 역시 분부대로 따라야 해요."

"그러나 그 엄청난 일을 어떻게 할 수 있겠소? 하루 만에 수로를 파는 것은 불가능하오."

"괜찮아요. 겁낼 것 없어요. 당신은 저녁을 먹고 푹 잠을 자도록 해요. 내일 아침 일찍 일어나면 모든 일이 잘되어 있을 거예요."

그래서 에밀리안은 저녁을 먹고 금방 잠이 들었다. 다음날 아침 일찍 아내가 그를 깨웠다.

"빨리 궁전으로 가세요. 일은 다 돼 있어요. 다만 궁전 앞에 약간의 흙이 쌓여 있으니, 삽을 가지고 가서 그걸 편평하게 하기만 하면 돼요."

에밀리안은 아침 일찍 집을 나섰다. 그리고 궁전으로 가보니, 정말 아내의 말대로 궁전 둘레에 커다란 배가 다닐 정도의 수로가 만들어져 있었다. 또한 궁전 앞에는 흙이 쌓여 있었다. 에밀리안이 삽을 들고 그 쪽으로 다가가서 흙을 고르기 시작했다.

왕은 잠이 깨고 나서 궁전 주위를 둘러보다가 깜짝 놀랐다. 이제까지 없었던 수로가 보였고, 배가 오가고 있었으며, 에밀리안은 궁전 앞에서 삽을 들고 흙을 고르고 있었던 것이다. 왕은 수로나 배를 보아도 하나도 기쁘지 않았다. 도리어 에밀리안을 벌할 수 없게 되어서 단단히 화가 났다.

"어찌해볼 도리가 없겠는걸. 저놈은 못하는 일이 없는 모양이야. 이를 어찌하면 좋지?"

왕은 신하들을 다시 불러 들였다.

"에밀리안 그놈이 절대로 할 수 없는 일을 생각해 보아

라. 아무리 지혜를 짜내도 그놈은 척척 일을 해치우니, 이래 가지고서야 녀석의 아내를 빼앗아올 수 있겠느냐!"

신하들은 함께 모여서 궁리하고 의논했다. 그 결과 그럴 듯한 계략을 하나 만들어 왕에게 아뢰었다.

"에밀리안에게 이렇게 분부하십시오. 어딘지 모르는 곳에 가서 무엇인지 모르는 물건을 가지고 오라고 말입니다. 그러면 녀석이 제 아무리 뛰어난 재주를 가지고 있다 할지라도 문제를 해결할 수 없을 것입니다. 놈이 어디를 갔다 오더라도 폐하께서 틀렸다고 말씀하시면 그만입니다. 그리고 어떤 신기한 물건을 들고 오더라도 폐하께서 분부하신 것이 아니라고 딱 잡아떼시면 됩니다. 그렇게 하신다면, 녀석의 목을 벨 수 있고, 녀석의 아내를 취하실 수 있을 것입니다."

"호오, 그것 참 기가 막힌 생각이다!"

왕은 당장 에밀리안을 불러들였다.

"너는 지금부터 어딘지 모르는 곳에 가서 무엇인지 모르는 물건을 가지고 돌아오너라. 만일 그렇게 하지 못하면, 내 당장 너의 목을 벨 것이다."

에밀리안은 아내에게 돌아가서 왕의 명을 들려주었다. 그러자 아내는 어두운 표정을 지어 보였다.

"이번에는 정말 어려운 문제군요. 아무래도 임금님과

신하들이 당신을 벌주려고 단단히 벼른 것 같아요. 그러니 이번만은 매우 주의를 기울이지 않으면 안 되겠어요."

그의 아내는 가만히 앉아서 생각에 잠기더니 이윽고 남편에게 말했다.

"아무래도 그 할머니에게 가서 도움을 청해야 할 것 같네요. 여기서 조금 먼 곳에 있는 숲으로 가면, 아들을 군대에 보낸 할머니 한 분이 살고 계세요. 그 할머니를 만나 사정을 이야기하면 도움을 받을 수 있을 거예요. 그분이 당신한테 무엇을 주면 그것을 갖고 곧 궁전으로 가세요. 저도 그곳으로 갈 거예요. 일이 일인 만큼 이번에는 제 힘으로도 빠져나갈 방도가 없네요. 힘에 부친 일이라 그냥 붙들려 갈 거니까요. 그렇지만 당신이 그곳에 오래 있는 일은 없을 거예요. 그 할머니가 시키는 대로만 잘 따른다면, 곧 저를 구해낼 수 있을 거예요."

아내는 남편에게 길을 떠날 차비를 하게 한 뒤, 조그만 자루와 추를 내주었다.

"이것을 할머니에게 주면 돼요. 이것을 보면 당신이 제 남편이라는 것을 아실 거예요."

아내는 남편에게 길을 알려 주었다. 에밀리안은 곧장 길을 떠났다. 그는 며칠을 걸어서야 아내가 말한 숲에 겨우 당도할 수 있었다. 숲 속에는 작은 움막이 있었는데,

그 움막에는 아들을 군대에 보낸 할머니가 울면서 베를 짜고 있었다. 그 할머니는 베를 짜면서 손끝에 침을 적시는 대신 눈물을 적시고 있었다.

할머니는 에밀리안을 보자 큰소리로 외쳤다.

"여긴 어떻게 왔소?"

에밀리안은 할머니에게 추를 내보이고, 아내가 자기를 이곳에 보낸 연유를 말했다. 그러자 할머니는 한결 푸근해진 얼굴로 여러 가지를 묻기 시작했다.

에밀리안은 지금까지 일어난 일들을 모두 이야기했다. 아름다운 처녀와 결혼한 일, 도시로 이사 간 일, 궁전으로 불려가 여러 가지 어려운 일을 한 뒤, 다시 교회를 세우고 궁전 둘레에 수로를 만든 일, 그리고 어딘지 모르는 곳에 가서 무엇인지 모르는 물건을 가지고 오라는 명령을 받은 일 등등.

할머니는 그가 하는 이야기를 조용히 듣고 있다가 속삭이듯이 혼잣말로 중얼거렸다.

"마침내 때가 온 모양이군!"

그리고는 얼굴을 들고 말했다.

"이봐요, 젊은이, 이제 안심해도 좋아요. 우선 이리로 오시오, 먹을 것을 줄 테니."

에밀리안이 식사를 마치고 나자, 할머니는 그에게 이

제부터 해야 할 일에 대해 찬찬히 일러주었다.

"알겠소? 여기 실 꾸러미가 있는데 이것을 앞으로 굴려요. 그리고 그것이 굴러가는 대로 뒤를 따라가요. 아주 멀리까지 따라가면 해변까지 이를 게야. 그곳 바다 옆에는 큰 도시가 있는데, 그 도시의 거리에서 제일 끝에 있는 집으로 가서 하룻밤 묵게 해달라고 부탁해요. 그러면 그곳에서 젊은이가 필요로 하는 걸 찾게 될 거요."

"할머니, 그것을 어떻게 알 수 있을까요?"

"사람들이 제 부모보다 더 잘 따르는 물건을 보게 되면, 그것이 바로 곧 댁이 찾고 있는 물건일 게요. 그러면 곧 그것을 가지고 궁전으로 가시오. 그러면 임금님은 그런 것을 가져오라고 하지 않았다고 잡아뗄 거요. 그때 젊은이는 이렇게 대답하면 돼. '이것이 아니라면 부숴 버려야겠습니다!' 그리고 그것을 두드리면서 강기슭으로 가서 사정없이 부숴 버려요. 그런 다음 그것을 물에 처넣으면 되지. 그렇게 하면 젊은이는 아내도 구해낼 수 있고, 군대에 간 내 아들도 돌아와 이 늙은이의 눈물도 그치게 할 수가 있을 게요."

에밀리안은 그 할머니에게 작별 인사를 한 다음 그 집을 나와 실 꾸러미를 굴렸다. 실 꾸러미는 데굴데굴 굴러서 어느새 바닷가까지 갔다.

해안에는 커다란 도시가 있었고, 에밀리안은 그 변두리에 있는 마지막 집을 찾아갔다.

에밀리안은 그 집의 주인에게 하룻밤만 묵게 해달라고 부탁했다. 그는 주인의 배려로 그곳에서 하룻밤을 지내게 되었다. 아침이 되자 주인이 아들을 깨우며 장작을 가져오라고 하는 소리가 들려왔다.

"너무 이르잖아요. 천천히 해도 되는데요."

아들의 볼멘소리가 들린 뒤, 난로 쪽에서 어머니의 채근하는 목소리가 다시 들려왔다.

"빨리 가져오너라. 아버지는 몸이 아프시잖니. 아픈 분한테 장작을 나르라고 할 거냐?"

하지만 아들은 뭐라고 중얼거리더니 다시 누워 버렸다. 바로 그때 쿵쿵거리는 소리가 길거리에서 들려왔다. 아들은 벌떡 일어나 급히 옷을 입고 밖으로 뛰어나갔다.

에밀리안은 급히 일어나 아들 뒤를 쫓아갔다. 이 괴상한 소리를 내는 것은 도대체 무얼까? 그는 그것을 확인해 보아야 했다.

에밀리안은 어떤 사내가 무엇인가를 배에 달고 쿵쿵두드리며 거리를 걸어가고 있는 것을 보았다. 그 때문에 요란한 소리가 났고 아들이 그 소리에 이끌렸던 것이다.

에밀리안은 가까이 다가가 그 물건을 자세히 살펴보았

다. 작은 물통같이 생긴 물건이었다. 그것은 동그랬고 양쪽 끝 위로 가죽이 덮여 있었다.

그것이 무엇이냐고 에밀리안이 묻자 그 사람은 이렇게 대답했다.

"북이오."

"안은 비었소?"

"그렇소."

에밀리안은 깜짝 놀랐다. 그가 찾던 물건임에 틀림없었다. 에밀리안은 사내에게 그 북을 줄 수 없겠느냐고 물었다. 그 사람은 거절했다. 그래서 에밀리안은 북 치는 사람의 뒤를 졸졸 따라갔다. 하루 종일 그의 뒤를 따라다녔다. 마침내 북 치는 사람이 잠든 틈에 에밀리안은 북을 훔쳐서 달아났다.

에밀리안은 북을 훔친 뒤 숨이 턱에 닿도록 달렸다. 그리고 마침내 집으로 돌아왔다. 그러나 아내가 보이지 않았다. 그가 길을 떠난 다음날, 왕이 아내를 잡아갔던 것이다. 그래서 에밀리안은 궁전으로 갔다.

에밀리안이 돌아왔다는 소식을 들은 왕은 그를 안으로 불러들였다. 에밀리안을 본 왕이 물었다.

"그래, 어딜 다녀왔느냐?"

에밀리안이 그 동안 다녀온 곳을 이야기했다. 그러자

왕이 말했다.

"틀렸다. 내가 명령한 그런 곳이 아니다. 그럼 무엇을 가져왔느냐?"

에밀리안이 북을 가리켰다. 왕은 북을 거들떠보지도 않고서 말했다.

"그것도 틀렸다. 내가 말한 그런 물건이 아니다."

그러자 에밀리안은 할머니가 알려준 대로 말했다.

"이것이 아니라면 깨뜨려버려야겠습니다. 그리고 그것을 악마에게나 주어야겠군요."

그리고 에밀리안은 북을 쿵쿵 두드리며 궁전을 나섰다. 북을 두드리자 왕의 군사들이 모두 에밀리안의 뒤를 따라 밖으로 나왔다. 군인들은 에밀리안에게 절을 하며 그의 명령을 기다렸다.

창문을 통해 이런 모습을 지켜본 왕은 군인들에게 에밀리안을 따라가지 말라고 소리질렀다. 그러나 군인들은 왕의 명령을 들은 척도 하지 않았다.

왕은 신하들에게 어서 에밀리안의 아내를 돌려주라고 명령을 내렸다. 그리고는 에밀리안에게 그 북을 줄 수 없겠느냐고 물어보도록 시켰다.

신하를 통해 왕의 얘기를 전해들은 에밀리안이 고개를 가로 저었다.

"그럴 수는 없소. 이 북은 산산조각 내어 강에 던져버려야 합니다."

에밀리안은 북을 두드리면서 강으로 갔다. 군인들도 보조를 맞추어 그의 뒤를 줄줄이 따라갔다. 강기슭에 다다른 에밀리안은 북을 산산조각 낸 뒤 그 조각들을 강물에 던져버렸다. 그러자 군인들이 모두 달아나 버렸다. 이때 옷감 짜는 할머니의 아들도 달아나 숲에 있는 집으로 돌아갔다.

에밀리안은 아내를 데리고 집으로 돌아왔다.

그 후로 왕은 에밀리안을 두려워하게 되어, 더 이상 그를 괴롭히지 않았다. 그리하여 에밀리안은 아내와 함께 오래오래 행복하게 살았다.

연금받은 사형수

프랑스와 이탈리아의 국경 근처 지중해 연안에 '모나코'라고 불리는 작은 왕국이 있다. 왕국의 인구는 모두 합해 겨우 7,000명밖에 되지 않기 때문에 유럽의 수많은 시골 마을도 그 왕국보다는 많은 사람이 살고 있다고 자랑할 정도다. 땅의 크기도 아주 작아서 국민 한 사람에게 1,200평도 돌아가지 않을 정도이다.

그러나 이 앙증스러운 왕국에도 엄연히 왕이 있고, 궁궐이 있고, 신하가 있고, 주교가 있고, 장군과 군대가 있다.

물론 군대의 크기는 보잘것없어서, 궁궐 앞에 소집할

수 있는 군인의 수는 60명에 지나지 않는다. 하지만 이들도 한 나라를 지키는 엄연한 군대임에는 틀림없다.

또한, 이 왕국 역시 다른 나라와 마찬가지로 사람들에게 세금을 물린다. 담배세와 주세, 그리고 인두세가 바로 그것이다.

그러나 거둘 수 있는 세금의 규모는 아주 초라한 수준이다. 왕국의 주민들도 다른 나라 사람들처럼 술을 마시고 담배를 피우기는 했지만 그 수가 아주 적기 때문이다. 그 때문에 왕이 새롭고 특별한 수입원을 찾아내지 못했더라면, 신하들과 관리들은 고사하고 자신의 생활을 꾸리기에도 벅찼을 것이다.

새롭고 특별한 수입원이란 바로 사람들이 룰렛 게임을 즐기는 도박장이다. 사람들은 도박을 즐겼고, 돈을 따든 잃든 간에 도박장 주인은 항상 거래 총액의 일정 지분을 거두어들였다. 그 수입의 상당 부분이 왕의 손에 들어갔다.

도박장 주인이 그렇게 많은 돈을 왕에게 바쳤던 이유는 그곳이 유럽에 남아 있는 유일한 도박장이었기 때문이다.

독일의 영주들도 과거에는 그와 같은 도박장을 운영했지만 얼마 후에는 도박장 경영에서 손을 떼야만 했다. 그들이 도박장 경영을 관두어야 했던 것은 도박의 폐해가 너무 컸기 때문이다.

예를 들어, 한 손님이 와서 자신의 행운을 시험해 본다고 하자. 그래서 가지고 있던 돈을 걸었다가 몽땅 잃었다고 치자. 그 다음에 그는 자기 것도 아닌 돈까지 도박에 걸고, 그것마저 잃게 된다. 그렇게 되면 절망해서 물에 뛰어들거나 총으로 자신을 쏴서 자살한다. 이런 폐해 때문에 주민들은 통치자들에게 도박장을 폐쇄해야 한다고 건의하게 되었다.

그러나 모나코의 왕에게 그런 건의를 할 사람은 없었다. 그리하여 모나코 왕은 독점적으로 도박사업을 할 수 있게 되었다.

그래서 유럽 안에서 도박을 하고 싶은 사람들은 모두 모나코를 찾았다. 그들은 자신의 운수에 상관없이 모나코 왕의 든든한 돈줄이 되었다. 속담에서도 말하듯이 '정직한 노동으로는 돌로 만든 궁전을 얻지 못하는 법'이다.

물론 모나코의 왕도 도박이 더러운 사업이라는 것을 알고 있었다. 하지만 어찌할 수 없는 노릇이었다. 왕도 살아야만 했다. 국가가 술과 담배에 세금을 붙여 돈을 거두어들이는 것도 따지고 보면 좋지 않은 일이었다. 그래서 왕은 도박장을 허가했고, 돈을 거두어들여서 자신의 궁전을 호화롭게 꾸밀 수 있었다.

도박장 수입에 크게 의존하는 이 왕국에도 대관식이

있고, 알현식이 있다. 국민을 상대로 왕이 상과 벌도 내렸고, 사면도 내렸다. 또한, 의회와 위원회와 법과 재판소도 갖추어져 있었다. 다른 왕들과 똑같았지만 단지 규모만 작을 따름이었다.

그런데 이 동화 같은 왕국에 몇 년 전 살인 사건이 일어났다. 이 왕국의 사람들은 모두 평화롭게 살았기 때문에 처음 겪는 사건이었다. 그래서 그만큼 충격이 컸다.

재판관들이 전대미문의 사건을 처리하기 위해 한자리에 모였다. 그들은 가장 정통적인 방식으로 사건을 심리했다. 재판관 외에 검사·배심원·변호사도 있었다. 그들은 수많은 입씨름을 벌인 후 판결을 내렸다. 판결 내용은 법이 정한 바에 따라 범인을 교수형에 처한다는 것이었다.

법원의 결정은 곧바로 왕에게 보고되었다. 판결문을 받아본 왕은 범인에 대한 처벌을 재가했다. 이때까지만 해도 아무 문제될 것이 없어 보였다.

"범인을 사형에 처해야 한다면 그렇게 하라."

그런데 한 가지 문제가 생겼다. 막상 죄수를 사형에 처하려고 하니, 죄수의 목을 자를 단두대가 필요했고, 형을 집행할 집행관도 있어야 했다. 그런데 그들에게는 그런 것이 없었다.

장관들이 모여 그 문제를 의논했다. 그들은 프랑스 정

부에 문의해서 자신들에게 죄수의 목을 자를 단두대와 그걸 부릴 전문가를 보내줄 수 있을지 알아보기로 결정했다. 그리고 그렇게 해줄 수 있다면 프랑스 정부가 얼마 정도의 비용을 원하는지도 알아보기로 했다. 그들은 그런 내용을 담은 편지를 프랑스로 보냈다.

1주일 후 프랑스 정부로부터 답장이 왔다. 단두대와 전문가를 보내줄 수 있으며, 비용은 모두 1만 6,000프랑이라는 것이었다. 답신은 곧바로 왕에게 전해졌다. 왕은 깊이 고민하지 않을 수 없었다. 상상외로 비싼 비용 때문이었다. 1만 6,000프랑이나 되다니!

마침내 왕이 말했다.

"그 불한당 녀석을 죽이는 데 그처럼 큰돈을 투자할 수는 없어! 어떻게 좀더 싸게 할 방법이 없을까? 1만 6,000프랑이면 국민 모두에게 2프랑 이상씩을 나누어 줄 수 있는 거금이라고. 국민들이 받아들이지 않을 거야. 아마 폭동이 일어날지도 모르지."

그래서 이 문제를 처리하기 위한 의회를 소집했다.

의회는 비슷한 내용의 편지를 이탈리아 왕에게도 보내기로 결정했다. 프랑스 정부의 수뇌부는 공화주의자들이어서 왕에게 적절한 존경과 예의를 보여주지 않았지만, 이탈리아 왕은 같은 군주이므로 좀더 싼값으로 일을 처리

해 줄 수 있을 것 같았다. 그래서 편지를 보냈고, 즉시 답
장을 받을 수 있었다.

이탈리아 정부는 사형 기계와 전문가를 지원해 줄 수
있어서 기쁘다고 하면서, 모두 1만 2,000프랑의 비용을
요구했다. 프랑스보다 싸기는 했지만 여전히 비싼 것 같
았다. 불한당 녀석의 목숨 하나 거두는 데 1만 2,000프랑
을 쓴다는 것은 너무나 큰 지출이었다. 그것은 국민 한 사
람 당 2프랑 정도씩 돌아갈 수 있는 거금이었다.

또다시 의회가 소집되었다. 그들은 어떻게 하면 비용
을 덜 들여서 그 문제를 처리할 수 있을지 논의에 논의를
거듭했다. 혹시 군인이라면 그런 일을 뚝딱 해치울 수 있
지 않을까 싶어 의회는 장군을 불러 물어보았다.

"살인범의 목을 자를 만한 병사가 없겠소? 군인이란
본래 전쟁시에는 아무 거리낌없이 사람을 죽이지 않소.
사실 따지고 보면, 군인들이 훈련을 받는 것도 다 그런 이
유 때문이라고 할 수 있잖소!"

의회의 요청을 받은 장군은 군인들을 모아놓고 그 문제
를 이야기해 보았다. 그들 중 누가 그런 일을 해줄 수 있을
지 지원자를 찾았지만, 아무도 앞으로 나서지 않았다.

"안 됩니다. 우리는 사형을 어떻게 하는지 모릅니다.
그건 우리가 배운 전술 교리 안에 들어 있지 않습니다."

군대도 안 된다! 그럼 어떡하지? 다시 장관들이 모여 의논을 했다. 그들은 위원회를 열었고, 자문단을 만들었다. 소위원회도 만들어 논란을 거듭했다. 그리하여 마침내 그들은 사형을 종신형으로 바꾸는 것이 최선이라는 결론을 내렸다. 그렇게 하면 왕은 자비심을 보여줄 수 있어 좋고 비용도 절약할 수 있어 일석이조의 효과를 볼 수 있을 것 같았다.

왕도 그 의견에 흔쾌히 동의했다. 이렇게 해서 문제는 일단락되는 듯했다. 그런데 또 다른 문제가 생겼다. 종신형을 선고받은 범인을 어디에다 가두느냐는 것이었다. 왕국 안에는 죄수를 평생 가두기에 적당한 곳이 없었다. 일시적으로 죄수를 수감해 두는 조그만 감옥 같은 것은 있었지만, 영구적으로 쓸 수 있도록 철문이 달린 감옥은 없었다.

그들은 고심 끝에 그런 대로 쓸 만한 감옥을 어렵사리 찾아내어 젊은 죄수를 그곳에 가두고, 간수를 배치해 죄수를 지키도록 했다. 간수는 죄수를 지킬 뿐 아니라 궁전 부엌에서 먹을 것을 얻어 죄수에게 가져다주어야 했다.

죄수는 그렇게 감옥에서 1년을 지냈다. 그러나 1년이 흐른 뒤 왕은 그 해의 수입과 지출 목록을 살펴보던 중 새로운 지출 항목을 발견했다. 바로 죄수를 지키는 데 드는 비용이었다. 그것은 적은 금액이 아니었다. 특별 간수의 급료와 죄수의 식비도 있었다. 모두 합해 1년에 600프랑이 넘었다. 게다가 죄수는 아직 젊고 건강해서 앞으로 50년은 더 살 것 같아 보였다.

거기까지 생각이 미치자 문제가 심각해졌다. 내버려둘 일이 아니었다. 그래서 왕은 장관들을 불러들였다.

"저 불한당 녀석을 처리할 좀더 값싼 방법을 찾아봐야겠소. 지금 방법은 너무 비용이 많이 들어."

그래서 장관들은 다시금 죄수 처리 문제로 골머리를 앓게 되었다. 그러다 한 장관이 말했다.

"제 생각으로는 간수를 없애는 게 좋을 듯합니다."

그러자 다른 장관이 말했다.

"그렇게 하면 죄수가 달아날 텐데요."

처음 말했던 장관이 대꾸했다.

"그놈이 달아나도록 내버려두는 것입니다. 놈은 어차피 우리 왕국 안에서는 살 수 없습니다. 그러니 그것만으로도 녀석은 응분의 대가를 받는 것이지요."

그래서 장관들은 자신들이 상의한 결과를 왕에게 보고했다. 왕도 그들의 의견에 적극 동의했다. 그래서 그 즉시 간수가 해고되었다.

장관들은 무슨 일이 일어나는가 지켜보았다. 죄수는

점심 시간이 되어도 간수가 음식을 가지고 오지 않자 감옥 밖을 내다보았다. 간수가 사라진 것을 안 죄수는 감옥 문을 열고 나와 직접 궁전의 부엌으로 갔다. 그리고 주어진 음식을 받아들고 감옥으로 돌아와 문을 닫았다. 다음 날에도 죄수는 똑같이 행동했다. 그는 정해진 시간이 되면 먹을 것을 받으러 갔다. 달아날 기미는 전혀 보이지 않았다.

이런 모습을 지켜본 장관들은 당황하지 않을 수 없었다. 이제 어찌해야 하는가? 그들은 그 문제를 두고 다시 고민하고 고민해야 했다.

"아예 그 녀석에게 솔직하게 말해버립시다. 더 이상 가두어 두고 싶지 않다고 말이지요."

그래서 법무장관이 죄수를 불러와 물었다.

"왜 너는 달아나지 않지? 너를 지키는 간수도 없는데 말이다. 넌 이제 어디든지 가고 싶은 곳으로 갈 수 있다. 왕께서도 더 이상은 너의 신상에 대해 관심을 갖지 않으시겠다고 말씀하셨다."

죄수가 대답했다.

"불경스런 말씀을 하나 올리지요. 저는 왕께서 베푸신 관대한 처분을 받아들일 수 없습니다. 저는 갈 곳이 없습니다. 감옥에서 나가봐야 제가 무엇을 할 수 있겠습니까?

여러분의 판결로 해서 제 인생은 이미 끝나버렸습니다. 저를 아는 모든 사람들이 저에게서 등을 돌렸습니다. 그러니 저는 일자리도 얻을 수 없는 처지입니다. 여러분은 저를 너무 가혹하게 대했습니다. 공정하지 못했습니다. 처음에 여러분이 저에게 사형선고를 내렸을 때 여러분은 저를 처형했어야 옳았습니다. 그런데 여러분은 그렇게 하지 않았습니다. 하지만 저는 그 일에 대해 아무런 불평도 하지 않았습니다. 다음으로 여러분은 저를 종신형에 처하고, 간수를 붙여 감시하면서 먹을 것을 가져다주도록 했습니다. 그렇지만 1년 만에 여러분이 간수를 해고해 버리는 바람에 저는 제 손으로 직접 먹을 것을 가져와야 했습니다. 그래도 저는 아무런 불평을 하지 않았습니다. 하지만 이제 여러분은 제가 떠나기를 원합니다. 저는 그렇게 할 수 없습니다. 여러분 마음대로 하십시오. 하지만 저는 절대 감옥을 떠나지 않을 것입니다!"

이제 어떻게 해야 하는가? 다시 한 번 의회가 소집되었다. 사실상 풀어준 것이나 마찬가지인데도 죄수가 떠나지 않는다. 그래서 그들은 궁리하고 또 궁리해야 했다. 문제를 풀 수 있는 단 하나의 방법은 연금을 주는 조건으로 죄수를 이곳에서 떠나게 만드는 것이었다. 그들은 그런 결정을 왕에게 보고했다.

"달리 방법이 없습니다. 우리는 어떤 식이 되었든 간에 그 녀석을 없애야만 합니다.

그래서 결정된 금액이 600프랑이었다. 이런 결정이 곧 바로 죄수에게 전해졌다. 죄수가 말했다.

"좋습니다. 여러분이 정기적으로 돈을 지불해 주는 그런 조건이라면 기꺼이 여기서 떠나드리겠습니다."

그래서 마침내 문제가 해결되었다. 그는 감옥을 떠나기에 앞서 1년치 연금의 삼분의 일을 선금으로 받았다. 그런 뒤 왕국을 떠났다. 그가 간 곳은 기차로 겨우 15분 거리에 있는 왕국 국경선 바로 너머의 이웃나라 땅이었다. 그곳에서 그는 땅을 사서 채소를 재배해 팔면서 살았다.

그는 정해진 때가 되면 왕국으로 찾아와 꼬박꼬박 연금을 받았다. 그리고는 곧장 도박장으로 가서 2, 3프랑의 돈을 걸었다. 때로는 돈을 땄고, 때로는 돈을 잃었다. 그런 연후에는 자신의 집으로 돌아갔다. 그는 아주 평화롭고 즐겁게 살았다.

사람의 목을 베거나 사람을 평생토록 감옥에 가두어 두는 데 드는 돈을 결코 아까워하지 않는 나라에서 범죄를 저지르지 않은 것이 그에게는 너무나 다행이었다.

촛불

지주가 행세하던 시절에 여러 유형의 지
주들이 있었다. 자신도 언젠가는 죽게 될 유한한 존재임
을 깨닫고 하느님을 경외하며 가난한 이웃을 불쌍히 여기
는 자가 있는가 하면, 마치 천 년을 살 것처럼 탐욕을 부
리면서 남을 괴롭히는 자도 있었다. 하지만 못된 지주보
다 더 고약했던 자는 시궁창에서 빠져나와 귀족 행세를
하는 농노 출신의 관리인들이었다. 이들의 횡포 때문에
농민들의 생활은 그야말로 비참했다.

어느 지주의 영지에 그런 고약한 관리인이 나타났다.

당시 농부들은 소작료를 내는 대신 일을 하고 있었다. 땅은 넓었고, 토질도 좋았으며, 물과 초원과 숲이 풍성해서 모든 것이 만족스런 상황이었다. 그만하면 지주나 농부도 아무런 부족함 없이 평화롭게 살 수 있었다. 그런데 어느 날 그 땅의 지주가 다른 영지에서 일하던 머슴 출신의 관리인을 채용했던 것이다.

그 관리인은 마치 고기가 물을 만난 듯이 활개치면서 농민들 위에 군림하기 시작했다. 그도 한 가정의 가장으로, 아내 외에 이미 출가한 딸이 둘 있었고, 돈도 이미 좀 모아놓은 상태였다. 그렇기 때문에 그처럼 고약하게 굴지 않아도 충분히 살아갈 수 있었다. 하지만 그는 늘 일수보다 더 많은 일을 시켰다.

벽돌 장사를 하면서는 남녀를 가리지 않고 끌어다가 혹사시켰고, 그렇게 해서 만들어진 벽돌은 함부로 내다가 팔아먹었다. 참다 못한 농부들은 모스크바에 있는 지주를 찾아가 불만을 호소했다. 하지만 아무 소용이 없었다. 지주는 관리인의 횡포를 응징하는 대신 남을 험담했다는 이유로 농부들을 쫓아냈다. 거기다 농부들 안에서도 뜻을 달리하는 자들이 생겨나 동료들의 단결은 무너지고, 관리인의 횡포는 더욱 심해졌다.

그 결과 농부들은 관리인을 마치 사나운 맹수를 대하

듯 무서워하게 되었다. 관리인이 말을 타고 마을에 나타나면, 농부들은 너나할것없이 몸을 숨기느라 바빴다. 관리인은 농부들이 자신을 두려워해 피한다는 사실을 알고는 화가 나서 더 못되게 굴었다. 그는 함부로 노역을 시키고 툭하면 괴롭혔다. 때문에 농부들의 고통은 나날이 커져갔다.

당시에는 악독한 관리인을 아무도 모르게 죽여버리는 일도 있었다. 이곳 농부들도 관리인을 없애는 문제로 의논하기 시작했다. 그들은 은밀한 곳에 모여 회의를 했는데, 그들 중에서 제법 용기 있는 자가 이렇게 말을 했다.

"우리라고 언제까지 저 관리인에게 굽실거리고 살아야 하느냐고! 이처럼 고통을 당하느니 차라리 놈을 죽여 없애는 게 나을 거야!"

하지만 그런 생각을 행동으로 옮기는 자는 없었다.

부활절 전날 농부들은 숲 속에 모였다. 관리인이 숲을 손질하라고 지시했던 것이다. 점심시간에 한자리에 모였을 때 다시 의논이 시작되었다.

"이처럼 고달파서야 어떻게 살아가겠어? 저놈은 우리를 말려 죽일 심산인 게 분명해. 밤낮을 가리지 않고 혹독하게 부려먹으니, 정말이지 몸이 배겨날 수가 없어. 게다가 제 놈 맘에 들지 않으면 마구 두들겨 패기까지 하니……. 그 때문에 가엾은 세몬은 매를 맞아 죽었고, 아니심은 지금 감방에 들어가 곤욕을 치르고 있지 않은가. 오늘 저녁에 그놈이 또 행패를 부리면 끌어내서 죽여버리자고. 놈의 시체는 어딘가에 몰래 매장하면 될 거야. 누가 알기나 하겠어? 다만 그 사실을 밖으로 새나가지 않게 하겠다고 모두 약조를 해야겠지!"

바실리 미나예프가 말했다. 그는 누구보다도 관리인을 미워하고 있었다. 관리인은 미나예프를 습관적으로 때린 데다가, 심지어는 그의 아내마저 빼앗아 자기 집 식모로 만들어 버렸던 것이다.

결국 그의 말을 좇아 농부들은 관리인이 또다시 행패를 부리면 죽여버리기로 맹세했다. 저녁이 되자 관리인이 찾아왔다. 그는 말을 타고 나타났는데, 오자마자 벌목을 잘못했다면서 트집을 잡기 시작했다. 그리고는 나무 더미 안에서 보리수 가지 하나를 찾아냈다.

"누가 허락도 없이 보리수 가지를 벴지? 누군가? 빨리 말하지 않으면 모조리 매질을 하겠다."

관리인은 보리수나무가 있는 자리를 맡은 사람이 누구인지 조사하기 시작했다. 그러자 농부들 가운데서 그건 시돌의 구역이라고 하는 말이 들렸다. 관리인은 시돌의 얼굴을 피투성이가 되도록 때렸다. 바실리도 나무를 벤양이 적다는 이유로 실컷 채찍질한 다음 관리인은 자기 집으로 돌아갔다.

그날 밤 농부들은 다시 모였다. 거기서 바실리가 입을 열었다.

"그래, 너희들도 사람이야? 친구가 매를 맞고 있는데, 그저 보고만 있다니. 해치우자, 해치우자 했으면서도 어째 그놈 앞에서는 다들 그렇게 꿀 먹은 벙어리가 되어 가만히 있느냐 말야? 그놈이 시돌을 구타할 때 너희들 모두가 뛰어들어 일제히 놈을 처치해 버렸어야 했어. 배반 않겠다, 해치우자 했으면 꼬리를 사리지 말고 진짜 그렇게 해야 하는 거 아냐?"

농부들은 무력한 자신들을 부끄러워했다. 그래서 다음 번에 또 그와 같은 일이 생길 때는 반드시 관리인을 죽이기로 작정했다.

부활절을 앞둔 어느 날, 관리인은 농부들에게 부활제가 시작되면 밭을 갈아 보리씨를 뿌리라고 지시했다. 농부들은 이건 해도 너무 한다는 생각이 들었다. 부활절에 밭에 나가 일을 하라니! 그래서 밤에 몰래 바실리의 집 뒷마당에 모여 의논을 했다.

"관리인 놈이 하느님을 잊고 이런 무지막지한 일을 시키려 드는데, 이제는 정말 참을 수가 없어. 이렇게 고통을

당할 바에야 차라리 놈을 죽여 버리자."

그런데 농부들 틈에 표트르 미헤예프라는 사람이 끼여 있었다. 그는 점잖은 사람으로, 지금까지 농부들의 모임에는 잘 나오지 않았던 인물이었다. 그래서 관리인을 죽이겠다는 농부들의 결의를 듣고 깜짝 놀라 다음과 같이 말했다.

"자네들은 지금 큰 죄를 지으려 하고 있군. 사람을 죽인다는 것은 엄청난 죄라네. 목숨 하나 해치우는 일은 간단하겠지만, 자네들의 목숨은 어떻게 될 것 같나? 물론 관리인 놈이 하는 일은 옳지 못해. 그러나 굳이 우리가 복수의 칼을 들지 않더라도 더 커다란 벌이 놈을 기다리고 있을 걸세. 그러니 좀더 참는 게 좋을 것 같네."

이 말을 듣고 있던 바실리는 분통을 터뜨렸다.

"사람을 죽이는 것이 죄가 된다고? 사람을 죽이는 건 물론 죄가 되지. 하지만 놈은 사람이 아냐! 그러니 놈을 죽이는 것은 하느님도 눈감아 주실 거라고. 모두의 행복을 위해 우린 지금 미친 개 한 마리를 죽이려 하는 거야. 죽이지 않으면 그놈의 죄만 커질 뿐이라고. 놈이 저지르는 악행은 생각만 해도 치가 떨려. 만일 놈을 죽인 대가로 고초를 당하게 된다면, 그건 사람들을 구하려다 짊어지게 된 희생이니 달게 받을 생각이야. 사람들은 모두 우리에게 감사할 거라고. 우리가 이대로 있으면 놈은 우리를 모두 죽이고 말 거야. 이봐, 자네는 쓸데없는 걱정을 하고 있어. 부활절에 일을 하러 가는 것이 더 큰 죄가 아닐까? 그렇게 말하는 자네도 부활절 날은 일하러 가지 않을 걸."

그러자 표트르가 말을 받았다.

"일하러 가지 않다니? 밭을 갈라고 하면 갈러 가야지. 누가 나쁜지는 하느님께서 다 알고 계시니, 우리는 오직 하느님께 의지하면 되네. 나는 내 생각을 말하는 것이 아닐세. 만일 악을 악으로 없애라고 하셨다면, 하느님께서 그런 본을 보여주셨을 거네. 하지만 하느님께서 우리에게 가르치신 것은 그것이 아냐. 악을 악으로 대하면 그 악은 도로 우리에게 되돌아온다는 걸 모르겠나? 사람을 죽이는 것은 쉽지만, 그 피는 자신의 영혼을 피투성이로 만든다네. 자신은 악한 인간을 죽였고, 악을 뿌리뽑았다고 생각하겠지만, 실은 더 큰 악을 자기 마음에 끌어들이는 결과가 되는 거지. 재앙은 묵묵히 참는 게 정도일세. 그러면 그 재난이 스스로 우리 곁에서 물러나게 되어 있지!"

이렇게 해서 농부들은 결말을 보지 못하고 각자의 집으로 돌아갔다.

농부들이 부활절 축하 행사를 끝마친 저녁에 이장이

서기를 데리고 마을을 돌아다니면서 관리인의 명령을 전달했다. 내일은 농민 모두가 보리씨를 뿌리기 위해 밭을 갈아야 한다는 것이었다.

이장은 한 조는 강 건너 다른 조는 길가 밭에서부터 일을 시작하라고 알려주었다.

농부들은 내심 화가 치밀었으나 반항할 용기는 없었다. 그래서 다음 날 아침 모두 괭이와 삽을 들고 나와 밭을 갈기 시작했다. 교회에서는 아침 예배 시간을 알리는 종소리가 울렸다. 어디서나 부활절을 축하하고 있었는데 다만 이곳 농부들만 밭을 갈고 있었다.

관리인들은 아침 늦게 일어나 밭일이 어떻게 진행되는지 살피러 나갔다. 관리인의 아내와 과부가 된 딸은 한껏 치장을 하고서 하인에게 마차를 준비시켜 미사에 참례하고 돌아왔다. 그리고 얼마 뒤에 관리인이 돌아왔으므로 아내는 남편과 같이 차를 마시기 위해 자리에 앉았다.

관리인은 차를 마시고 파이프에 불을 붙인 다음 이장을 불렀다.

"그래, 농부들은 들에 있겠지?"

"예, 그렇습니다."

"한 사람도 빠지지 않고?"

"모두 다 나왔습니다. 미리 일할 구역까지 지정해 주었습니다."

"구역을 정해 준 것은 아주 잘한 일이야. 그런데 일은 제대로 하는지 모르겠군. 우선 자네가 잠깐 둘러보고 오게. 정오가 지나면 내가 직접 가서 확인할 테니까. 3,000평을 둘이서 갈도록 시키고, 절대 눈가림으로 일하지 않도록 일러두게. 만일 눈에 거슬리는 점이 발견되면 용서하지 않을 테니까!"

"예, 알겠습니다."

이장이 지시를 받아 문을 나서려고 할 때 관리인이 다시 그를 불러 세웠다. 하지만 관리인은 잠시 머뭇머뭇 망설이며 말을 하지 않았다. 그는 한참을 망설이다가 이렇게 말했다.

"그리고 말이지, 농부 놈들이 나에 대해서 무슨 말을 하는지 좀 알아주게. 흉보고 욕하는 말을 자세히 알려달란 말이지. 나는 그놈들을 잘 알고 있어. 놈들은 일하기 싫어하고 꾀나 피우는 놈들이란 말야. 그러니까 누가 뭐라고 하든 놈들이 지껄이는 말을 잘 들었다가 내게 들려주게. 나는 그걸 알아둘 필요가 있거든. 자, 그럼 자네는 어서 가보게. 그리고 하나도 숨김없이 내게 말해야 해, 알았는가?"

이장은 돌아서서 밖으로 나갔다. 그리고는 말을 타고 농민들이 일하는 밭으로 나갔다.

관리인의 아내는 이장이 밖으로 나가자 남편에게 다가가, 오늘은 농부들에게 일을 시키지 않았으면 좋겠다고 말했다. 관리인의 아내는 착한 사람이었으므로 남편을 달래면서 농부들의 편을 들었다.

"여보, 오늘은 그리스도의 대축제일이니 행여 죄가 될 만한 일은 하지 마시고 농민들을 쉬게 해주세요."

관리인은 비열한 웃음을 흘리면서 대꾸했다.

"한동안 풀어 주었더니 아주 건방을 떠는군. 당신과 관계없는 일에는 함부로 나서지 마!"

"나는 당신의 일로 어젯밤 흉한 꿈을 꾸었어요. 부디 제 말대로 오늘만은 농민들을 쉬게 해 주세요."

"이거 왜 이래? 안 된다면 안 되는 줄 알아. 배부르게 지내니까 벌써 채찍 맛을 잊어버렸는가 보지? 입 닥치고 조용히 있어."

관리인은 잔뜩 화를 내면서 아내를 자기 방에서 내쫓았다. 그러면서 식사 준비나 하라고 말했다. 잠시 후 그는 어묵이며 고기만두, 돼지고기가 섞인 양배추 수프와 돼지 통구이, 그리고 우유가 든 빵을 먹고 앵두로 담근 술을 마셨다. 그리고 디저트로 케이크와 파이를 먹었다. 식사가

끝난 뒤에는 하녀를 불러 노래를 시키고 자기는 기타를 쳤다.

관리인이 기타를 퉁기며 하녀와 함께 기분 좋게 시간을 즐기고 있을 때, 밭에서 돌아온 이장이 보고를 하러 방으로 들어왔다.

"그래, 열심히들 하고 있던가? 오늘 맡은 책임량은 다 해낼 것 같던가?"

"네, 벌써 절반 이상이나 갈았습니다."

"빠뜨린 데는 없고?"

"눈에 띄지 않았습니다. 모두 잘하고 있습니다."

관리인은 잠자코 있다가 다시 물었다.

"그래, 내 말은 없던가? 욕들을 아주 많이 하지?"

이장은 차마 입을 열지 못했다. 관리인은 그런 이장을 다그쳤다.

"모조리 말해. 조금이라도 숨기거나 그놈들을 감싸다가는 오히려 자네가 다치게 돼. 사실대로 말해 주면 상을 주겠지만, 감추면 매질이 있을 뿐이야. 이봐, 이 친구에게 보드카 한 잔 내주어라. 용기가 필요할 테니!"

하녀가 밖으로 나갔다가 보드카 한 잔을 들고 들어와 이장에게 건넸다. 이장은 고개를 끄덕여 고맙다는 인사를 한 다음 그것을 들이켰다. 그는 입술에 묻은 술을 닦고서 이야기를 시작했다.

"모두들 불평을 하고 있더군요."

"그래? 뭐라고들 하던가? 어서 자세히 말해 보게."

"모두들 같은 말을 했습니다. 관리인 양반은 하느님을 믿지 않는다는 얘기였죠."

관리인은 소리내어 껄껄 웃기 시작했다.

"그래, 어떤 놈이 그런 말을 하던가? 그리고 바실리는 뭐라고 하던가?"

이장은 자기 동료들의 이야기를 나쁘게 말하고 싶지는 않았다. 그러나 바실리와는 전부터 사이가 좋지 않았다.

"바실리는 그 중 가장 심한 욕을 했습니다. 그 작자는 틀림없이 비참하게 죽게 될 거라고 말했습니다."

"정말 웃기는군! 그놈은 그러면서도 왜 나를 죽이지 않지? 아무래도 도리가 없었겠지. 그래, 좋아! 바실리 놈하고 오늘은 결판을 내겠다. 그리고 다음 치유카는?"

"네, 모두 욕을 했습니다."

"좀더 구체적으로 말해 봐."

"원체 입 밖에 내기가 거북한 말이라서……."

"자, 겁낼 것 없어. 어서 말해 봐."

"배가 터져 창자가 튀어 나왔으면 좋겠다고 했습니다."

관리인은 무척 신이 난 듯 크게 웃었다.

"좋아, 좋아, 두고보자고, 어느 쪽이 먼저 창자가 튀어 나오는지! 그 다음은 누구지? 치시카인가?"

"나리, 누구 하나 좋은 말을 하지 않았습니다. 모두가 욕을 하고 협박조의 말을 했지요."

"그래? 그럼 표트르 미헤예프는? 그놈은 어땠지? 그놈도 욕을 했겠지?"

"아, 아닙니다. 표트르는 욕을 하지 않았습니다."

"욕을 하지 않았다니? 그럼 어떻게 했다는 건가?"

"그 사람은 아무 말도 하지 않았습니다. 그는 남과 다른 데가 있는 사람입니다. 솔직히 저도 놀랐습니다."

"도대체 그가 어떻게 했기에 놀랐다는 건가?"

"글쎄, 뭐랄까, 그를 보고 모두가 놀란 게 사실입니다."

"그러니까 그 녀석이 대체 어떻게 했다는 거야?"

"정말 이상한 일입니다. 그는 투르킨 언덕의 경사진 땅을 갈고 있었습니다. 내가 가까이 가서 보았더니, 아주 가늘고 고운 목소리로 노래를 부르고 있었어요. 거기다 그가 쥐고 있던 쟁기 손잡이 사이에서는 뭔가 반짝이는 것이 보였습니다."

"그래서?"

"작은 불이 타는 것 같았지요. 그래서 좀더 가까이 가서 보니, 그것은 교회에서 5코페이카에 파는 초였습니다. 그는 그것에다 불을 붙인 뒤 쟁기 손잡이 사이에다 세워놓았는데, 신기한 것은 바람이 불어도 불이 꺼지지 않는다는 거였습니다. 그런 상태로 그는 부지런히 밭을 갈아엎으면서 부활절 노래를 부르고 있었습니다. 쟁기의 방향을 바꿔도 촛불은 꺼지지 않았습니다."

"녀석이 노래 말고 뭐라 말하지는 않던가?"

"아무 말도 하지 않았습니다. 마침 근처에 있던 농부들이 몰려와 미헤예프를 놀려댔지요. 부활절 날 일을 하기 때문에 아무리 기도를 드려도 죄를 용서받지 못할 거라고 말이지요."

"그래, 그 말을 듣고 그는 뭐라 하던가?"

"그저 '땅에는 평화, 사람에게는 행복이 있을지어다!' 라고만 말했습니다. 그러면서 다시 쟁기를 잡고 말을 재촉하면서 노래를 부르기 시작했는데, 촛불은 여전히 꺼지지 않고 계속 타고 있었습니다."

관리인은 하얗게 질린 얼굴로 기타를 내려놓고 고개를 떨구었다. 그리고는 하녀와 이장을 물러가게 한 뒤, 커튼을 젖히고 침대에 드러누워 신음소리를 냈는데, 그것은 마치 짐을 잔뜩 실은 수레에서 나는 소리 같았다.

그때 그의 아내가 들어와 말을 걸었으나, 그는 넋이 나간 사람처럼 혼잣소리를 했다.

"아, 졌어! 난 끝장이야! 이제는 내가 당할 차례라고!"

아내는 그런 남편을 달래며 말했다.

"여보, 지금이라도 농부들한테 가서 집으로 돌아가도 좋다고 말하세요. 그러면 아무 일도 없을 거예요. 여태까지는 더 심한 짓을 하고도 태연하던 사람이 이번에는 왜 이렇게 낙담하고 있는지 모르겠군요."

"아, 난 이제 끝장이야! 그자가 이겼어."

아내는 그를 흔들며 말했다.

"자, 빨리 나가서 농부들을 집으로 돌려보내세요. 그럼 모든 일이 잘 풀릴 거예요. 어서 가세요. 말을 준비시켜 놓겠어요."

말은 곧 준비되었다. 아내는 남편을 달래서 말에 오르게 했다. 관리인은 말을 타고 들로 나갔다. 그가 탄 말이 마을 입구에 도착하자, 한 농부의 아내가 마을 문을 열어주었다. 하지만 관리인의 모습을 보고는 재빨리 집 뒤로 도망쳤다.

관리인은 마을을 통과해 출구 쪽에 이르렀다. 문이 잠

겨 있었는데, 말을 탄 채로는 문을 열
수가 없었다. 그는 말에서 내려 손
수 문을 연 다음, 다시 말을 타려고
한쪽 발을 올렸다. 바로
그때 어디선가 돼지 한
마리가 갑자기 튀어나오면서 놀란 말이 뒷걸음질 쳤다.

그 서슬에 미처 몸을 가누지 못하고 있던 관리인은 안
장 위에서 떨어졌다. 그때 그의 배가 말뚝에 심하게 부딪
혔는데, 마침 말뚝을 박아 만든 울타리에는 말목이 길고
뾰족하게 튀어나와 있었다. 관리인은 이 말목에 배가 찢
겨진 다음 바닥으로 쿵 떨어졌다.

얼마 뒤 밭일에서 돌아온 농부들은 말들이 문께에 이
르자 더 이상 앞으로 나아가려 하지 않는 걸 발견했다.
이상하다 싶어 앞을 잘 살펴보니 거기에 관리인이 넘어
져 있었다. 그는 두 팔을 벌리고 눈을 부릅뜬 채 창자가
터져나와 있었다. 그리고 그 주위에는 피가 웅덩이의 물
처럼 고여 있었다. 땅이 그의 피를 받아들이지 않았던 것
이다.

농부들은 깜짝 놀라 말을 몰아 뒷길로 달아났다. 그러
나 표트르 미헤예프는 말에서 내려 관리인 옆으로 천천히
다가갔다. 그리고는 관리인의 죽음을 확인하고 그의 눈을

감겨준 다음, 수레에 말을 매고 아들과 함께 시체를 관에 넣어 지주의 저택으로 찾아갔다.

지주는 저간의 사정들을 모두 전해듣고는 농부들에게 이후로는 부역을 시키지 않았으며, 소작료도 줄여 주었다. 그리고 농부들은 악을 벌하는 하느님의 힘은 악에 있는 게 아니라 선에 있음을 깊이 깨달았다.

제2부

보석보다 값진 것

사람들이 보물섬에 도착했다. 그곳에는 많은 보석이 감춰져 있었다. 사람들은 좀더 많은 보석을 찾아내고 싶어했다. 그래서 그들은 적게 먹고 적게 자면서 내내 보석을 찾는 일에만 매달렸다.

그런데 일행 중 한 사람은 아무 것도 하지 않은 채 먹고 마시고 잠만 잤다. 마침내 집으로 돌아갈 채비를 마친 사람들이 그 사람을 깨우며 말했다.

"자넨 뭘 갖고 집에 갈 건가?"

그는 발 밑에 깔려 있던 것들을 주워 가방 속에 담았

다. 사람들은 그런 그를 비웃었다. 모두들 배에 올라탔고 그들은 보물섬을 떠났다.

여러 날에 걸친 항해 끝에 모두가 집에 도착했을 때, 그 사람은 가방 속에 담아 가지고 온 것을 사람들 앞에 꺼내 놓았다.

그 가방 속에는 다른 사람들이 가지고 온 보석보다 더 값진 보석이 들어 있었다. 그것은 바로 흙이었다.

압둘 대신

페르시아의 왕에게는 압둘이라는 정직한 대신이 있었다. 어느 날 그가 말을 타고 시내를 지나 왕에게 가고 있던 중이었다. 마침 시내에는 많은 사람들이 모여서 소란을 피우고 있었다.

사람들은 압둘 대신을 보자, 그를 에워싼 후 말을 멈추게 하고, 그를 아래로 끌어내려 죽이겠다고 위협했다. 어떤 사람은 무례하게도 대신의 턱수염을 붙들고 잡아당기기까지 했다.

그들에게서 겨우 풀려난 대신은 왕궁으로 들어가 왕을

알현했다. 왕은 그가 고초를 당한 사실을 이미 알고 있었다. 왕은 군사들에게 난동을 부려 대신을 욕보인 사람들을 당장 잡아들이라고 명령했다. 그러자 대신은 자신을 모욕했다고 해서 사람들을 벌하지는 말아 달라고 왕에게 간청했다.

다음날 아침에 한 상인이 대신을 찾아 왔다. 대신이 자신을 찾아온 연유를 묻자 상인이 대답했다.

"저는 어제 대신님을 모욕한 사람이 누구인지 알려드리려고 찾아왔습니다. 저는 그를 알고 있습니다. 제 이웃에 사는 나김이라는 자입니다. 당장 그를 붙잡아다가 벌을 내리십시오!"

대신은 상인을 돌려보내고 나서 나김을 불러오게 했다. 나김은 자신이 밀고되었음을 알아채고는 사색이 되어 대신 앞에 엎드렸다.

대신은 그를 일으켜 세우고 말했다.

"난 너를 벌주기 위해 부른 것이 아니다. 그저 네 이웃이 좋지 않은 사람이라는 걸 알려주고 싶어서 부른 것이다. 그가 널 밀고했다. 그러니 앞으로는 그를 조심하거라. 자, 이제 물러가도 좋다!"

장님과 귀머거리

장님과 귀머거리가 완두콩을 주우러 남의 밭으로 몰래 들어갔다. 귀머거리가 장님에게 말했다.

"무슨 소리가 들리면 내게 말하게. 난 뭔가 보이면 자네한테 얘기해 주겠네."

그들은 완두콩밭으로 들어가 쪼그려 앉았다. 장님이 완두콩을 만져보고 말했다.

"이건 꼬투리가 많군!"

그러자 귀머거리가 말했다.

"어디에서 무슨 소리라도 났는가?"

　장님이 몸을 움직이려다가 밭고랑에 부딪혀 넘어졌다.
귀머거리가 물었다.
　"자네, 왜 그래?"
　장님이 대답했다.
　"밭고랑에 걸렸다!"
　귀머거리는 그 얘기를 '발소리가 들렸다'라는 말로 잘
못 알아듣고 달아났다. 그러자 소경도 그 뒤를 따라 도망
쳤다.

장님과 우유

태어나면서부터 장님이었던 어
떤 사람이 옆에 있는 친구에게 물었다.

"우유 색깔은 어떤가?"

친구가 대답했다.

"우유 색깔은 흰 종이처럼 허옇다네."

장님이 물었다.

"그러면 우유 색깔은 종이처럼 바스락거리는 소리를
내겠군?"

친구가 말했다.

"아닐세, 그건 밀가루처럼 하얗다네."

장님이 물었다.

"그렇다면 그건 밀가루처럼 부드럽고 부서지기 쉽겠군?"

친구가 대답했다.

"아니라네. 그건 흰토끼처럼 그냥 하얄 뿐이라네."

장님이 물었다.

"그렇다면 그건 토끼처럼 털이 많고 부드러운가?"

친구가 말했다.

"아니라니까! 하얀 색깔은 눈처럼 그냥 하얀 것이라네."

장님이 물었다.

"그럼 그건 눈처럼 찬가?"

친구가 여러 가지 예를 들어가며 설명을 했지만, 장님은 우유의 흰 색깔이 어떤 것인지 끝내 이해할 수 없었다.

지혜로운 농부

어떤 마을의 광장에 큰 바위가 하나 놓여 있었다. 이 바위는 자리를 많이 차지해서 이곳을 오가는 사람들을 번거롭게 했다.

사람들은 기술자들을 불러서 바위를 치우는 방법과 그 경비가 얼마나 될지를 물었다.

한 기술자는 바위를 잘게 부수어서 조금씩 치워야 하고, 그 경비로 8,000루블을 달라고 말했다. 다른 기술자는 바위 밑에 커다란 굴림대를 받쳐 바위를 치워야 하고, 그 경비로 6,000루블은 받아야겠다고 대답했다.

그러자 옆에 있던 한 농부가 이렇게 말했다.

"나는 100루블만 받고 이 바위를 치우겠소."

깜짝 놀란 사람들이 그에게 어떻게 바위를 치울 거냐고 물었다. 그러자 그 농부가 자신 있게 대답했다.

"나는 바위 바로 옆에 커다란 구덩이를 파고, 그 구덩이 속에다 바위를 밀어 넣을 거요. 그런 다음에 파낸 흙을 그 위에 덮고 땅을 평평하게 고를 거요."

농부는 말 그대로 했다. 사람들은 그에게 100루블을 주고, 기발한 생각을 한 대가로 100루블을 더 얹어주었다.

황제의 형제들

황제가 거리를 따라 천천히 걸어가고 있었다. 그때 거지 하나가 황제에게 다가와 구걸을 했다.

황제는 거지에게 아무 것도 주지 않고 그냥 걸어갔다. 그러자 거지가 말했다.

"황제시여, 우리 모두는 저 거룩한 하느님의 자녀들이라는 걸 잊으셨나이까? 우리 모두는 형제입니다. 그러니 모든 걸 나누어 가져야만 합니다."

이 말을 듣고 황제는 걸음을 멈추고 말했다.

"네 말이 옳다. 우리 모두는 형제이니 나누어 가져야

한다."

이렇게 말하고 황제는 거지에게 황금 한 닢을 주었다. 거지는 황금 한 닢을 받아들고 말했다.

"황제시여, 어째서 형제에게 이렇게 적게 주시나이까? 똑같이 나눠야만 합니다. 황제께서는 황금 백만 냥을 가지고 계신데, 왜 형제에게 겨우 한 닢만 주십니까?"

그러자 황제가 말했다.

"내가 황금 백만 냥을 가지고 있는 건 사실이다. 그러나 내게는 너 말고도 형제가 백만 명이나 된다. 그래서 네게 황금 한 닢만을 준 것이다."

러시아의 작가이자 사상가로 세계적인
대문호의 반열에 올라 있는 톨스토이는 1828년 9월 9일
툴라 현(縣)의 야스나야폴리야나에서 부유한 귀족 가문의
넷째 아들로 태어났다. 그러나 2세에 어머니를 잃고, 8세
에 아버지를 잃는 등 불우한 유년시절을 보냈다. 카잔 대
학 터키어문과에 입학했으나 적응에 실패한 뒤, 귀향해서
잠시 농민활동을 하다가 군대에 들어갔다.

처녀작 『유년시대』를 비롯해 『습격』·『소년시대』·『당
구기록원의 수기』·『숲을 치다』·『눈보라』·『지주의 아

침」 등을 계속 발표하면서 문명(文名)을 얻어갔다. 제대후 상트페테르부르크를 거쳐 고향으로 돌아온 그는 당대의 여러 작가들과 교류하는 한편, 프랑스·스위스·독일 등 서유럽을 여행하면서 견문을 넓히고, 『세 죽음』·『가정의 행복』 등의 작품을 발표했다. 이 즈음 농민의 경제와 교육에 관심을 쏟으면서 농민 자녀를 위한 학교를 설립하고, 『카지카』 등의 작품도 발표했다.

1862년 평생의 반려인 소피아 안드레예브나 베르스와 결혼한 그는 교육 활동보다는 가정 생활에 충실하면서 13명의 자녀를 낳았다. 그러면서 창작 활동에도 전념해 자신의 대표작인 『전쟁과 평화』·『안나 카레니나』 등을 탄생시켰다.

『전쟁과 평화』는 나폴레옹의 러시아 침공 때에 취재한 내용을 바탕으로 삼은 작품으로, 그 형식과 내용, 그리고 사상 면에서 웅대한 깊이와 넓이를 갖춘 대작이다. 그리고 『안나 카레니나』는 당시 러시아 상류 계층의 부도덕과 부패상을 다룬 소설로, 작가 톨스토이의 이름을 빛내준 또 하나의 대작으로 세계 문학사에 기록되고 있다.

대작 발표 이후 예술적 거장으로서 입지가 반석에 올라선 반면, 그의 개인적 심성은 기독교적 경도와 침윤을 견뎌낼 수 없을 만큼 위태로워졌다. 그 결과 작가라기보다는 종교사상가로서 대(對)사회적 발언을 하는 일이 차츰 많아졌다.

『문명의 열매』·『부활』·『참회』·『나의 신앙』·『사람은 무엇으로 사는가』·『사람에게는 얼마나 많은 땅이 필요한가』·『인생독본』 등의 기독교적 색채가 농후한 작품들도 이때 발표되었다.

이 가운데 『부활』은 만년에 이른 톨스토이 문학이 배출한 또 하나의 기념비적 대작으로, 선과 악, 신앙과 불신, 삶과 죽음, 반문명, 반국가, 무저항의 도에 다다른 영성 충만한 대작가의 진면목을 여실히 드러낸 작품으로 평가받고 있다.

하지만 그는 자신의 사상과 양심에 비추어 너무나 물적으로 풍족했던 삶을 괴로워한 나머지 노구를 이끌고 가출을 시도한다. 그리고 1910년 11월 7일 우랄 철도의 한 시골 역사의 역장 집에서 지치고 병든 삶을 접고, 준엄하고 성결한 도덕과 영원한 문학의 큰 별이 되어 하늘로 올라갔다.

그의 나이 82세였고, 위대한 거인의 족적(足跡)은 90여 권의 작품으로 지상에 남았다.

레프 톨스토이 연보

1828년   9월 9일 야스나야폴리야나에서 톨스토이 백작의 넷째아들
　　　　로 태어남.

1844년   8월 까자니 대학교 터키어문과 입학.

1851년   5월 육군사관학교 후보생 합격. 포병 입대.

1853년   3월 〈습격〉 발표.

1855년   1월 〈당구기록원의 수기〉, 6월 〈1854년 12월의 세바스토
　　　　폴〉, 9월 〈숲을 치다〉 발표.

1856년   11월 제대. 〈눈보라〉 〈두 경기병〉 〈지주의 아침〉 발표.

1857년   〈루체론〉 〈청년시절〉 발표.

1859년   단편 〈세 죽음〉 〈결혼의 행복〉 발표.

1861년   야스나야폴리야나 농민학교 세움.

1862년   18세의 소피아 안드레예브나와 결혼.

1863년   〈코사크 사람들〉 〈폴리쿠시카〉 발표.

1869년   장편소설 《전쟁과 평화》 전4권 완성.

1873년   3월 《안나 카레리나》 기고.

1879년   〈나의 고백〉 첫 부분이 발표되었으나 판금.

1881년 〈사람은 무엇으로 사는가〉 발표.

1882년 〈교회와 국가〉 발표.

1884년 6월 첫 가출 시도. 〈나는 무엇을 믿는가〉를 발표했으나 발행 금지됨.

1885년 〈사랑이 있는 곳에 신이 계신다〉 〈촛불〉 〈두 노인〉 〈바보 이반〉 창작.

1886년 희곡 〈암흑의 힘〉을 발표했으나 상연 금지됨. 〈이반 일리이치의 죽음〉 발표. 〈달걀만 한 씨앗〉 〈사람에게는 얼마나 많은 땅이 필요한가〉 〈세 은자〉 창작.

1887년 〈에밀리안과 빈 북〉 〈세 아들〉 발표.

1889년 3월 장편소설 《부활》 발표.

1900년 체호프의 연극 '바냐 외삼촌'을 관람한 뒤 희곡 〈산송장〉 집필.

1901년 2월 그리스정교회에서 파문당함. 9월 가족과 크리미아로 이주. 거기서 티푸스와 폐렴으로 중태에 빠졌다 깨어남. 〈하지 무라드〉 〈나의 종교〉를 씀.

1903년 〈노동과 죽음과 병〉 〈세 가지 의문〉 발표.

1906년 10월 〈인생독본〉 간행. 11월 〈유년시절의 추억〉 발표.

1910년 10월 28일 새벽 아내 소피아에게 쪽지를 적어 놓고 가출. 11월 7일 여행 도중 병이 위중해져 랴자니 우랄선 중간의 한 시골 역 아스타포보의 역장 집에서 눈을 감음.